Ambrose Bierce:
Der Mönch und die Henkerstochter
Erzählungen

Herausgegeben und mit einem Nachwort
von K. B. Leder
Deutsch von K. B. Leder, Gerd Leetz und M. S. Arnemann

Deutscher
Taschenbuch
Verlag

dtv

Ungekürzte Ausgabe
1. Auflage Dezember 1970
3. Auflage August 1980: 21. bis 35. Tausend
Deutscher Taschenbuch Verlag GmbH & Co. KG, München

Titel der amerikanischen Originalausgabe:
›The Monk and the Hangman's Daughter‹
Umschlaggestaltung: Celestino Piatti
Gesamtherstellung: C. H. Beck'sche Buchdruckerei, Nördlingen
Printed in Germany · ISBN 3-423-01863-1

Inhalt

Der Mönch und die Henkerstochter

I

Am ersten Tag des Mai im Jahre des Herrn 1680 wurden die drei Franziskanermönche Ägidius, Romanus und Ambrosius durch ihren Abt von der christlichen Stadt Passau zum Kloster Berchtesgaden bei Salzburg geschickt. Ich, Ambrosius, war der jüngste und kräftigste von uns dreien, gerade einundzwanzig Jahre alt.

Das Mönchskloster Berchtesgaden lag, wie wir wußten, in einer wilden, gebirgigen Gegend, umgeben von düsteren Wäldern, in denen Bären und böse Geister ihr Unwesen trieben; und mit Bangigkeit sahen wir einem Leben in so beklemmender Umgebung entgegen. Aber da es Christenpflicht ist, den Geboten der Kirche zu gehorchen, beklagten wir uns nicht und fügten uns sogar freudig dem Willen unseres geliebten und verehrten Oberen.

Nachdem wir den Segen erhalten und zum letztenmal in der Kirche unseres Heiligen gebetet hatten, gürteten wir unsere Kutten, zogen neue Sandalen an die Füße und machten uns auf den Weg. Obwohl dieser Weg lang und gefahrvoll war, betraten wir ihn voller Hoffnung, denn Hoffnung ist nicht nur Anfang und Ende aller Gottgläubigkeit, sondern auch die Kraft der Jugend und die Stütze des Alters. Daher vergaßen wir rasch die Traurigkeit der Trennung und erfreuten uns der neuen und vielfältigen Eindrücke von Gottes weiter Welt. Die Luft war hell und lind wie das Gewand der Heiligen Jungfrau; die Sonne schien so strahlend wie das goldene Herz des Erlösers; wie ein Baldachin spannte sich der blaue Himmel über uns, und alles Leben auf Erden lobte den Herrn und Schöpfer.

Durch viele Dörfer und Städte kamen wir auf unserm Weg, und der Anblick all der Menschen, die ihren weltlichen Verrichtungen nachgingen, erfüllte uns arme Mönche mit immer neuem Staunen. Doch schienen sie alle in Demut und Frömmigkeit Gott zu dienen, denn die zahlreichen Kirchen waren groß und prächtig, und die Felder und Obstgärten der Klöster gut gehalten. Das Läuten der Kirchenglocken schien uns Musik in den Ohren – uns war dabei, als sängen die Engel das Lob des Herrn.

Wo immer wir Leute trafen, grüßten wir sie im Namen unseres Heiligen. Und sie neigten sich vor uns mit der Ehrerbietung, die dem Heiligen galt. Frauen und Kinder kamen herbeigeeilt, sobald wir auftauchten, um unsere Hände zu küssen und sich segnen zu lassen. Es schien fast, als wären wir keine armseligen Diener Gottes und der Menschen, sondern Herren und Meister dieser herrlichen Welt. Aber laßt uns nicht stolz im Geiste werden, sondern in Demut die Sünde der Hoffart aus unseren Herzen verbannen.

Ich, Bruder Ambrosius, bekenne in Reue und Scham, daß meine Seele sich weltlichen Anfechtungen nicht ganz verschließen konnte. Es gab Augenblicke, da kam es mir so vor, als drängten sich die Frauen eifriger, meine Hände zu küssen als die meiner Gefährten. Das konnte gewiß nicht recht sein, denn ich war nicht heiliger als sie; vielmehr war ich jünger und unerfahrener in der Furcht des Herrn. Als ich diesen Irrtum der Frauen bemerkte und sah, wie die Augen der Mädchen an mir hingen, erschrak ich und fragte mich, ob ich der Versuchung widerstehen könnte, wenn sie an mich heranträte. Und oft dachte ich, daß Gelübde, Gebete und Kasteiungen nicht genügen; man muß so reinen Herzens sein, daß dieses keine Versuchung kennt. Aber wer kann das von sich sagen?

Wir übernachteten in Klöstern, wo wir immer gastlich aufgenommen wurden. Die Mönche bewirteten uns gut und fragten uns stets nach Neuigkeiten aus der großen Welt, von der wir soviel sehen und kennenlernen durften. Nannten wir das Ziel unserer Reise, so bedauerte man uns, daß wir in so unwirtlicher Gegend leben sollten. Man erzählte uns von Eisfeldern, schneegekrönten Bergen und schroffen Felsen, wilden Gebirgsströmen und düsteren Wäldern; auch von einem geheimnisvollen und schrecklichen See, der seinesgleichen in der ganzen Welt nicht hätte. Gott beschütze uns!

Am fünften Tag unserer Reise, kurz bevor wir zu der Stadt Salzburg gelangten, bot sich uns ein seltsamer und erschreckender Anblick. Vor uns am Horizont lag eine schwere graue Wolkenbank, von dunkleren Flecken und Schründen durchzogen. Und über ihr, unter dem blauen Himmel, stand ein zweites Firmament in blendendem Weiß. Der Anblick verwirrte und ängstigte uns. Die Wolken rührten und regten sich nicht. Wir beobachteten sie im Weitergehen stundenlang und sahen keine Veränderung. Erst spät am Nachmittag, als die Sonne im Westen sank, glühten sie auf, als stünden sie in Flammen. Wer beschreibt unsere Überraschung, als wir entdeckten, daß das, was wir für eine Wolkenbank gehalten hatten, nichts anderes war als das Gebirge, von dem man uns soviel erzählt hatte; also Felsen, Geröll und kahle Erde. Den weißen Himmel darüber aber bildete die Kette schneebedeckter Gipfel.

2

Als wir vor dem Paß standen, über den der Weg ins Gebirge führte, schauderten wir, als täte sich vor uns das Tor zur Hölle auf. Hier das liebliche Land, das wir für immer verließen; dort drohende Felsen, tiefe Schluchten und finstere Wälder, voller Gefahren für Leib und Seele. Doch wir stählten unseren Mut mit Gebeten und setzten unseren Weg fort, entschlossen zu erdulden, was Gott uns auferlegen würde.

Unter den riesigen Bäumen und dem dichten Blattwerk umfingen uns Dunkelheit und feuchte Kühle, die uns schaudern ließ. Der Klang unserer Schritte und unserer Stimmen, falls wir zu reden wagten, wurde von den hohen, steilen Felsen des Passes zurückgeworfen und wiederholt, und zwar so deutlich und so vielfach, daß wir überzeugt waren, von einem Schwarm unsichtbarer Gespenster verfolgt und gefoppt zu werden. Große Raubvögel flogen aus den Baumwipfeln oder aus Felsspalten auf und kreisten über dem Blätterdach, wobei sie krächzten oder kreischten, daß uns das Blut in den Adern gefror. Selbst unsere Gebete und frommen Lieder brachten uns keinen Trost, denn das Echo wiederholte sie so verzerrt und schaurig, daß sie wie Gotteslästerungen klangen. Zuweilen sahen wir entwurzelte Bäume am Wegrand liegen, wie von einer Riesenfaust aus der Erde gerissen und umgeworfen. Zuweilen auch führte unser Weg so hart am Rande dunkler Abgründe hin, daß uns Schwindel packte.

Schließlich brach ein Unwetter los, wie wir es noch nie erlebt hatten. Halb geblendet von grell zuckenden Blitzen, halb betäubt von den Donnerschlägen, meinten wir, die Hölle habe sich verschworen, unsere Weiterreise zu verhindern und uns zu vernichten. Aber dieses Unwetter ging bald vorüber, und wir trösteten uns über die ausgestandenen Ängste mit dem Gedanken, daß unser Heiliger in den Bergen offenbar nicht weniger mächtig sei als in der Ebene.

Schließlich erreichten wir das Ufer eines Flusses, dessen silbrige Wasser uns einen erfreulichen Anblick boten. In den kristallenen Tiefen zwischen den Felsen konnten wir schöne, goldene Forellen sehen, beinahe so groß wie die Karpfen im Teich unseres Klosters zu Passau. Selbst in dieser wilden Gegend sorgte also der Himmel für die Fastenspeise der Frommen.

Unter den schwarzen Tannen und zwischen den großen, mit Moos und Flechten bedeckten Felsen wuchsen seltene Blumen, dunkelblau und goldgelb. Bruder Ägidius, der ebenso gelehrt wie fromm war, kannte sie aus seinem Herbarium und sagte uns ihre Namen. Wir erfreuten uns am Anblick der vielen glänzenden Käfer und bunten Schmetterlinge, die nach dem Regen aus ihren Schlupfwinkeln kamen, und vergaßen unsere Ängste.

Viele Stunden schon hatten wir keine menschliche Behausung mehr gesehen. Tiefer und tiefer drangen wir in das Gebirge vor. Immer unheimlicher wurde die Wildnis. Aber sie erschreckte uns nicht mehr sosehr wie zu Anfang, denn nun waren wir überzeugt, daß Gott uns beschützte.

Der Fluß versperrte uns den Weg. Aber nachdem wir eine Weile an seinem Ufer entlang gewandert waren, fanden wir zu unserer Freude eine rohe, aber feste Brücke. Wir waren schon im Begriff, sie zu überschreiten, als mein Blick auf das andere Ufer fiel und mein Blut bei dem Anblick, der sich mir bot, zu Eis erstarrte.

Auf der anderen Seite des Flusses breitete sich eine Wiese aus, mit wunderschönen Blumen übersät. Und in der Mitte der Wiese stand ein Galgen, an dem ein menschlicher Körper hing! Das Gesicht war uns zugewandt, und die verfärbten und verzerrten Züge ließen erkennen, daß der Tod am selben Tag durch Erhängen eingetreten war!

Ich wollte gerade meine Begleiter auf den schrecklichen Anblick aufmerksam machen, als etwas Seltsames geschah: Auf der Wiese erschien ein junges Mädchen mit langem, goldenem Haar, um das ein Blütenkranz geschlungen war, und in einem hellroten Kleid, das wie eine Flamme zu leuchten schien. Das Mädchen zeigte keine Angst vor dem Galgen und der daran baumelnden Leiche. Im Gegenteil, es lief laut singend darauf zu und schwenkte die Arme, um die Geier zu verscheuchen, die um den Galgen flatterten und krächzend mit ihren Schnäbeln auf den Gehenkten einhackten. Beim Herannahen des Mädchens ließen sie widerwillig von ihrer Beute ab, bis auf einen besonders großen Vogel, der auf dem Galgen sitzenblieb und erst wich, als das Mädchen ihn mit Schreien, Stampfen und Händeklatschen verscheuchte.

Der Gesang und das Schreien des Mädchens hatten auch meine Gefährten auf das seltsame Schauspiel aufmerksam gemacht. Während wir stumm und fassungslos diese unbegreifliche Szene beobachteten, überlief mich plötzlich ein kalter Schauder. Es heißt, dies sei ein Zeichen dafür, daß irgend jemand auf die Stelle getreten ist, an der man selbst einmal begraben wird. Seltsamerweise fühlte ich diesen Schauder gerade in dem Augenblick, als das Mädchen unter den Galgen trat. Aber dies zeigt nur, wie unsinnig jeder Aberglaube ist. Denn wie sollte ein treuer Jünger des Heiligen Franziskus unter einem Galgen begraben werden?

»Kommt!« sagte ich zu meinen Gefährten. »Wir wollen für die Seele des Toten beten!«

Wir eilten über die Brücke und begannen sofort zu beten, ohne unsere Augen zu erheben. Mein Herz war von Mitleid für den armen Sünder erfüllt, und ich erinnerte mich der Worte Gottes, der gesagt hat: »Die Rache ist mein.« Der Herr, der am Kreuz dem Schächer vergeben hatte, würde vielleicht auch mit diesem Sünder Erbarmen haben.

Das Mädchen hatte sich bei unserer Ankunft ein wenig zurückgezogen, doch plötzlich hörte ich seine süße, glockenhelle Stimme wieder. Sie rief erregt und voller Angst:

»Der Geier! Der Geier!«

Ich hob den Kopf und sah einen großen, grauen Vogel über den Tannen kreisen und ohne Furcht vor uns und unsern Gebeten sich wieder dem Galgen nähern.

Meine Brüder waren ungehalten über das Mädchen, das unsere Andacht störte. Ich aber sagte: »Vielleicht ist es eine Verwandte des Toten. Bedenkt doch, Brüder: Und nun kommt dieser schreckliche Vogel und hackt das Fleisch von seinem Gesicht und seinem Körper.«

Einer der Brüder sagte: »Geh hin, Ambrosius, und beschwichtige das Mädchen, damit wir in Ruhe unsere Gebete zu Ende sprechen können.«

So ging ich über die Blumenwiese zu dem schönen Kind hin, das immer noch angstvoll nach dem Geier ausspähte. Die schlanke Gestalt wandte sich zu mir um, blieb aber ruhig und aufrecht stehen und sah mir entgegen. In ihren großen, dunklen Augen las ich ihre Furcht, ich könnte ihr etwas zuleide tun. Auch als ich ganz nahe war, kam sie mir nicht entgegen, wie es Frauen und Kinder sonst zu tun pflegten, um meine Hände zu küssen.

»Wer bist du?« fragte ich. »Und was tust du ganz allein an diesem grausigen Ort?«

Sie antwortete nicht und rührte sich nicht, so daß ich meine Frage wiederholte: »Sag mir, Kind, was tust du hier?«

»Ich verscheuche die Geier«, antwortete sie mit ihrer süßen, weichen Stimme.

»War der Tote ein Verwandter von dir?« fragte ich. Sie schüttelte den Kopf. »Aber du kanntest ihn?« fuhr ich fort. »Und du beklagst seinen unchristlichen Tod?«

Aber sie schwieg, und ich fragte weiter: »Wie hieß er, und warum wurde er gehenkt? Was war sein Verbrechen?«

»Sein Name war Nathaniel Alfinger, und er hat einer Frau wegen getötet«, antwortete sie klar und mit einer Selbstverständlichkeit, als seien Mord und Hinrichtung die natürlichsten Dinge der Welt. Überrascht starrte ich sie an. Aber sie zeigte keine Gemütsbewegung.

»Kanntest du Nathaniel Alfinger?«

»Nein.«

»Und doch kommst du hierher, um seine Leiche vor den Raubvögeln zu schützen?«

»Ja.«

»Warum erweist du diesen Dienst einem, den du nicht kennst?«

»Das tue ich immer.«

»Wie . . .?«

»Immer, wenn einer gehenkt wird, verscheuche ich die Vögel vom Galgen. Da – schon wieder ein Geier!«

Sie stieß einen schrillen Schrei aus, warf die Arme empor und lief schreiend und winkend über die Wiese, bis der Vogel davonflog. Dann kam sie erschöpft und schweratmend zurück.

Ich fragte sie so sanft ich konnte:

»Wie heißt du, mein Kind?«

»Benedikta.«

»Und wer sind deine Eltern?«

»Meine Mutter ist tot.«

»Aber dein Vater? Wo ist er?«

Da sie schwieg, drang ich weiter in sie, mir den Namen ihres Vaters zu nennen. Ich wollte sie nach Hause bringen und dem Vater ans Herz legen, sein Kind von dieser grausigen Stätte fernzuhalten.

»Wo wohnst du, Benedikta? Bitte sag es mir.«

»Hier.«

»Was? Hier? Mein liebes Kind, hier steht doch der Galgen.«

Sie wies zu den dunklen Tannen hinüber. Als ich der Richtung ihrer Hand folgte, gewahrte ich unter den Bäumen eine elende Hütte, einem Stall ähnlicher als einer menschlichen Behausung. Da wußte ich, wessen Kind sie war.

Als ich zu meinen Gefährten zurückkehrte und sie mich nach dem Mädchen fragten, sagte ich: »Des Henkers Tochter.«

3

Nachdem wir die Seele des Toten der Fürbitte der Heiligen Jungfrau und aller Heiligen empfohlen hatten, verließen wir diese Stätte des Grauens. Ich blickte mich noch einmal nach der schönen Henkerstochter um. Sie stand reglos, wo ich sie verlassen hatte, und sah uns nach. Mit den großen, traurigen Augen und dem Blütenkranz auf dem Haar bot sie ein Bild von ergreifender Lieblichkeit. Meine Gefährten tadelten mich für die Teilnahme, die ich der Tochter des Henkers bezeigte; eines Mannes also, der ein so unchristliches Handwerk ausübte. Mich aber betrübte der Gedanke, daß sie ohne eigene Schuld verachtet und geächtet sein sollte. Warum mußte sie für ihres Vaters schrecklichen Beruf leiden? Bewies sie selbst nicht reinstes christliches Mitgefühl, indem sie die Aasvögel von den Leichen Gehenkter verscheuchte, die sie im Leben gar nicht gekannt hatte? Handelte sie nicht gottgefälliger als mancher Christ, der nur mit Worten Gott dient?

Ich teilte diese Gedanken meinen Gefährten mit. Aber zu meinem Leidwesen ließen sie sich nicht überzeugen. Im Gegenteil, sie schalten mich einen Träumer und Narren, der die altüberkommenen Bräuche mißachte. Der Henker und seine Familie seien nun einmal aus der Gemeinschaft ausgeschlossen und müßten gemieden werden wie ein ansteckendes Übel. Ich war entschlossen, zu meiner Meinung zu stehen, und widersprach ihnen mit aller schuldigen Demut. Ich sagte, ich hielte es für ungerecht, solche Menschen wie Verbrecher zu bestrafen, da sie doch nur Werkzeug des Gesetzes seien, das durch sie Verbrecher bestraft. Auch wenn der Henker und seine Familie in der Kirche in eine dunkle, abgeschiedene Ecke verbannt sind, bleibe es doch unsere Pflicht als Diener des Herrn, Gerechtigkeit und Gnade zu predigen und ein Beispiel christlicher Liebe und Barmherzigkeit zu geben. Aber meine Brüder wurden sehr zornig und schalten mich laut, so daß ich anfing, mir schlecht und verworfen vorzukommen, obwohl ich meinen Fehler nicht einsehen wollte. Ich konnte nur hoffen, daß Gott mit uns barmherziger sein möge, als wir es gegeneinander sind. Ein Trost war mir der Gedanke, daß sie den Namen Benedikta trug. Vielleicht hatten ihre Eltern damit den Segen des Himmels auf sie herabbeschwören wollen; auf sie, die sonst niemand segnen würde.

Aber ich muß von dem seltsam wilden Land berichten, in das wir nun gelangt waren. Hätten wir nicht gewußt, daß die ganze Welt Gottes ist, denn er hat sie geschaffen, dann wären wir versucht gewesen, dieses Land für das Reich des Bösen zu halten.

Tief unter unserm Pfad rauschte und schäumte der Fluß zwischen den hohen Felsen dahin, deren Grate bis in den Himmel zu ragen schienen. Als wir aus der Schlucht herauskamen, erblickten wir zur Linken schwarze, undurchdringliche Tannenwälder und vor uns einen hohen Berg, der spitz zulief wie eine Narrenkappe und in seiner oberen Hälfte weiß war von Schnee. Schnee im Wonnemonat Mai! Gottes Werke sind wunderbar und unbegreiflich.

Zu unserer nicht geringen Überraschung sahen wir, daß an manchen Stellen entlang unserer Straße der Wald gerodet worden war, um Platz für einzelne Hütten mit Gärten zu schaffen. Manche dieser einfachen Heimstätten standen an Stellen, an denen man höchstens einen Adlerhorst vermutet hätte. Aber der Mensch streckt seine Hand nach allem aus, und sei es noch so schwer zugänglich.

Endlich erreichten wir den Ort unserer Bestimmung, das Kloster und Gotteshaus, die zu Ehren unseres geliebten Heiligen in dieser Einöde errichtet worden waren. Unsere Herzen schlugen bei diesem Anblick höher. Auf einem von Tannen überwachsenen Felsplateau standen Kloster und Kirche, von kleinen Häusern und Hütten umgeben wie der Schäfer von seiner Herde.

Möge Gott unsern Eingang in diese heilige Stätte segnen!

4

Seit mehreren Wochen lebe ich nun in dieser Wildnis. Aber Gott ist hier gegenwärtig wie überall. Meine Gesundheit bleibt gut, und dieses Haus unseres geliebten Heiligen ist ein Hort des

Glaubens, ein Haus des Friedens, ein Asyl für jene, die die Versuchungen des Bösen fliehen, und ein Obdach für die Beladenen. Was mich selbst betrifft, so bin ich jung und habe noch so wenig Erfahrung in den Anfechtungen dieser Welt, daß ich mich dem Irrtum und der Sünde gegenüber besonders anfällig fühle. Mein Leben gleicht einem Bächlein, das ruhig und friedlich dahinplätschert, aber jählings zum reißenden Strom werden kann, wenn Sturm und Wolkenbrüche es aufwühlen und verwandeln.

Nicht Kummer oder Verzweiflung hatten mich ins Kloster getrieben, sondern der aufrichtige Wunsch, dem Herrn zu dienen, meinem geliebten Heiligen anzugehören, die Gebote der Kirche zu befolgen und in christlicher Nächstenliebe Gutes zu tun. Meine Eltern starben früh, und so betrachtete ich die Kirche, die sich meiner annahm, mich nährte, kleidete und belehrte, als meine geliebte Mutter. Oh, wie glücklich werde ich sein, wenn ich armer Mönch eines Tages die Priesterweihe empfangen darf! Immer denke ich daran und versuche meine Seele auf diese hohe Gnade vorzubereiten. Ich weiß, daß ich dieses großen Glücks nicht würdig bin, aber ich hoffe, Gott und den Menschen als guter, treuer Priester dienen zu dürfen. Ich bete manchmal, der Himmel möge mir eine Prüfung schicken und mich rein und unversehrt aus ihr hervorgehen lassen. Aber hier in dieser Einsamkeit gibt es keine Versuchungen. Und die Gefahren der Welt scheinen so fern von mir wie die stürmische See von diesem abgeschiedenen Bergland.

5

Unser Abt, Pater Andreas, ist ein milder und frommer Herr. Unsere Brüder leben in Frieden und Eintracht miteinander. Sie sind fleißig und mäßig und bescheiden in ihren Tafelfreuden, obwohl das Kloster über große Reichtümer verfügt. Alle Ländereien und Wälder ringsum sind Klosterbesitz. Die Wälder bieten Überfluß an Wildbret aller Art, die Flüsse an Fischen. In unserem Kloster wird aus Malz und Hopfen ein starkes, bitteres Bier bereitet, das stärkt und erfrischt.

Das Bemerkenswerteste in diesem Teil des Landes ist die Salzgewinnung. Man sagt mir, die Berge seien voll von Salz – wie wunderbar sind doch die Werke des Herrn! In Schächten und Stollen dringt der Mensch tief in das Innere der Erde vor, um das Salz in roten, braunen und gelben Kristallen ans Tageslicht zu bringen. Die Minen geben unsern Bauern und ihren Söhnen Arbeit und Brot. Der Aufseher, Salzmeister genannt, ist ein mächtiger Mann, aber unser Abt und die Brüder sprechen nicht gut von ihm. Es heißt, er sei hart und böse. Der Salzmeister hat einen einzigen Sohn, Rochus mit Namen; ein schöner, aber wilder und gottloser junger Mann.

6

Die Menschen hier sind ein stolzer, eigensinniger Schlag. In alten Chroniken werden sie als Nachkommen der Römer bezeichnet, die schon zu ihrer Zeit Stollen in die Erde gruben, um das kostbare Salz herauszuholen. Die Vorväter der heutigen Bewohner waren noch eigensinniger als sie und beharrten noch im Heidentum, als ihre Nachbarvölker längst das Kreuz des Heilands angenommen hatten. Aber nachdem sie endlich ihre steifen Nacken doch dem Kreuz gebeugt hatten, wurden sie frömmer und strenger im Glauben als andere.

Körperlich sind sie kräftig und auffallend schön, besonders die jungen Männer. Die Frauen haben langes, goldenes Haar, das sie Heiligenscheinen gleich um ihre Stirnen flechten. Auch lieben sie es, sich mit funkelnden Steinen zu schmücken. Die jungen Männer, heißt es, kämpfen um die Frauen wie Hirsche um die Hindin. Oh, welche Abgründe von Leidenschaft beherbergt das menschliche Herz! Aber da ich von diesen Dingen nichts weiß und nichts verstehe, steht mir auch kein Urteil darüber zu.

O Herr, wie glücklich der, dessen Seele ganz von dir erfüllt ist und keine weltlichen Leidenschaften, sondern nur den Frieden in dir kennt!

7

Ich habe die schöne Henkerstochter wiedergesehen. Als die Glocken zur Messe läuteten, sah ich sie vor der Klosterkirche stehen. Ich kam gerade vom Krankenbett eines armen Alten, und ihr Anblick tat meinem betrübten Herzen wohl. Darum wollte ich sie begrüßen, aber sie hielt die Augen niedergeschlagen und bemerkte mich nicht. Der Platz vor der Kirche war voller Menschen, die Männer auf der einen, die Frauen und Mädchen auf der andern Seite, alle im Sonntagsstaat. Sie standen dicht beieinander, aber als das arme Kind sich näherte, traten sie beiseite, tuschelten und warfen ihr feindselige Blicke zu wie einer Aussätzigen, deren Berührung Fluch und Verderben bringt.

Mitleid erfüllte meine Brust und bewog mich, ihr zu folgen. Als ich sie eingeholt hatte, sprach ich sie an: »Gott grüße dich, Benedikta.«

Sie erschrak heftig. Dann, als sie mich erkannte, schien sie verwundert. Sie errötete über und über und senkte wieder den Kopf.

»Fürchtest du dich, mit mir zu reden?« fragte ich.

Aber sie antwortete nicht.

Da sprach ich weiter: »Tu recht, gehorche Gott und scheue niemand – dann wirst du gerettet werden.«

Darauf seufzte sie tief und antwortete mit leiser Stimme: »Ich danke Euch, Herr.«

»Ich bin kein Herr, Benedikta, sondern nur ein armer Diener Gottes, unseres Vaters, der allen seinen Kindern gnädig ist. Bete zu ihm, wenn dein Herz schwer ist, und dir wird geholfen werden!«

Während ich sprach, hob sie den Kopf und sah mich an wie ein trauriges Kind, das von seiner Mutter getröstet wird. Da führte ich sie vor allen Leuten in die Kirche.

O heiliger Franziskus, vergib mir die Sünde, die ich während des Heiligen Sakraments beging! Denn während Vater Andreas die feierlichen Worte der Heiligen Messe sprach, wanderten meine Blicke immer wieder zu der Stelle, wo die arme Benedikta und ihr Vater allein und von allen gemieden knieten. Sie schien mit großer Inbrunst zu beten. Und gewiß fand sie Gnade vor deinen Augen, denn es war deine unendliche Nächstenliebe, die dich vor den Thron Gottes brachte. Sollte ich, der Elendeste deiner Jünger, mich nicht dieser armen Augestoßenen annehmen, die ohne eigene Schuld leidet? Die tiefe Zuneigung, die ich für sie empfinde, ist gewiß ein Zeichen des Himmels, daß ich dazu ausersehen bin, sie zu schützen und ihre Seele zu retten.

Unser Abt hat nach mir geschickt und mir einen strengen Verweis erteilt. Er sagte, ich hätte unter den Brüdern und unter dem Volk großen Unwillen erregt, als ich zusammen mit der Tochter des Henkers die Kirche betrat. Welcher Teufel habe mich geritten, daß ich ein solches Ärgernis gab?

Ich erwiderte, daß mich die Arme dauerte und ich nicht anders handeln konnte.

»Warum dauert sie dich?« fragte der Abt.

»Weil alle sie meiden, als wäre sie die Sünde selbst, während sie doch ohne alle Schuld ist. Was kann sie dafür, daß ihr Vater Henker ist, wo es doch, leider, Henker geben muß?«

O heiliger Franziskus, wie schalt mich der Abt ob dieser kecken Worte! Ich solle in mich gehen und bereuen, befahl er mir. Aber wie kann ich mein Mitleid bereuen, das mir, wie ich fest glaube, der Himmel selbst eingegeben hat?

Zur Strafe für meine Verstocktheit hieß er mich in meiner Zelle bleiben, fasten und Buße tun. Ich nahm die Strafe demütig hin und schonte mich nicht, denn es ist Glück, für einen unschuldigen Mitmenschen leiden zu dürfen.

Ich stehe am Gitterfenster meiner Zelle, von wo aus ich die hohen, geheimnisvollen Berge schwarz gegen den Abendhimmel sehen kann. Unter dem Fenster murmelt der Fluß sanft und tröstlich. Unser Kloster ist auf einem hohen Felsen über dem Fluß erbaut, und gerade unter den Fenstern unserer Zellen fällt die Steinwand so steil ab, daß man sie nur unter Lebensgefahr erklimmen kann. Wie betroffen war ich daher, als ich eine Gestalt aus dem Abgrund heraufklettern sah! In der Dämmerung konnte ich nicht erkennen, was für ein Wesen es war; und da ich dachte, ein böser Geist käme, mich zu versuchen, bekreuzigte ich mich und sprach ein Gebet.

Die Gestalt hatte inzwischen die Felskante unter meinem Fenster erreicht. Ich sah eine Bewegung ihrer Hand, und plötzlich flog etwas durchs Fenster in meine Zelle. Ich hob es auf.

Es war ein Strauß Blumen – Blumen, wie ich sie nie zuvor gesehen hatte: weiße Sterne, blattlos, weich wie Samt, aber ohne Duft. Erstaunt beugte ich mich weiter zu den Gitterstäben vor, um die Gestalt zu sehen, und hörte eine sanfte, leise Stimme sagen: »Ich bin Benedikta; und ich danke Euch!«

O Himmel! Sie war es, die unter Lebensgefahr die furchtbare Steilwand heraufgeklettert war, um mich in der Einsamkeit meiner Buße zu trösten! Sie wußte also von meiner Strafe und wußte, welches meine Zelle war. O geliebter Heiliger, das alles konnte sie nur durch dich wissen! Diese Gewißheit bestärkte mich in meiner Überzeugung, daß es mir aufgetragen war, sie zu retten.

Sie winkte mir noch kurz zu, wandte sich dann zum Abgrund zurück und verschwand. Unwillkürlich stieß ich einen Schrei aus. War sie hinuntergestürzt? Ich klammerte mich an die Eisenstäbe und versuchte in den Abgrund zu spähen, konnte aber nichts unterscheiden. Verzweifelt warf ich mich auf den Boden meiner Zelle und betete, der Himmel möge sie auf ihrem gefahrvollen Weg beschützen, wenn sie noch am Leben, oder ihrer Seele gnädig sein, wenn sie gestürzt war. Endlich aber gab mir Benedikta ein Zeichen, daß sie sicher das Tal erreicht hatte. Es war der juchzende Schrei, den diese Bergbewohner in ihrer ungezähmten Lebensfreude ausstoßen. Aus der Tiefe des Abgrunds, von seinem eigenen Echo begleitet, ergriff er mich so stark, daß ich weinen mußte. Meine Tränen fielen auf die wilden weißen Blumen in meiner Hand.

9

Als Jünger des heiligen Franziskus darf ich nichts besitzen, was meinem Herzen teuer ist. Daher schenkte ich meinem Heiligen das Liebste, was ich besaß, nämlich den Blumenstrauß, den mir Benedikta gebracht hatte. Er schmückte jetzt das Bild in der Klosterkirche, das den Heiligen mit dem blutenden Herzen darstellt, dem Symbol für seine leidende Menschenliebe.

Ich habe jetzt erfahren, wie man die Blume nennt: Sie heißt Edelweiß, wegen ihrer Farbe. Sie ist kostbarer als andere Blumen, weil sie in solcher Schönheit nur auf den höchsten und unzugänglichsten Felsen wächst. In welche Gefahren hat sich die schöne Benedikta begeben, um mir eine Freude zu bereiten!

10

Ich glaube, ich wurde blaß, als einer der Brüder bei Tisch berichtete, vor dem Bild des Heiligen sei ein Strauß Edelweiß gefunden worden; und er sei so schön, wie er nur auf einem schroffen Felsen in schwindelnder Höhe, tausend Fuß über einem schrecklichen See, wächst. Die Brüder erzählen schaurige Geschichten von diesem See, dessen Wasser wild und unergründlich sind und an dessen Ufern böse Geister ihr Unwesen treiben. Dorthin also hat das arme Kind sich ganz allein gewagt, um die Blumen für mich zu pflücken.

O du armes, schuldloses Kind, von den Menschen geächtet! Gewiß hat Gott dich beschützt, um mir ein sichtbares Zeichen zu geben, daß ich für deine Rettung ausersehen bin. Schon fühle ich in meinem Herzen etwas von der Verehrung, die einer Heiligen gebührt. Vielleicht wird Gott eines Tages deine Reinheit und Unschuld durch ein Zeichen offenbaren und die Kirche dich unter ihre Heiligen aufnehmen!

Noch etwas anderes habe ich über das Edelweiß erfahren. In diesem Land gilt es als ein Pfand der Liebe. Der Jüngling schenkt es seiner Liebsten, und das Mädchen schmückt den Hut seines Auserwählten damit. So wollte also Benedikta mit der Gabe, die sie mir, als einem bescheidenen Diener der Kirche, brachte, ihre Liebe und Verehrung für die heilige Kirche ausdrücken.

Tag für Tag streifte ich jetzt durch die Berge und Wälder; ich kenne schon jeden Pfad und jeden Winkel. Oft werde ich in die Häuser der Bauern, Jäger und Hirten geschickt, um den Kranken Arznei und den Betrübten Trost zu bringen. Unser ehrwürdiger Abt sagt, sobald ich die heilige Priesterweihe erhalten habe, werde ich auch den Sterbenden das Sakrament bringen dürfen.

Möge ich dieser Gnade würdig sein! Möge unser geliebter Heiliger meine Seele rein von irdischer Leidenschaft und Schuld erhalten!

11

Das Kloster hat ein großes Fest gefeiert, und ich will alles berichten, was dabei geschah.

Viele Tage lang vor dem Ereignis waren die Brüder schon mit den Vorbereitungen beschäftigt. Sie schmückten die Kirche mit Tannen- und Birkenzweigen und mit Blumen. Einige stiegen mit den Männern des Dorfes in die Berge und sammelten

Alpenrosen, die im Sommer dort im Überfluß wachsen. Am Tag vor dem Fest wanden sie sie zu Kränzen für die Kirche.

Am nächsten Morgen fand die große Prozession statt. Sie war herrlich anzusehen und gereichte unserem Kloster zur Ehre. Der ehrwürdige Abt wandelte unter einem purpurroten Seidenbaldachin, umgeben von den ehrwürdigen Vätern, und trug in seinen Händen das Allerheiligste. Wir Brüder folgten mit brennenden Kerzen, Psalmen singend. Hinter uns kam die Menge des Volks im Festtagsstaat. Die stolzesten unter ihnen waren die Bergleute; an ihrer Spitze ritt der Salzmeister auf einem edlen Pferd, das mit kostbarem Zaumzeug geschmückt war, ein Schwert an der Seite, einen Federhut auf dem hocherhobenen Kopf. Ihm folgte sein Sohn Rochus. Als wir uns vor dem Tor in einer Reihe aufstellten, hatte ich Gelegenheit, mir diesen Rochus näher anzusehen. Er ist ein auffallend schöner, starker junger Mann; er trug den Hut schief auf dem Kopf und warf kecke, feurige Blicke nach den Frauen und Mädchen. Uns Mönche musterte er mit sichtlicher Verachtung.

Der Salzmeister ist so mächtig in dieser Gegend wie unser Abt. Er wird vom Herzog eingesetzt und hat große Vollmachten in allen Angelegenheiten, sogar Macht über Leben und Tod derer, die eines Verbrechens angeklagt sind. Möge Gott ihn stets weise und gerecht urteilen lassen!

Durch das Dorf zog die Prozession hinaus ins Tal und hinunter zu den Eingängen der großen Salzminen. Vor dem Haupteingang zur größten Mine war ein Altar errichtet, und dort las unser Abt das Hochamt, während alles Volk kniete. Ich bemerkte, daß der Salzmeister und sein Sohn nur widerwillig niederknieten und ihre Köpfe beugten, und das betrübte mich. Nach dem Gottesdienst zog die Prozession zu dem Hügel, der noch über dem Kloster liegt und Kalvarienberg genannt wird. Der Abt hob das Kruzifix und sprach Gebete und Beschwörungen, um die bösen Geister zu bannen, die in den Bergen der Umgebung hausen. Die Glocken läuteten zur Ehre Gottes, und es war, als sängen göttliche Stimmen über der Wildnis.

Ich sah mich nach der Tochter des Henkers um, konnte sie aber nirgends entdecken.

Nach dem Gottesdienst begann das Fest. Auf der Wiese waren unter Bäumen Tische aufgestellt, auf denen das Mahl aufgetragen wurdc. Junge Männer entfachten große Holzfeuer und brieten Fleisch an hölzernen Spießen. Auch sotten sie Bergforellen und Karpfen in großen Kesseln. In riesigen Körben wurde das Weizenbrot aufgetragen, und auch an Getränken war kein Mangel, denn der Abt und der Salzmeister hatten jeder ein großmächtiges Faß Bier gestiftet. Zu Ehren des heiligen Franziskus muß ich sagen, daß das Faß des Abts das größere war.

Die beiden besten Tische waren dem ehrwürdigen Abt und den Patres sowie dem Salzmeister und seinen Leuten vorbehalten. Auch viele Ritter waren mit ihren schönen Frauen und Töchtern von ihren fernen Schlössern gekommen, um an dem Fest teilzunehmen. Ich wartete bei Tisch auf, zusammen mit einigen anderen jungen Mönchen. Ich reichte die Schüsseln und füllte die Gläser und staunte über die großen Mengen an Speisen und an bitterem braunem Bier, die vertilgt wurden. Ich beobachtete auch die verliebten Blicke, die des Salzmeisters Sohn den Frauen zuwarf und die mir mißfielen, denn er konnte doch nicht alle diese Frauen heiraten, besonders, da viele von ihnen schon verheiratet waren.

Es gab auch Musik. Einige junge Männer aus dem Dorf vollführten sie mit Flöten, Pfeifen und Fiedeln. Gewiß mag es eine schöne Musik gewesen sein – nur hat der Himmel mir das rechte Gehör für solche Töne versagt.

Nach dem Essen trieben die jungen Männer allerlei Spiele, in denen sie Kraft und Geschicklichkeit bewiesen. Heiliger Franziskus! Was für kräftige Arme, Beine und Nacken sie haben! Sie sprangen und rangen miteinander und es war, als ob Bären kämpften. Der bloße Anblick erschreckte mich. Es schien, als würden sie einander zermalmen. Aber die Mädchen sahen mit großem Vergnügen zu, kicherten und zeigten keine Angst. Auch über die Stimmen dieser jungen Bergbewohner konnte ich nur staunen. Sie warfen die Köpfe zurück und juchzten und schrien, und als das Echo die Schreie von allen Seiten zurückwarf, klang es wie ein Chor von Dämonen.

Unter diesen jungen Leuten schien der Sohn des Salzmeisters König. Er sprang wie ein Hirsch, kämpfte wie ein Bär und brüllte wie ein junger Stier. Ich merkte, daß viele ihn um seine Kraft und Schönheit beneideten und ihn heimlich haßten; trotzdem gehorchten ihm alle. Es war ein schöner Anblick, wie dieser junge Mann seinen schlanken und doch kräftigen Körper bewegte, wie er die goldenen Locken schüttelte und mit flammenden Wangen und blitzenden Augen die Spiele anführte. Wie traurig nur, daß Hochmut und Leidenschaft in seiner Seele wohnten!

Es dämmerte bereits, als der Abt, der Salzmeister, die Patres und alle vornehmen Gäste aufbrachen und den Jungen das Feld zu Trunk und Tanz überließen. Ich mußte an der Seite des Bruders Kellermeister zurückbleiben, um den übermütigen jungen Leuten Bier aus dem großen Faß zu kredenzen. Auch der junge Rochus blieb zurück. Ich weiß nicht, wie es dazu kam, aber plötzlich stand er vor mir. Sein Blick war finster und seine Haltung stolz.

»Bist du der Mönch«, fragte er mich, »der kürzlich solches Ärgernis erregt hat?«

Obwohl ich unter meiner Mönchskutte einen sündigen Zorn verspürte, antwortete ich doch demütig: »Ich weiß nicht, wovon Ihr sprecht.«

»Du weißt es recht gut«, herrschte er mich an. »Und merke dir dies: Wenn du dich jemals wieder an dieses Mädchen heranmachst, will ich dir einen Denkzettel geben, den du nicht vergessen sollst. Ihr Mönche nehmt euch unter dem Deckmantel der Tugend jede Frechheit heraus. Aber ich durchschaue euch. Merk dir das, du Kuttenträger, und hüte dich!«

Damit wandte er mir den Rücken und ging davon. Aber ich hörte seine kräftige Stimme noch durch die Nacht schallen, als er mit den anderen sang und lachte.

Daß dieser wilde junge Mensch ein Auge auf die Henkerstochter geworfen hatte, beunruhigte mich tief. Sicher waren seine Gefühle für sie nicht ehrenhaft, sonst hätte er mich für meine Freundlichkeit ihr gegenüber nicht zur Rede gestellt, sondern mir dafür gedankt. Ich fürchtete für Benedikta und versprach meinem Heiligen, über sie zu wachen und sie zu retten – ihren Leib wie ihre Seele.

12

Die Burschen warfen trockenes Reisig ins Feuer, so daß die Flammen aufprasselten und Wiese und Bäume mit rotem Schein beleuchteten. Dann griffen sie sich die Mädchen und drehten sich mit ihnen im Tanz. Alle Heiligen im Himmel! Wie sie stampften und herumwirbelten, ihre Hüte in die Luft warfen und mit den Füßen ausschlugen, die Mädchen aufhoben und durch die Luft schwangen wie Federbälle! Dabei schrien und lärmten sie wie eine Schar höllischer Dämonen. Die Burschen waren voll des bitteren braunen Biers, das die Sinne umnebelt.

Die wachsende Trunkenheit stachelte sie zu immer neuen Kämpfen an. Mit Fäusten und Messern gingen sie aufeinander los, so daß es schien, als wollten sie einander ermorden. Doch plötzlich sprang der Sohn des Salzmeisters zwischen die Kämpfenden, packte zwei von ihnen an den Haaren und stieß ihre Köpfe so gewaltsam gegeneinander, daß ich glaubte, die Schädel müßten bersten wie Eierschalen. Aber diese Leute haben harte Köpfe, und solche Behandlung schien ihnen wenig auszumachen.

Die Musik setzte wieder ein, die Geigen kratzten, und die Pfeifen schrillten. Mit zerrissenen Kleidern und zerschundenen, blutigen Gesichtern begannen die Burschen wieder zu tanzen, als wäre nichts geschehen. Was ist das für ein Volk! Ganz nach dem Herzen eines Bramabas oder Holofernes!

Ich hatte mich kaum von dem Schrecken erholt, den Rochus mir eingejagt hatte, als mich schon ein neuer erwartete.

Rochus tanzte mit einem schönen, großen Mädchen, das wie für ihn geschaffen schien. War er der König des Festes, so war sie die Königin. Sie vollführten gewaltige Sprünge und schwindelnde Drehungen, aber zugleich mit solcher Anmut, daß alle sie im Kreis umstanden und ihnen bewundernd zusahen. Das Mädchen lächelte stolz und selbstsicher, als wollte es sagen: Seht ihr! Ich bin die Herrin seines Herzens!

Plötzlich aber stieß er die Schöne von sich, brach aus dem Kreis der Tänzer aus und rief seinen Freunden zu: »Ich hole mir ein anderes Mädchen zum Tanz. Wer kommt mit?«

Die schöne braunhaarige Tänzerin errötete vor Zorn über diese Beleidigung, und ihre schwarzen Augen brannten wie höllische Flammen. Er aber kümmerte sich nicht weiter um sie, sondern griff sich einen Feuerbrand, schwenkte ihn über seinem Kopf, daß die Funken sprühten, und schrie noch einmal: »Wer kommt mit mir?« Dann wandte er sich dem Wald zu. Die anderen ergriffen ebenfalls Feuerbrände und folgten ihm, und bald verklang ihr Rufen und Lachen in der Nacht.

Ich schaute immer noch in die Richtung, in der sie verschwunden waren, als das große Mädchen an mich herantrat und mir etwas ins Ohr zischte. Ich fühlte ihren heißen Atem an meiner Wange.

»Wenn dir an der Henkerstochter liegt, dann eile ihnen nach und rette sie vor diesem betrunkenen Schuft! Keine Frau kann ihm widerstehen!«

Ich erschrak sehr über diese wilden Worte. Und verzagt fragte ich:

»Wie kann ich sie retten?«

»Lauf und warne sie, Mönch«, antwortete die Dirne. »Auf dich wird sie hören.«

»Aber sie werden früher bei ihr sein als ich.«

»Sie sind betrunken und kommen nicht schnell voran. Ich weiß einen Pfad zum Haus des Henkers, der kürzer ist als ihr Weg.«

»Dann komm und zeig ihn mir! Schnell!« rief ich.

Sie glitt davon, und ich folgte ihr auf dem Fuß. Bald tauchten wir ins Dunkel des Waldes ein, wo ich die Gestalt meiner Führerin kaum noch erkennen konnte; sie aber bewegte sich rasch und sicher, als sei es heller Tag. Durch die Bäume konnten wir die Fackeln der Burschen auf dem Bergpfad sehen, während wir über eine Abkürzung zum Haus des Henkers eilten. Ich hörte ihre wilden Rufe und zitterte für das arme Kind.

Nachdem wir eine Weile schweigend dahingeeilt waren und die Burschen weit zurückgelassen hatten, hörte ich das junge Mädchen zu sich selber murmeln:

»Er soll sie nicht haben! Zum Teufel mit der Brut des Henkers! Er liebt sie nur aus Trotz, weil alle andern sie hassen und verachten. Freilich hat sie ein hübsches Gesicht. Aber ich werde es so zurichten, daß er es nicht wiedererkennen soll! Und wäre sie des Teufels Tochter – er darf sie nicht bekommen!«

Dabei lachte sie so wild und haßerfüllt, daß ich schauderte. Was für dunkle Kräfte wohnen doch in des Menschen Brust. Ich danke Gott, daß ich davon so wenig weiß wie ein Kind.

Schließlich gelangten wir zum Galgenberg, wo des Henkers Hütte stand.

»Dort wohnt sie«, sagte meine Begleiterin und wies nach der Hütte, in deren Fenster sich der gelbe Schein einer Kerze zeigte. »Warne sie. Der Henker ist alt und krank und kann sie nicht schützen. Führ sie fort, zum Alpfeld auf der Göll, wo mein Vater ein Haus hat. Dort wird man sie nicht vermuten.«

Damit verließ sie mich und verschwand in der Dunkelheit.

13

Ich ging auf die Hütte zu. Durchs Fenster konnte ich den Henker in einem Stuhl sitzen sehen. Die Tochter stand an seiner Seite, eine Hand auf seiner Schulter. Ich hörte ihn husten und stöhnen, während sie ihn in seinem Leiden zu trösten versuchte. Die liebevolle Fürsorge machte ihr Gesicht noch schöner.

Ich bemerkte, daß der kleine Raum sehr sauber und ordentlich gehalten war. Gottes Segen schien auf dieser armseligen Behausung zu ruhen. Und doch wurden seine Bewohner wie Aussätzige und Verbrecher behandelt! Mit Wohlgefallen sah ich auch ein Bild der Heiligen Jungfrau an einer Wand, mit Edelweiß und Feldblumen geschmückt.

Dann klopfte ich an die Tür und rief: »Habt keine Angst! Ich bin es – Bruder Ambrosius!«

Als ich über die Schwelle trat, glaubte ich in Benediktas Zügen eine jähe Freude zu erkennen. Aber vielleicht war es auch nur die Überraschung – bewahre mich Gott vor der Sünde des Hochmuts.

»Benedikta«, sagte ich hastig, »ein Haufen wilder, betrunkener Burschen ist auf dem Weg hierher, um dich zum Tanz zu holen. Rochus führt sie an. Ich bin gekommen, dich zu warnen.«

Bei der Nennung des Namens Rochus stieg ihr das Blut in die Wangen und rötete ihr Gesicht bis an die Haarwurzeln. Meine eifersüchtige Führerin hatte wohl recht gehabt: keine Frau konnte ihm widerstehen, nicht einmal dieses fromme, reine Kind.

Als ihr Vater meine Worte begriff, erhob er sich mühsam und hob die Arme, wie um seine Tochter zu beschützen. Aber obwohl seine Seele stark war, hatte sein Körper keine Kraft mehr. Weinend sank der alte Mann auf seinen Stuhl zurück.

Da bat ich ihn: »Laßt mich sie von hier fortbringen! Die Burschen sind betrunken und wissen nicht, was sie tun. Da, seht ihre Fackeln! Hört ihre trunkenen Stimmen! Eile, Benedikta, flieh! Rasch, rasch!«

Benedikta umarmte und küßte den Alten, hauchte einen Kuß auch auf meine Hand und stürzte aus der Hütte. Ich sah sie in der Nacht verschwinden, was mich sehr überraschte. Ich wartete auf ihre Rückkehr, aber sie kam nicht wieder. Und so blieb ich bei dem Alten, um ihn vor der Wut der enttäuschten Burschen zu schützen.

Aber diese kamen nicht. Vergebens wartete ich und horchte in die Nacht. Ich hörte ihre wilden Schreie, die mich schaudern machten, aber der Lärm verklang in der Ferne, und ich wußte, daß sie vor dem Galgenberg umgekehrt und wieder zu der Wiese mit den Feuern hinuntergegangen waren. Der alte Mann und ich wunderten uns über diese unverhoffte

Sinnesänderung und dankten Gott dafür. Dann machte ich mich auf den Rückweg.

Als ich in die Nähe der Wiese kam, hörte ich sie wilder und toller lärmen als zuvor. Durch die Bäume sah ich sie im flackernden Feuerschein mit einigen Mädchen tanzen. Wie besessen wirbelten sie herum und umkreisten die Feuer, stampfend und brüllend, wie Teufel der Hölle, die irgendein wüstes Fest feiern.

Und – Herr des Himmels! Mitten unter ihnen, von den roten Flammen beschienen, tanzten Rochus und Benedikta miteinander, offenbar alles um sich her vergessend!

14

Heilige Mutter Gottes! Was kann schlimmer sein als der Fall eines Engels? Ich begriff, daß Benedikta freiwillig die Begegnung gesucht hatte, vor der ich sie bewahren wollte!

»Die verfluchte Hexe hat sich Rochus an den Hals geworfen!« zischte die braunhaarige Dirne plötzlich in mein Ohr. Sie war unbemerkt neben mir aus dem Wald aufgetaucht. »Ich wünschte, ich hätte sie getötet! Warum hast du Narr sie nicht zurückgehalten?«

Ich stieß sie beiseite und eilte auf das Paar zu, ohne zu denken, was ich tat. Aber was konnte ich tun? In diesem Augenblick hörten die andern zu tanzen auf, umringten das Paar und klatschten im Takt in die Hände.

Die beiden Tanzenden in der Mitte boten ein wunderschönes Bild. Er groß, schlank und geschmeidig, wie ein Gott der heidnischen Griechen anzusehen; sie zart und hell wie eine Fee. Benedikta hatte die Augen bescheiden niedergeschlagen; aber ihre Wangen glühten, sie schien ganz in der Beschwingtheit des Tanzes aufzugehen. Armes Mädchen! Ihr Irrtum bekümmerte mich tief, aber ich vergab ihn ihr. Ihr Leben war so armselig und freudlos; warum sollte sie nicht gern einmal tanzen wollen? Aber von allen Burschen gerade Rochus!

Während ich so dastand und überlegte, was ich tun sollte, hörte ich die eifersüchtige Dirne neben mir lästern und fluchen. Sie heißt übrigens Amula. Als die Burschen Benediktas Tanz Beifall klatschten, wollte sie vorstürzen, aber ich hielt die Wütende zurück, trat selber vor und rief:
»Benedikta!«

Benedikta schrak bei meinem Anruf zusammen, aber sie senkte den Kopf nur noch tiefer und fuhr fort zu tanzen.

Jetzt konnte Amula ihre Wut nicht mehr bezähmen. Mit einem Schrei eilte sie auf das Feuer zu und versuchte durch den Kreis zu brechen. Aber die Burschen hielten sie zurück, verspotteten sie und jagten sie fort. Als ich dabei den Haß in Amulas Augen sah, erkannte ich, daß sie imstande wäre, das arme Kind mit ihren Händen zu erwürgen. Gott steh uns bei!

Ich hätte nach Hause gehen sollen, aber ich blieb. Ich überlegte, was geschehen könnte, wenn der Tanz vorbei war. Für gewöhnlich begleiteten die Burschen ihre Tänzerinnen nach Hause, wie ich wußte. Zu denken, daß Rochus und Benedikta vielleicht allein im Wald und in der Nacht zurückbleiben würden!

Zu meiner grenzenlosen Überraschung aber hörte Benedikta plötzlich zu tanzen auf. Sie hob den Kopf, sah Rochus freundlich an und sagte mit ihrer sanften, silberhellen Stimme: »Ich danke Euch, Herr, daß Ihr mich so ritterlich zum Tanz geführt habt.«

Dann verneigte sie sich vor des Salzmeisters Sohn, glitt rasch aus dem Kreis und verschwand im Wald, bevor irgend jemand sie zurückhalten konnte.

Im ersten Augenblick war Rochus wie vor den Kopf geschlagen. Dann, als er begriff, daß sie wirklich fort war, begann er zu toben wie ein Wahnsinniger. Er schrie: »Benedikta!« und rief und lockte sie mit Schmeichelworten. Aber vergebens – sie kam nicht wieder. Er wollte ihr nacheilen und den Wald mit Fackeln durchsuchen, aber seine Gefährten brachten ihn davon ab.

Dann bemerkte er mich und richtete seinen ganzen Zorn gegen mich. Wenn seine Gefährten ihn nicht zurückgehalten hätten, wäre es mir übel ergangen.

»Das sollst du mir büßen, verdammter Kuttenträger!« schrie er.

Aber ich fürchte ihn nicht. Benedikta ist schuldlos, und ich kann sie achten wie bisher. Trotzdem zittere ich bei dem Gedanken an die Gefahren, denen sie ausgesetzt ist. Wehrlos preisgegeben ist sie dem Haß Amulas wie der Begierde des Rochus. Könnte ich doch immer an ihrer Seite sein, um sie zu beschützen! Aber ich befehle sie dir, o Herr, nimm du das arme mutterlose Kind in deinen Schutz.

15

O mein unseliges Geschick! Wieder wurde ich bestraft, und wieder kann ich mich selbst nicht schuldig finden!

Es scheint, daß die braune Dirne in ihrer Eifersucht die Begebenheiten jener Nacht überall erzählt und dabei die arme Benedikta ins schlechteste Licht gesetzt hat. Die Henkerstochter habe sich Rochus an den Hals geworfen, verbreitet sie, und habe sich in schamloser Weise mit den betrunkenen Burschen vergnügt! Da die Leute zu mir davon sprachen, hielt ich es für meine Pflicht, den Verleumdungen entgegenzutreten und das unschuldige Mädchen zu verteidigen.

Damit aber erregte ich von neuem den Unwillen des Abts. Er ließ mich zu sich kommen und warf mir vor, der Henkerstochter zuliebe eine ehrbare Christin Lügen gestraft zu haben.

»Es ist erwiesen«, fügte er hinzu, »daß die Tochter des Henkers sich freiwillig zu den betrunkenen Burschen gesellte.«

Darauf antwortete ich: »Sie ging aus Liebe zu ihrem Vater, denn hätten die Burschen sie in der Hütte nicht gefunden, so hätten sie gewiß den armen alten Mann mißhandelt, der schwach und wehrlos ist.«

Aber Seine Ehrwürden ließen keinen Einwand gelten. Wieder wurde mir strenge Buße auferlegt. Und ich nehme sie gern auf mich; weiß ich doch, daß ich für das süße Kind leide, das mir so lieb ist wie eine Schwester.

Freilich: Wer dem Herrn angehört, hat kein Recht, irgend etwas außer Ihm zu lieben – alle andere Liebe ist Sünde. O ihr Heiligen im Himmel! Könnte das Gefühl, das ich als ein Zeichen meiner Berufung zur Rettung von Benediktas Seele ansah, nur sündige irdische Liebe sein? Bitte für mich, heiliger Franziskus, damit ich den rechten Weg erkenne und mich nicht unversehens auf den Pfad verirre, der zur Hölle führt!

16

Ich stehe am Fenster meiner Zelle. Die Sonne sinkt, und mit den Schatten kriecht der Nebel aus dem Abgrund die Berghänge herauf. Ich denke an den Abend, als Benedikta aus diesem Abgrund bis zu meinem Zellenfenster kletterte, um mir einen

Strauß Edelweiß durchs Fenster zu werfen. Ich lausche in die Nacht, ich höre den Wind in den Tannen seufzen und das Wasser in der Tiefe rauschen. Aber ihre süße Stimme höre ich nicht.

Heute ist Sonntag. Benedikta kam nicht in die Kirche – die dunkle Ecke blieb leer. Und ich war nicht fähig, meinen Sinn ganz auf den Gottesdienst zu richten – eine Sünde, für die ich willig Buße tue.

Amula saß unter den anderen Mädchen, aber Rochus sah ich nirgends. Ich dachte, daß Amulas eifersüchtige Wachsamkeit vielleicht ein besserer Schutz für die Nebenbuhlerin sei als die Liebe ihres Vaters. Ein tröstlicher Gedanke, der freilich nur kurze Zeit anhielt.

Als die Messe zu Ende war, verließen die Patres und Brüder die Kirche in langsamer Prozession durch die Sakristei, während das Volk durch das Hauptportal ins Freie strömte. Von der langen, überdachten Galerie vor der Sakristei kann man den Dorfplatz überblicken. Und als wir hier anlangten, geschah etwas, was ich bis zur Stunde meines Todes nicht vergessen werde. Nie werde ich begreifen, warum der Himmel das zuließ. Es scheint, daß die Patres vorher wußten, was geschehen würde, denn sie blieben auf der Galerie abwartend stehen.

Plötzlich erhob sich ein Lärm, der rasch näherkam. Ich hörte Stimmengewirr, zornige Rufe und dröhnendes Lachen; es klang, als sei die Hölle selbst losgelassen. Als einer der letzten im Zug auf der Galerie konnte ich noch nicht sehen, was da unten auf dem Platz vorging, und so fragte ich einen Bruder danach, der weiter vorn stand.

»Sie führen ein Weib zum Pranger«, antwortete er.

»Wer ist es?«

»Eine junge Dirne.«

»Was hat sie denn getan?«

»Törichte Frage. Pranger und Schandpfahl sind nur für gefallene Weiber da.«

Jetzt wälzte sich die wütende Menge näher auf dem Platz heran, so daß ich sie sehen konnte. Die jungen Burschen liefen schreiend, grölend und gemeine Lieder singend voran. Sie schienen sich an Schande und Schmerz der armen Sünderin zu ergötzen. Aber auch die Mädchen benahmen sie nicht viel besser. »Pfui über die Dirne!« schrien sie. »An den Pranger mit ihr! Dem Himmel sei Dank, daß wir tugendhaft sind!«

Inmitten dieser tobenden, geifernden Menge aber – o Gott, wie kann ich es niederschreiben? Wie mein Entsetzen schildern?

Inmitten des Hexenkessels von Bosheit, Haß und Niedertracht ging sie, die liebliche, die süße, die unschuldige Benedikta!

O mein Heiland! Wie konnte ich diesen furchtbaren Anblick überleben! Ich war dem Tode nah. Die Galerie, der Platz, die Menschen, alles schien sich um mich zu drehen. Mir wurde schwarz vor Augen, und ich glaubte in die Erde versinken zu müssen. Aber meine Schwäche dauerte nur kurze Zeit. Ich hielt mich aufrecht und schaute auf den Platz hinunter.

Man hatte sie in ein langes, graues Büßerhemd gehüllt und mit einem Strick umgürtet. Auf dem Kopf trug sie einen Kranz von Stroh und an einer Schnur um den Hals ein Schild, auf dem das Wort »Buhle« stand.

Ein Mann führte sie an dem Strick, der um ihre Mitte geschlungen war. Und als ich näher hinsah – o heiliger Sohn Gottes, was für Bestien sind doch die Menschen, für die du gestorben bist – da erkannte ich Benediktas Vater! Sie hatten den armen Mann gezwungen, sein eigenes Kind zum Pranger zu schleppen! Ich erfuhr später, daß er den Abt angefleht hatte, ihn von dieser schrecklichen Pflicht zu entbinden, aber vergebens.

Die Erinnerung an diese Szene wird mich für immer verfolgen. Der Henker ließ kein Auge von seiner Tochter, und sie nickte ihm zu und lächelte. Bei Gott, sie lächelte!

Der Pöbel beleidigte sie, spuckte ihr vor die Füße und beschimpfte sie mit häßlichen Namen. Nicht genug damit – als die Leute sahen, daß sie nicht auf sie achtete, bewarfen sie das Mädchen mit Erde und Schmutz.

Das war mehr, als der arme Vater ertragen konnte. Mit einem Stöhnen brach er ohnmächtig zusammen.

Benedikta kniete nieder, bettete seinen Kopf in ihren Schoß, flüsterte ihm tröstende Worte ins Ohr und streichelte sein graues Haar, bis er wieder zu sich kam und die Augen aufschlug. Benedikta, dreimal gebenedeite Benedikta, du bist gewiß zur Heiligen geboren, denn du zeigtest Güte und Geduld eines Engels!

Sie half ihrem Vater auf die Füße, lächelte ihm ermutigend zu und reichte ihm den Strick.

Die Burschen grölten und sangen weiter, die Weiber kreischten, und der unglückselige Alte führte seine Tochter an den Ort der Schande.

17

Als ich wieder in meiner Zelle war, warf ich mich auf den Steinboden und klagte Gott laut meinen Schmerz über das Unrecht und das Elend, die ich mit angesehen hatte, und das noch größere Elend, dessen Anblick mir erspart geblieben war. Ich betete inbrünstig, das arme Kind möge stark genug sein, die schreckliche Züchtigung zu überstehen.

Dann saß ich da und wartete. Ich wartete auf den Sonnenuntergang, denn um diese Zeit pflegte man die Delinquenten vom Schandpfahl loszubinden. Die Minuten schienen mir Stunden, die Stunden mir eine Ewigkeit. Die Sonne rührte sich nicht; der Tag der Schmach wollte kein Ende nehmen.

Vergebens versuchte ich das alles zu begreifen. Ich war wie benommen. Warum hatte Rochus zugelassen, daß man Benedikta so mitspielte? Glaubte er, sie um so leichter gewinnen zu können, je tiefer sie in Schande stürzte? Ich kenne seine Gefühle nicht, noch liegt mir daran, sie zu kennen. Ich dagegen empfinde ihre Schmach schmerzlicher, als wenn man mich selbst zum Schandpfahl führte.

O Herr, wie hast du deinen Diener erleuchtet! Ich verstand plötzlich, daß mein Gefühl für Benedikta mehr und weniger ist, als ich gedacht hatte. Es ist eine irdische Liebe – die Liebe eines Mannes für eine Frau. Als mir diese Erkenntnis kam, stockte mir im ersten Augenblick der Atem vor Entsetzen über meine Todsünde; und doch war ich keiner wirklichen Reue fähig. War mein Herz verhärtet durch den Anblick des schreienden Unrechts, das der Himmel zugelassen hatte? Oder hatte mich die plötzliche Erleuchtung so geblendet, daß ich den Grad meiner Schuld nicht mehr erkennen konnte? Aber sosehr mich der Aufruhr meiner Gefühle auch ängstigte, ich hätte meine Liebe doch nicht aus meinem Herzen reißen mögen.

Selbst jetzt kann ich nicht glauben, daß ich ganz verblendet war, als ich mich vom Himmel berufen fühlte, Benediktas Seele zu retten. Diese andere, irdische Liebe – kommt nicht auch sie von Gott? Die geistige und die fleischliche Liebe sind vielleicht nicht so entgegengesetzt, wie man mich zu denken gelehrt hat, sondern vom gleichen Willen, der auf das Glück des geliebten Gegenstands hinzielt. Glück auf Erden und Glück im Himmel. O heiliger Franziskus, da dieses große Licht über mich gekommen ist, leite du meine Schritte. Zeig mir den richtigen, den rechten Weg zu Benediktas Heil!

Endlich sank die Sonne hinter den Horizont. Nebel stieg aus dem Abgrund auf. Die purpurnen Schatten wurden tiefer und löschten schließlich die letzten Strahlen, die noch die Gipfel der Berge erhellt hatten.

Ich danke dir, o Gott! Nun ist sie frei.

18

Ich war sehr krank, aber durch die gütige Fürsorge der Brüder bin ich so weit genesen, daß ich mein Bett verlassen kann. Es muß wohl Gottes Wille sein, daß ich weiterlebe, um Ihm zu dienen. Ich fühle ein großes Verlangen nach der Priesterweihe. Gewiß wird das heilige Öl mich von meiner irdischen, hoffnungslosen Leidenschaft reinigen, und ich werde mich ganz einem neuen, himmlischen Leben zuwenden. Und vielleicht kann ich dann, ohne Schaden an meiner Seele zu nehmen, besser über Benedikta wachen und sie schützen als jetzt, da ich nur ein armer Mönch bin.

Ich war sehr schwach. Meine Füße konnten meinen Körper kaum noch tragen. Die Brüder führten mich in den Garten hinaus. Mit welcher Dankbarkeit sah ich den blauen Himmel wieder, die weißen Gipfel der Berge und jeden Grashalm zu meinen Füßen!

Meine Blicke wandern nach Süden, wo der Galgenberg liegt. Unaufhörlich denke ich an die arme Tochter des Henkers. Was ist aus ihr geworden? Hat sie die grausame Züchtigung überlebt? O wäre ich doch stark genug, zum Galgenberg zu gehen! Aber ich darf das Kloster nicht verlassen und wage niemand nach ihrem Schicksal zu fragen.

Die Brüder sehen mich so seltsam an, als betrachteten sie mich nicht mehr als einen der ihren. Warum? Ich liebe sie alle und möchte in Eintracht mit ihnen leben. Sie sind freundlich zu mir, aber sie scheinen mich zu meiden, wo sie können. Was hat das alles zu bedeuten?

19

Der ehrwürdige Abt, Pater Andreas, hat mich zu sich kommen lassen.

»Deine Genesung war ein Wunder«, sagte er. »Ich wünsche, daß du dich solcher Gnade würdig erweist und deine Seele auf das Glück der Priesterweihe vorbereitest. Ich habe deshalb beschlossen, mein Sohn, dich für einige Zeit in die Einsamkeit der Berge zu schicken. Dort sollst du deine Kräfte wiedererlangen und zugleich fern jeder Zerstreuung in dich gehen, deine schwere Schuld erkennen und bereuen.«

Ich unterwarf mich ohne Widerspruch dem Willen meines Oberen, denn Gehorsam ist ein Gebot unseres Ordens. Auch fürchte ich die Wildnis nicht, obwohl sie von wilden Tieren und bösen Geistern bevölkert sein soll. Überdies hat unser verehrter Abt recht: Die Zeit der Einsamkeit wird für mich eine Zeit der Bewährung sein, die ich bitter benötige. Ich habe nicht nur gesündigt, ich habe meine Sünde auch in der Beichte verschwiegen. Nicht aus Angst vor Strafe, sondern weil ich den Namen des Mädchens vor niemand sonst aussprechen könnte als nur vor dem heiligen Franziskus selbst, der allein mich verstehen könnte.

In den Bergen soll ich die Wurzeln einer bestimmten Pflanze sammeln und an das Kloster schicken. Aus diesen Wurzeln nämlich bereiten die Patres ein starkes Getränk, das im ganzen Land berühmt ist. Es schmeckt so herb und feurig, daß man meint, es müsse einem die Kehle verbrennen wie eine höllische Flamme. Aber es wird hochgeschätzt wegen seiner heilenden Kraft bei verschiedenen Krankheiten und Gebrechen. Die Pflanze heißt Genziana oder Enzian und wächst an den Hängen der hohen Berge. In den Monaten Juli und August sammeln die Brüder die Wurzeln, trocknen sie am Feuer in den Berghütten und bringen sie dann zum Kloster. Nur die Patres haben das Recht, in dieser Gegend die Wurzeln zu sammeln, und das Rezept für die Zubereitung des Getränks wird eifersüchtig gehütet.

Da ich nun für einige Zeit allein in einer Berghütte leben soll, hat der Abt mir befohlen, hin und wieder diese Wurzeln zu sammeln. Ein Junge, der im Dienst des Klosters steht, wird mich zu meiner Behausung begleiten und gleich wieder umkehren. Einmal in der Woche wird er mir neue Vorräte für meinen Lebensunterhalt bringen und die gesammelten Wurzeln mit hinunternehmen.

Auf Wunsch des Abts soll ich meine Reise ohne Verzug schon am kommenden Morgen antreten. So ging ich also in meine Zelle, packte meine heiligen Bücher, das *Agnus* und das Leben des heiligen Franziskus, in eine Tasche und vergaß auch nicht mein Tagebuch und Schreibzeug. Dann stärkte ich meine Seele mit Gebeten und nun bin ich bereit, den Schrecken und Gefahren der Wildnis zu begegnen.

Es schmerzt mich nur, daß ich fortgehen muß, ohne Benedikta noch einmal gesehen zu haben, ja ohne zu wissen, wie es ihr seit jenem schrecklichen Tag ergangen ist. Wie gern ging ich vorher noch zum Galgenberg, um wenigstens einen einzigen Blick auf die Hütte zu werfen, in der sie lebt! Verzeih mir der Himmel diese Schwäche meines sündigen menschlichen Herzens.

20

Als ich mit meinem jungen Führer das Kloster verließ, war alles still in seinen Mauern. Die Brüder schliefen noch den Schlaf der Gerechten, der mir so lange versagt geblieben war. Es dämmerte, und die Wolken im Osten begannen sich rosig zu färben, als wir den Pfad zum Gebirge hinaufstiegen. Mein Führer ging voran, den Sack mit Vorräten auf der Schulter. Ich folgte ihm mit geschürzter Kutte, einen schweren Stock mit eiserner Spitze in der Hand, der als Schutz gegen wilde Tiere dienen konnte.

Mein Führer war ein Knabe mit blauen Augen und strohgelben Haaren, von freundlichem und fröhlichem Wesen. Das Klettern auf steilen Bergpfaden machte ihm sichtlich Vergnügen, die Last auf seiner Schulter schien er nicht zu spüren. Er kletterte und sprang wie eine Bergziege.

Unterwegs erzählte er mir Geschichten von Geistern und Kobolden, Hexen und Feen. Mit den letzteren schien er recht vertraut. Er sagte, sie erscheinen in leuchtenden Gewändern, mit hellem Haar und schönen Flügeln, und diese Beschreibung entspricht ungefähr dem, was in den Büchern gewisser heiliger Väter berichtet wird. Der Junge sagt, sie nähern sich zuweilen Sterblichen und ziehen sie in ihren Bann, den niemand lösen kann, nicht einmal die Heilige Jungfrau. Aber ich glaube, das trifft nur für jene zu, die in Sünde leben, und wer reinen Herzens ist, hat von ihnen nichts zu befürchten.

Wir wanderten bergauf, bergab, durch Wälder und Schluchten und über blühende Wiesen. Die Bergflüsse, die zu Tal rauschten, schienen von den seltsamen Begebenheiten und Erscheinungen zu erzählen, die sie unterwegs gesehen hatten. Selten nur stießen wir auf eine Hütte, vor der strohhaarige und barfüßige Kinder spielten. Bei unserem Anblick liefen sie furchtsam davon, aber die Frauen kamen uns entgegen und boten uns Milch, Käse und schwarzes Brot an. Die Männer saßen oft vor ihren Hütten und schnitzten kunstvolle Kruzifixe aus Holz, die, wie mir mein Führer sagte, nach München gebracht und dort verkauft werden.

Schließlich gelangten wir an das Ufer eines Sees, aber dichter Nebel versperrte uns die Sicht. Ein kleines, plumpes Boot lag am Ufer vertäut. Der Junge hieß mich einsteigen, folgte nach und ergriff die Ruder. Es war, als glitten wir durch Wolken in den Himmel. Ich war noch nie über Wasser gefahren und fürchtete sehr, das Boot möchte kentern und wir ertrinken. Nichts war zu hören außer dem Plätschern der Ruder im Wasser, nichts zu sehen außer Nebel.

Ab und zu glitt ein dunkler Schatten an uns vorüber. Als der Nebel sich etwas lichtete, sah ich schroffe schwarze Felsen aus dem Wasser ragen, und nahe dem Ufer lagen riesige, gestürzte Bäume halb im Wasser, wie die Gebeine gigantischer Ungeheuer.

Aus all diesen Zeichen schloß ich, daß wir den schrecklichen See überquerten, der von Geistern und Dämonen verwunschen war. Ich befahl meine Seele Gott. Und kaum hatte ich mein Gebet gesprochen, da riß der Nebel plötzlich auf, und wie ein Feuerball ging die Sonne auf und hüllte die Welt in Gold und Farbenpracht.

Vor diesem strahlenden Auge Gottes wich alle Dunkelheit. Der Nebel löste sich auf, und in hellem Silber erstrahlte der See. Ein lichter Glanz lag über Bergen und Wäldern. Mein Herz war von Freude und Dankbarkeit erfüllt.

Als unser Boot weiterglitt, sah ich, daß der See ein langes, schmales Becken füllte. Zu unserer Rechten erhob sich ein mit dunklen Tannen bewachsener Berg, aber zur Linken und vor uns lag eine freundliche Landzunge mit einem großen Gebäude. Das war Sankt Bartholomä, die Sommerresidenz Seiner Ehrwürden, des Abtes Andreas.

Diese gartengleiche Landschaft war freilich nicht groß, sondern von allen Seiten, außer der Seeseite, von tausend Fuß hohen Felsen umschlossen. Hoch oben auf einer dieser Felswände gewahrte ich eine kleine grüne Wiese, die aussah wie ein Smaragd auf dem grauen Gewand des Berges. Dort, so sagte mir mein Führer, sei der einzige Ort dieser Gegend, wo das Edelweiß wächst. Hier also hatte Benedikta die lieblichen Blumen gepflückt, die sie mir während meiner Buße gebracht hatte! Mit unbeschreiblichen Gefühlen sah ich zu jener schönen und schrecklichen Matte hinauf, und heiße Tränen stiegen mir in die Augen.

Während der Junge ein fröhliches Lied anstimmte, barg ich mein Gesicht in meiner Mönchskapuze.

21

Wir verließen das Boot und begannen den Anstieg. O Herr, nichts kommt von Dir ohne Sinn und Zweck, aber warum Du diese Berge aufgehäuft und über und über mit Steinen bedeckt hast, ist mir ein Rätsel.

Was für einen Sinn könnten wohl Steine zum Heile von Mensch oder Tier haben?

Nachdem wir mehrere Stunden lang aufwärts geklettert waren, gelangten wir an eine Quelle, wo ich mich erschöpft und außer Atem zur Rast niederließ. Wohin das Auge blickte, sah ich nur öde Felsen, glitzernde Schneefelder und tiefe Schluchten voller Eis. Doch bei näherem Hinsehen gewahrte ich zwischen den Felsen auch vereinzelte Blumen, unter ihnen die blauen Blüten des Enzian, dessen Wurzeln ich sammeln sollte.

Mein jugendlicher Begleiter zeigte mir auch noch andere Pflanzen, die durch Heilkräfte bekannt sind, wie die goldene Arnika.

Nach einer Stunde Rast setzten wir unseren Weg fort. Meine Füße wollten mich kaum noch tragen, als wir endlich unser Ziel erreichten. Die elende Steinhütte stand zwischen Felsen und Geröll und bot einen trostlosen Anblick. Hier also sollte ich hausen. Das Innere war kahl, ohne Tisch noch Stuhl. Eine Pritsche, auf der irgendwelche Alpenkräuter zum Trocknen ausgebreitet waren, sollte mein Bett sein. Es gab eine Feuerstelle und ein paar einfache Geräte zum Kochen.

Der Junge nahm einen Krug und lief davon. Ich ließ mich vor der Hütte nieder, betrachtete mir die Einöde mit wachsender Traurigkeit und versuchte meine Seele auf die Zeit der Einsamkeit vorzubereiten. Als der Junge nach einer Weile zurückkam und mich von weitem mit einem lauten Juchzer begrüßte, war ich so glücklich, wieder ein menschliches Gesicht zu sehen, daß ich ihm beinahe mit einem ebensolchen Freudenschrei geantwortet hätte.

Er stellte den Krug vor mich hin, der jetzt voll Milch war, und brachte aus seinem Rock einen Klumpen gelber Butter und ein Stück Käse zum Vorschein, die in duftende Alpenkräuter eingewickelt waren.

»Wachsen hier Butter und Käse unter den Steinen?« fragte ich verwundert lächelnd. »Oder hast du eine Milchquelle entdeckt?«

»Solche Wunder mögt ihr Mönche vollbringen«, meinte der Junge. »Ich habe diese Dinge von den jungen Frauen geholt, die am Schwarzen See wohnen.«

»Wir sind also nicht allein in der Wildnis? Wo ist der See, an dem diese guten Leute wohnen?«

Wir gingen in die Hütte, und der Junge holte aus irgendeiner Ecke Mehl, machte Feuer und begann eine Art von Teig zu bereiten. Dabei erzählte er mir von dem Schwarzen See, der hinter einer Bergspitze lag, und der Almhütte am Rand der Felsklippen.

»Es ist ein böser Ort«, sagte er. »Der See ist so tief, daß er bis in die Hölle reicht, und zwischen den Felsen kann man das Heulen der Verdammten hören. Nirgends auf der Welt gibt es so viele böse Geister. Gott behüte uns! Nur Eure Heiligkeit kann Euch hier vor Krankheit und Übel bewahren. Ihr könnt Butter und Käse auch am Grünen See unten bekommen; ich werde den Frauen sagen, sie sollen Euch heraufbringen, was Ihr braucht. Sie werden es gern tun, wenn Ihr ihnen dafür sonntags die Predigt haltet.«

Nach unserem einfachen Mahl streckte sich der Junge in der Sonne aus und schlief fast augenblicklich ein. Ich war so müde, daß ich bald seinem Beispiel folgte.

22

Als ich erwachte, war die Sonne bereits hinter den Bergen verschwunden, deren Grate noch in ihrem Widerschein leuchteten. Ich war allein. In der Ferne hörte ich den Jungen singen; er hatte sich auf den Heimweg gemacht, ohne mich zu wecken.

In der Hütte fand ich ein flackerndes Feuer und daneben einen Haufen Brennholz. Auch mein Abendessen, Milch und Brot, hatte der Junge mir bereitgestellt. Über mein Lager aber hatte er eine wollene Decke gebreitet, wofür ich ihm besonders dankbar war.

Erfrischt durch meinen langen Schlaf, saß ich an diesem Abend noch lange im Freien vor der Hütte und betrachtete mir die Sterne, die hier zum Greifen nahe schienen. Dann kniete ich zwischen den Felsen, betete und erforschte mein Gewissen. Ich kam mir vor wie in der Kirche, und endlich kehrte der Friede Gottes in meiner Seele ein.

23

Nie zuvor hatte ich einen so herrlichen Sonnenaufgang gesehen. Die Berge glühten in rosigem Schein und sahen fast durchsichtig aus. Die Luft war silbrig klar und frisch. Mit jedem Atemzug trank ich neues Leben. Die Tauperlen auf Steinen und Grashalmen glänzten wie Diamanten.

Während meiner Morgenandacht machte ich die Bekanntschaft meiner neuen Nachbarn. Die Murmeltiere liefen wie Hasen zwischen den Felsen hin und her. Über mir zogen Habichte ihre Kreise, bis sie ihre Beute erspäht hatten und auf eine Maus oder einen kleinen Vogel niederstießen. Ohne Scheu wechselte ein Rudel Gemsen über den freien Platz vor meiner Hütte. Und hoch über allem sah ich einen Adler sich himmelwärts erheben, wie eine Seele, die von Sünden befreit ist.

Ich lag noch auf den Knien, als die Stille durch den Lärm von Stimmen gebrochen wurde. Sie kamen näher, und schließlich tauchten aus dem Hohlweg, der zu meiner Felsenplatte führte, drei weibliche Gestalten auf, kräftige, sonnengebräunte junge Weiber mit hellem Haar und schwarzen Augen. Sie begrüßten mich freundlich, setzten ihre Körbe ab und breiteten die guten Dinge auf dem Boden aus, die sie mir gebracht hatten – Milch, Butter, Käse und Brot. Dann setzten sie sich zu mir und erzählten, daß sie vom Grünen See heraufkämen, wo sie den ganzen Sommer die Kühe hüteten. Sie sagten, sie seien froh, wieder einen »Bergbruder« zu haben, noch dazu einen so jungen; und dabei lächelten sie mich mit ihren roten Lippen an, und ihre dunklen Augen blitzten übermütig.

Ich fragte, ob sie sich nicht fürchteten, so allein in der Wildnis zu leben. Aber sie lachten und sagten, sie hätten ein Jagdgewehr in ihrer Hütte, um Bären abzuwehren, und wüßten mehrere mächtige Sprüche und Beschwörungsformeln gegen böse Geister. Außerdem seien sie nicht einsam, denn jeden Sonnabend kämen die Burschen aus dem Tal herauf, um zu jagen, und dann ginge es immer sehr lustig her.

Das fröhliche Geplauder der Mädchen gefiel mir sehr, und die Einsamkeit erschien mir weniger bedrückend. Nachdem sie den Segen erhalten und meine Hände geküßt hatten, gingen sie wieder, und ich hörte sie noch lange in der Ferne lachen und singen.

Es scheint, daß die Menschen in den Bergen ein besseres und glücklicheres Leben führen als jene im tiefen, dumpfen Tal. Sie sind fröhlicher von Gemüt und vielleicht auch reiner im Herzen. Das mag daher kommen, daß sie dem Himmel näher sind.

24

Nachdem die Mädchen gegangen waren, verstaute ich die Vorräte, die sie mir gebracht hatten, und machte mich mit einem kurzen Spaten und einem Sack auf die Suche nach Enzianwurzeln. Sie wuchsen hier im Überfluß, und bald schmerzte mein Rücken vom Bücken und Graben. Ich hatte mich ziemlich weit von meiner Hütte entfernt, ohne auf die Richtung zu achten, als ich mich plötzlich am Rand eines so tiefen Abgrunds fand, daß ich schaudernd zurückwich. Tief unter mir lag ein kleiner, kreisrunder See; er war dunkel und unergründlich wie das Auge des Bösen. An seinem Ufer, nahe einem überhängenden Felsen, stand eine Hütte. Aus dem Dach, das mit großen Steinen beschwert war, stieg eine dünne Rauchsäule. Rund um die Hütte grasten ein paar Kühe und Schafe. Was für ein schrecklicher Ort für eine menschliche Behausung!

Plötzlich hörte ich eine Stimme in meiner Nähe, die einen Namen rief. Die Stimme klang unendlich süß und sanft, ich bekreuzigte mich erschrocken, um mich vor dem Zauber der Hexen und Feen zu schützen. Bald hörte ich sie wieder, näher als zuvor, und nun erst erkannte ich, daß es die Stimme Benediktas war.

Mein Herz klopfte so heftig, daß ich meinte, meine Brust müsse zerspringen. Benedikta in dieser Wildnis – und ich allein mit ihr! Noch nie, heiliger Franziskus, hatte ich deines Schutzes so sehr bedurft wie in diesem Augenblick!

Ich wandte mich um und erblickte sie. Sie sprang von Fels zu Fels und rief dabei einen Namen, der mir fremd war. Als sie mich gewahrte, hielt sie ein und blieb reglos stehen. Ich ging auf sie zu und begrüßte sie im Namen Gottes, obwohl ich im Aufruhr meiner Empfindungen Mühe hatte, die Worte hervorzubringen.

Oh, wie verändert war das Kind! Das liebliche Gesicht bleich wie Marmor, die großen Augen tief eingesunken und unaussprechlich traurig. Das schöne Haar allein war unverändert, es floß über ihre Schultern wie ein goldenes Gespinst.

Lange standen wir stumm vor Überraschung und sahen einander an. Endlich ergriff ich das Wort.

»Bist du es, Benedikta, die in der Hütte dort unten am Schwarzen See wohnt? Und ist dein Vater bei dir?«

Sie antwortete nicht, aber ihre Lippen zitterten leicht, wie die eines Kindes, das mit den Tränen kämpft. Ich wiederholte meine Frage:

»Ist dein Vater bei dir?«

»Mein Vater ist tot«, murmelte sie kaum hörbar.

Das Mitleid drückte mir fast das Herz ab. Benedikta wandte sich ab, um ihre Tränen zu verbergen. Da konnte ich mich nicht länger zurückhalten. Ich trat auf sie zu und griff nach ihrer Hand. Und indem ich versuchte, jedes fleischliche Verlangen in mir zu besiegen, tröstete ich sie mit frommen Worten:

»Mein liebes Kind, dein Vater ist von dir gegangen, aber ein anderer Vater dort oben wird über dich wachen und dich jeden Tag deines Lebens beschützen. Und soweit sein Wille es zuläßt, will auch ich, du gutes und schönes Mädchen, dir helfen, dein schweres Los zu ertragen. Er, den du beweinst, ist nicht verloren; er ist in das Reich Gottes eingegangen, der ihm gnädig sein wird.«

Aber meine Worte weckten nur ihren Kummer aufs neue. Sie warf sich zu Boden und begann so herzzerreißend zu schluchzen, daß auch meine Augen sich mit Tränen füllten. O Mutter Gottes, wie konnte ich es ertragen, das arme Kind solchen Kummer leiden zu sehen? Ich beugte mich über sie, um sie vom Boden aufzuheben, aber meine Hände waren kraftlos, und meine eigenen Tränen fielen auf ihr goldenes Haar.

Als sie sich ein wenig gefaßt hatte, murmelte sie, mehr zu sich selbst als zu mir:

»O mein Vater, mein lieber, armer Vater! Ja, er ist tot – schon vor vielen Jahren haben sie ihn getötet. Er ist an gebrochenem

Herzen gestorben. Auch meine schöne Mutter starb aus Kummer – aus Kummer und aus Reue über irgendeine große Schuld, die er ihr vergeben hatte. Er war so gütig, er konnte keiner Fliege etwas zuleide tun. Und doch haben sie ihn gezwungen, in ihrem Namen Menschen zu töten. Sein Vater und seines Vaters Vater waren Henker und lebten auf dem Galgenberg. Und darum mußte auch er Henker werden. Es gab für ihn kein Entrinnen vor dieser schrecklichen Berufung. Vielleicht hätte er längst seinem eigenen Leben ein Ende gemacht, hätte er nicht für mich zu sorgen gehabt. Und nun mußte er mich, sein eigenes Kind, zum Schandpfahl führen! Für eine Sünde, die ich nicht begangen habe!«

Als Benedikta sich dieses großen Unrechts erinnerte, das man ihr angetan hatte, färbten sich ihre blassen Wangen rot vor Scham. Wie tapfer hatte sie die unverdiente Züchtigung ihrem Vater zuliebe ertragen! Aber nun ließ sie ihrer Verzweiflung freien Lauf.

»Armer Vater! Man hatte ihm nicht einmal erlaubt, sein Kind zu einer christlichen Taufe in die Kirche zu bringen. Kein Priester fand sich bereit, das Kind des Henkers im Namen der Dreifaltigkeit zu segnen. So segneten meine Eltern mich selbst und gaben mir den Namen Benedikta.«

Allmählich hatte sie sich mir zugewandt, als gewönne sie Vertrauen zu mir.

»Ich war ein kleines Kind, als meine Mutter starb. Sie ließen nicht zu, daß sie in geweihter Erde begraben wurde. Kein Priester spendete ihr das letzte Sakrament. Mein Vater mußte sie auf dem Galgenberg begraben, wo er die Gehenkten zu verscharren pflegte. Als er selbst im Sterben lag, eilte ich zum Abt und flehte ihn an, meinem Vater die Sterbesakramente zu bringen. Aber er jagte mich fort. So mußte mein Vater ungetröstet sterben und brennt jetzt im ewigen Feuer, wie meine arme Mutter!«

Während ihrer Erzählung hatte sie wieder Mut gefaßt. Sie erhob sich und stand aufrecht, den Kopf zurückgeworfen und die schönen Augen zum Himmel gerichtet, als erzählte sie Gott selbst von dem Unrecht, das ihr widerfahren war. Sie jammerte nicht, sie klagte an. Ich staunte über ihre stolze Haltung und die Kraft ihrer Rede.

»Die grausamen Menschen haben ihn getötet«, sagte sie. »Sie haben mich, die er liebte, verleumdet und der Schande preisgegeben. Man hat mich in ein Büßerhemd gekleidet, mir einen Strohkranz auf den Kopf gesetzt und mich am Pranger bespien, verspottet und mit Ruten geschlagen. Das hat sein Herz gebrochen. Und nun bin ich allein.«

25

Als Benedikta geendet hatte, blieb ich still. Denn was für Worte konnte ich angesichts ihres Elends finden? Für solche Wunden hat auch der Glaube keinen Balsam. Wenn ich an das grausame Unrecht dachte, das man dieser bescheidenen, schuldlosen Familie zugefügt hatte, überkam mich ein Gefühl wilder Auflehnung gegen die Welt, die Kirche, ja selbst gegen Gott. Die Menschen waren grausam, die Kirche und auch Gott, der all das zuließ!

Nach einer Weile fragte ich Benedikta, ob irgend jemand bei ihr sei, sie zu beschützen.

»Ich habe niemand«, antwortete sie. »Aber ich habe immer an einsamen, gemiedenen Orten gewohnt, ich bin daran gewöhnt. Freilich habe ich nun, da mein Vater tot ist, überhaupt niemand mehr, mit dem ich reden könnte – außer Euch.« Nach einer Pause fügte sie zögernd hinzu: »Es gibt zwar einen, der mich gern sieht, aber . . .«

Sie brach ab, und ich drängte sie nicht, mir mehr anzuvertrauen.

»Ich wußte gestern schon, daß Ihr hier seid«, bemerkte sie. »Ein Junge holte bei mir Milch und Butter für Euch. Wärt Ihr nicht ein heiliger Mann, so hätte er gewiß nichts von mir genommen; aber Euch kann das Übel nicht schaden, das allem anhaftet, was ich berührt habe. Habt Ihr auch das Zeichen des Kreuzes über dem gemacht, was er Euch brachte?«

»Hätte ich gewußt, daß es von dir kam, Benedikta, so wäre das nicht nötig gewesen.«

Sie lächelte strahlend.

»O lieber Herr und Bruder!«

Ich fragte, was sie hier auf den Felsen gesucht und wen sie gerufen hatte.

»Es ist kein Mensch«, antwortete sie lächelnd. »Nur eine meiner Ziegen. Sie muß sich verirrt haben, und ich suchte sie zwischen den Felsen.«

Ich schlug vor, gemeinsam nach der Ziege zu suchen, und

bald fanden wir sie in einer Felsspalte. Benedikta war so glücklich, die bescheidene Gefährtin ihrer Einsamkeit wiederzufinden, daß sie neben ihr niederkniete, sie in die Arme schloß und herzte und mit tausend Kosenamen rief.

»Ihre Mutter ist von einem Felsen zu Tode gestürzt«, erzählte sie mir. »So habe ich das Zicklein mit Milch aufgezogen, und es hat mich liebgewonnen. Wenn man so allein ist wie ich, weiß man die Liebe eines treuen Tieres zu schätzen.«

Erst als sie Anstalten machte, mich zu verlassen, fand ich den Mut, eine Frage zu stellen, die mir auf der Zunge brannte:

»Benedikta, als du in jener Nacht den betrunkenen Burschen entgegengingst – tatest du das, um deinen Vater vor ihrem Zorn zu schützen?«

Sie sah mich voller Erstaunen an.

»Aus welchem anderen Grund sollte ich es getan haben?«

»Ich wüßte keinen«, stammelte ich beschämt und erleichtert.

»Und nun, lebt wohl, Bruder«, sagte sie und wandte sich zum Gehen.

»Benedikta!« Ich hielt sie zurück. »Nächsten Sonntag werde ich unten am Grünen See für die Mädchen von der Alm predigen. Wirst auch du kommen?«

»O nein, lieber Bruder«, sagte sie erschrocken.

»Wie – du wirst nicht kommen?«

»Ich käme gern, aber die anderen würden es nicht dulden. Ich danke Euch, Herr, aber ich kann nicht kommen.«

»Dann komme ich zu dir.«

»Behüte Gott! Nein, nein.«

»Ich werde doch kommen.«

26

Der Junge hatte mich gelehrt, aus Mehl, Sahne und Butter eine Art Kuchen zuzubereiten. Ich hatte mir alles gemerkt, was dazu gehörte, aber als ich es jetzt selbst versuchte, gelang es mir nicht. Alles was ich zustande brachte, war eine zähe, halbverkohlte Masse, die in der Pfanne klebte. Entmutigt machte ich mich daran, meinen Hunger mit etwas altem Brot zu stillen, das ich in saure Milch tauchte – als Benedikta mit einem Korb voll guter Dinge in meiner Hütte erschien. Das gute Kind! Ich fürchte, diesmal war es nicht nur mein Herz, das sich über ihren Besuch freute.

Als sie die ungenießbare Masse in der Pfanne sah, lächelte sie, warf sie den Vögeln vor, reinigte die Pfanne an der Quelle und machte sich daran, aus den mitgebrachten Sachen eine Mahlzeit zu bereiten.

Das war ein herrliches Mahl! Aber sie weigerte sich, es mit mir zu teilen, sondern setzte sich abseits, während ich aß. Sie verlangte sogar, ich sollte mich jedesmal bekreuzigen, bevor ich etwas von ihr nahm, um mich vor dem Fluch zu schützen, der sie begleitete; aber das lehnte ich ab.

Als ich gegessen hatte, reinigte sie das Geschirr und bekränzte das Kreuz vor der Hütte mit frischen Bergblumen, die sie mitgebracht hatte. Ich saß da, sah ihr zu und war so froh und zufrieden wie noch nie. Als es nichts mehr für sie zu tun gab und ich auch keinen Vorwand fand, sie zurückzuhalten, machte sie sich wieder auf den Weg. O Heiland! wie trübe erschien mir die Welt, nachdem sie gegangen war.

Benedikta, was hast du mit mir gemacht? Der Dienst des Herrn, dem ich mich geweiht habe, erscheint mir jetzt weniger glücklich als das Leben eines einfachen Kuhhirten hier in der Wildnis mit dir!

27

Das Leben hier ist angenehmer, als ich dachte. Die Einsamkeit bedrückt mich nicht mehr. Diese Wildnis, die mich zuerst erschreckte, enthüllt ungeahnte Reize. Ich beginne die Schönheiten dieser Bergwelt zu sehen, die Erhabenheit der gewaltigen Felsen und die Lieblichkeit der Blumen, die dazwischen blühen. Täglich, wenn ich auf der Suche nach Enzianwurzeln umherschweife, höre ich die Stimmen der Wildnis, die alle den Schöpfer preisen.

In diesen Bergen gibt es keine gefiederten Sänger, wie wir sie im Tiefland kennen. Die Vögel hier stoßen nur schrille Schreie aus. Die Blumen sind ohne Duft, aber wunderbar schön, leuchtend wie Sterne, die aus Gottes Hand gefallen sind.

Wild gibt es hier im Überfluß. Gemsen wandern zuweilen in so großen Rudeln, daß es aussieht, als bewege sich der Berghang selbst. Ich habe auch Steinböcke gesehen, wahre Ungeheuer, aber glücklicherweise bin ich noch keinem Bären begegnet. Die Murmeltiere spielen um mich herum wie Kätzchen, und auf den höchsten Felsgraten nisten die Adler, die königlichsten Geschöpfe dieser Einöde, als wollten sie dem Himmel so nahe wie möglich sein.

Wenn ich müde bin, strecke ich mich auf dem Berggras aus, das wie kostbares Gewürz duftet. Ich schließe die Augen und höre den Wind in den Gräsern, und mein Herz ist voll Frieden. Gelobt sei der Herr!

28

Jeden Morgen kommen die Mädchen von der Alm zu meiner Hütte herauf und bringen mir Milch, Butter und Käse. Ihre fröhlichen Rufe höre ich immer schon von weitem. Sie bleiben ein Weilchen, erzählen mir dies und jenes, was in den Bergen geschehen ist oder was sie von unten aus dem Dorf erfahren haben. Sie sind heiter und glücklich und freuen sich auf den Sonntag mit dem Gottesdienst am Morgen und dem Tanz am Abend.

Leider sind diese glücklichen Leute nicht frei von der Sünde, falsches Zeugnis wider ihren Nächsten abzulegen. Sie haben zu mir von Benedikta gesprochen und sie eine verworfene Dirne und Henkerstochter genannt. Sie behaupteten, auch sie sei die Geliebte des Rochus, und für solche wie sie sei der Pranger gemacht.

Da ich die Mädchen so häßliche Dinge sagen hörte, von denen ich wußte, daß sie unwahr sind, konnte ich nur mit Mühe meinen Zorn zurückhalten. Eingedenk ihrer Unwissenheit belehrte ich sie aber sanft und geduldig. Es sei sündig, sagte ich, ein Mitgeschöpf so ungehört zu verdammen. Es sei auch unchristlich, Übles über andere zu reden.

Sie verstehen das nicht. Es überrascht sie, daß ich ein Geschöpf wie Benedikta verteidige, das vor aller Welt mit Schimpf und Schande überhäuft wurde und keinen Menschen hat, der zu ihm hält.

29

Heute morgen war ich am Schwarzen See.

Es ist wirklich ein schrecklicher und düsterer Ort, wie gemacht für die Verdammten. Und hier lebt das arme verlassene Kind! Als ich mich der Hütte näherte, konnte ich ein offenes Feuer brennen sehen, über dem ein Kessel hing. Benedikta saß davor auf einem niedrigen Stuhl und starrte in die Flammen. Tränen glänzten auf ihren Wangen.

Ich wollte sie nicht in ihrem geheimen Kummer belauschen, und so machte ich mich bemerkbar und rief sie leise an. Sie erschrak, aber als sie mich erkannte, lächelte sie und errötete. Sie erhob sich und kam mir entgegen.

Ich sprach zu ihr wie ein Bruder.

»Benedikta«, sagte ich voll Mitleid, »ich kenne dein Herz und weiß, daß darin mehr Liebe für diesen wilden Burschen Rochus ist als für unsern Heiland. Willig hast du Schimpf und Schande ertragen, in dem süßen Gedanken, daß er dich unschuldig wußte. Fern sei es mir, dich zu verdammen, denn was könnte es Reineres geben als die Liebe eines Mädchens? Aber ich will dich warnen und dich davor bewahren, deine Liebe einem Unwürdigen zu schenken.«

Sie hörte mir mit gesenktem Kopf zu und sagte nichts. Aber ich sah, daß sie zitterte.

»Benedikta«, fuhr ich fort, »wenn du dieses unselige Gefühl nicht bekämpfst, wird es dein Verderben sein – in diesem Leben und im Jenseits. Rochus ist nicht der Mann, dich vor Gott und der Welt zum Weib zu nehmen. Warum hat er nicht zu dir gestanden, als du schuldlos angeklagt wurdest?«

Sie hob den Blick zu mir auf.

»Er war nicht da«, sagte sie rasch. »Er war mit seinem Vater in Salzburg. Und er erfuhr es erst, als er zurückkam.«

Zu meiner Schande muß ich gestehen, daß ich keine Freude darüber empfand, von Rochus' Schuldlosigkeit in dieser Sache zu hören. Einen Augenblick schwieg ich verwirrt.

»Mag sein, daß ihn an dem, was an jenem Tag geschah, keine Schuld trifft«, gab ich endlich widerwillig zu. »Aber wird er eine zu seiner Frau machen, deren Name so entehrt wurde? Nein, Benedikta, er kommt nicht mit redlichen Absichten zu dir. Glaub es mir, und vertraue mir, Benedikta, ich bitte dich!«

Aber sie schwieg, und ich konnte kein einziges Wort aus ihr herausbringen. Sie seufzte nur und zitterte. Und ich erkannte, daß sie zu schwach war, diese Liebe aus ihrem Herzen zu reißen. Ich fühlte tiefes Mitleid für sie – und Angst für mich selbst. Denn ich wußte, daß meine Kraft nicht ausreichte für den hohen Auftrag, der mir auferlegt war.

Als ich ihre Hütte verließ, kehrte ich nicht zu meiner eigenen zurück. Viele Stunden irrte ich ziellos durchs Gebirge, voll trüber und schrecklicher Gedanken. Klarer denn je erkannte ich die weltliche Natur meiner Liebe zu Benedikta und meine eigene Sündhaftigkeit. Ich bin ein unwürdiger Jünger des Herrn und ein treuloser Sohn der Kirche. Ich habe meine Seele nicht ganz Gott geschenkt, sondern mich an irdische Hoffnungen geklammert. Wenn es mir nicht gelingt, meine Leidenschaft für Benedikta in eine reine, geistige Liebe zu verwandeln, bin ich nicht würdig, die Priesterweihe zu empfangen.

In bitterer Reue und Verzweiflung warf ich mich auf die Erde und flehte Gott an, mir Kraft zu geben und mich zu erleuchten, auf daß ich den rechten Weg finde.

»Rette mich, o Herr! Ich bin einer sündigen Leidenschaft verfallen – hilf mir, sonst bin ich für immer verloren!«

Die ganze Nacht betete ich und rang mit dem Bösen, der mich versuchte.

»Die Kirche«, flüsterte er mir zu, »hat Diener genug. Noch bist du nicht endgültig an das Zölibat gebunden. Du kannst dich von deinem Mönchsgelübde entbinden lassen und hier in den Bergen leben, als Jäger oder Hirte. So kannst du Benedikta nahe sein, um sie zu schützen und zu leiten. Vielleicht wirst du dann eines Tages auch ihre Liebe gewinnen und sie zu deiner Frau nehmen können.«

Diesen Einflüsterungen hatte ich nur meine schwache Kraft entgegenzusetzen – und die Hilfe meines Heiligen. Es war ein langer und verzweifelter Kampf. Und mehr als einmal war ich nahe daran, mich zu ergeben. Aus tiefster Not rief ich zu Gott, und meine Klagen schallten durch die Dunkelheit und Wildnis.

Erst gegen Morgen, als das goldene Licht die Gipfel der Berge übergoß, kehrte der Friede in meine Brust ein. Ich dachte an Leiden und Tod unseres Erlösers und bat Gott, auch mich zum Heil eines leidenden Geschöpfs sterben zu lassen – für Benedikta. Möge Er mein Gebet erhören!

30

Die Nacht vor dem Sonntag, an dem ich den Gottesdienst abhalten sollte, wurden große Feuer auf den Bergen entzündet. Sie waren das Zeichen für die jungen Burschen im Tal, zu den Almen heraufzukommen. Sie kamen in großer Zahl, und ihre juchzenden Schreie wurden von den Sennerinnen beantwortet, die ihnen mit großen Fackeln entgegenkamen. Es war ein schöner Anblick. Das ist wirklich ein glückliches Volk.

Auch der Junge aus dem Kloster kam mit den anderen Burschen. Er wird den Sonntag über hierbleiben und dann die Enzianwurzeln mit hinunternehmen, die ich gesammelt habe. Er brachte auch Neuigkeiten aus dem Kloster mit. Der ehrwürdige Abt hält sich in Sankt Bartholomä auf, um zu fischen und zu jagen. Zu meiner großen Besorgnis erfuhr ich aber auch, daß Rochus, des Salzmeisters Sohn, in den Bergen nicht weit vom Schwarzen See ist. Er hat dort eine Jagdhütte, von der ein Pfad bis zum See führt. Möge ein Engel mit flammendem Schwert diesen Weg bewachen!

Das Schreien, Singen und Lachen währte die ganze Nacht. Aber es war nicht der Lärm, der mir den Schlaf raubte, sondern die Unruhe meines Herzens. Am nächsten Morgen kamen die Burschen und Mädchen von allen Seiten herbeigeströmt. Die Mädchen trugen seidene Tücher um ihr Haar gebunden und hatten sich und ihre Liebsten mit Blumen geschmückt.

Da ich kein geweihter Priester bin, durfte ich weder die Heilige Messe lesen noch eine richtige Predigt halten. Aber ich betete mit ihnen und sprach zu ihnen, was mein Herz mir eingab. Ich redete von unserer Sündhaftigkeit und Gottes großer Barmherzigkeit; von unserer Härte gegeneinander und des Erlösers Liebe zu uns allen; schließlich von seinem unendlichen Mitleid. Meine Worte kamen aus tiefster Seele, und es schien mir, als schwängen sie sich mit Engelsflügeln zum Himmel auf. Es war ein feierlicher Gottesdienst, und meine kleine Gemeinde schien voll Andacht, als stünden wir in der Kirche.

Nachdem ich die Leute gesegnet hatte, gingen sie still auseinander. Aber es dauerte nicht lange, da hörte ich sie wieder lachen und schreien. Trotzdem mißfiel mir das nicht. Ist nicht Freude auch eine Art, Gott zu loben?

Am Nachmittag ging ich hinunter zum Schwarzen See. Ich fand Benedikta vor der Tür ihrer Hütte, wo sie aus Edelweiß und Alpenrosen einen Kranz für das Bild der Heiligen Jungfrau flocht. Ich setzte mich zu ihr und sah ihr schweigend zu. In meiner Seele aber war ein wilder Aufruhr, und eine Stimme in mir rief: »Benedikta, ich liebe dich! Verzeih mir Gott, aber ich liebe dich mehr als irgend etwas auf Erden und im Himmel!«

31

Der Abt hat nach mir gesandt, und voll banger Ahnung folgte ich seinem Boten durch das Gebirge und über den See. Als wir in Sankt Bartholomä eintrafen, herrschte dort fröhliches Treiben. Viele Menschen waren auf der großen Wiese vor dem Haus des Abts versammelt. Priester, Mönche, Jäger und Gäste von weither mit ihrem Gefolge. Diener liefen geschäftig hin und her, Hunde bellten, die Türen des Hauses standen weit offen, und ständig gingen und kamen Leute. Unter einer Eiche war ein großes Faß Bier aufgestellt, und viele drängten sich darum und ließen ihre Becher füllen. Auch im Haus selbst schien viel getrunken zu werden, denn an allen Fenstern sah ich Männer mit großen Trinkgefäßen.

Als wir das Haus betraten, liefen uns Diener mit riesigen Platten voll Fisch und Wildbret über den Weg. Ich fragte, ob ich den Abt sprechen könne. Es hieß, Seine Ehrwürden kämen gleich nach der Mahlzeit herunter; da beschloß ich, in der Halle zu warten.

Nach mehr als einer Stunde kam der Abt endlich die Treppe herunter. Ich trat ihm entgegen und begrüßte ihn demütig, wie es mir ziemte. Er nickte, warf mir einen prüfenden Blick zu und bedeutete mir, ihm in ein Zimmer zu folgen.

»Nun, mein Sohn Ambrosius?« fragte er streng. »Wie steht es um deine Seele? Hat der Herr dich erleuchtet? Hast du die Probe bestanden?«

Ich nickte demütig und antwortete:

»Ehrwürdiger Vater, in der Einsamkeit hat mich Gott vieles einsehen lassen.«

»Was siehst du ein?« fragte er scharf. »Deine Schuld?«

»Ja, ehrwürdiger Vater.«

»Gelobt sei Gott!« rief der Abt aus. »Ich wußte es, mein Sohn, daß du deine Verirrung einsehen und bereuen würdest. Ich habe eine gute Nachricht für dich. Ich habe deinetwegen an den Bischof von Salzburg geschrieben. Er beruft dich in seinen Palast und wird dich selbst zum Priester weihen, und du sollst in seiner Stadt bleiben. Bereite dich, uns in drei Tagen zu verlassen.«

Wieder schaute der Abt mich prüfend an. Aber ich verriet nicht, wie es in mir aussah. Ich bat um seinen Segen, verneigte mich und ging.

Darum also hatte er mich rufen lassen! Ich soll für immer von hier fortgehen. Ich lasse mein Leben zurück. Ich muß Benedikta verlassen und werde sie nicht mehr schützen können. Gott helfe ihr und mir!

32

Wieder bin ich in meiner Berghütte, aber schon morgen soll ich sie für immer verlassen. Warum bin ich traurig? Erwartet mich nicht eine große Gnade, nach der ich mich so lange gesehnt hatte? Doch nun, da sie mir so nahe ist, empfinde ich keine Freude darüber. Nur namenlose Traurigkeit.

Kann ich mich dem Altar des Herrn mit einer Lüge auf den Lippen nähern? Darf ich als Heuchler das heilige Sakrament empfangen? Das heilige Öl auf meiner Stirn würde wie Feuer brennen, meine Seele für immer verdammt werden.

Ich könnte vor dem Bischof auf die Knie fallen und sagen: »Stoßt mich aus, denn ich frage nicht nach der Liebe Christi noch nach himmlischen Dingen, sondern nur nach den Dingen dieser Welt!«

Die schwere Strafe könnte ich auf mich nehmen, ohne zu murren. Aber Benedikta würde ich dennoch nicht wiedersehen.

Wäre ich doch ohne Sünde und könnte mit gutem Gewissen Priester werden! Dann könnte ich das arme Mädchen retten, es trösten, ihm die Beichte abnehmen und es von seinen Sünden lossprechen. O könnte ich es doch vor der einen großen Sünde bewahren, nach der es sich heimlich sehnt!

Wie glücklich wäre ich, könnte ich Benedikta von hier fortführen und unter den Schutz der Heiligen Jungfrau stellen! Aber welches Kloster würde die Tochter des Henkers aufnehmen?

Ich weiß nur zu gut: Sobald ich fort bin, wird der Versucher in der Gestalt des jungen Rochus leichtes Spiel bei ihr haben. Und dann ist sie verloren in Zeit und Ewigkeit.

33

Ich habe Benedikta in ihrer Hütte aufgesucht.

»Benedikta«, sagte ich zu ihr, »ich gehe fort von hier – fort für immer.« Sie erblaßte, sagte aber nichts.

»Armes Kind«, fuhr ich fort, »was wird aus dir werden? Ich weiß, daß deine Liebe zu Rochus stark ist – und Liebe ist wie ein Sturm, dem nichts widersteht. Versprich mir, daß du der Versuchung nicht nachgeben wirst – versprich es mir, laß mich nicht in solcher Sorge von dir gehen!«

»Bin ich wirklich so verworfen«, sagte sie, ohne die Augen zu heben, »daß man mir nicht trauen kann?«

»Der Feind ist stark, Benedikta, und dein eigenes Herz wird dich an ihn verraten.« – »Ihr tut ihm Unrecht, Herr. Er will mir nichts Böses«, murmelte sie.

Aber ich wußte es besser. Der Wolf bediente sich der List des Fuchses. Vor der Reinheit und Unschuld dieses Mädchens hatte der Bursche seine niederen Absichten bisher nicht zu erklären gewagt. Aber die Stunde der Versuchung würde kommen, und Benedikta würde ihr erliegen.

Ich packte sie an den Armen und forderte sie auf, einen heiligen Eid zu schwören, daß sie sich lieber in den Schwarzen See stürzen würde als in Rochus' Arme. Aber sie wollte mir nicht antworten. Sie schwieg hartnäckig und sah mich nur traurig und vorwurfsvoll an.

Voll Bitterkeit wandte ich mich schließlich ab und verließ sie.

34

O Herr, mein Gott, wohin hast Du mich geführt?

Ich bin im Kerker, zum Tode verurteilt, und morgen bei Sonnenaufgang soll ich am Galgen hängen! Denn wer einen Mitmenschen tötet, soll selbst getötet werden, das ist das Gesetz Gottes und der Menschen. An diesem letzten Tag meines Lebens hat man mir erlaubt zu schreiben. Im Namen der Wahrheit will ich alles niederschreiben, wie es geschah.

Nachdem ich Benedikta verlassen hatte, kehrte ich in meine Hütte zurück und wartete auf den Jungen, der mich zu Tal bringen sollte. Aber er kam nicht; ich mußte also noch eine weitere Nacht in den Bergen bleiben.

Ich wurde unruhig. Die Hütte wurde mir zu eng, die Luft zu schwer. Ich ging hinaus, legte mich auf einen Felsen und schaute zum Himmel auf, an dem die Sterne glitzerten. Aber meine Seele war nicht dort oben, sondern in der Hütte am Schwarzen See.

Plötzlich hörte ich ganz in der Ferne einen schwachen Schrei. Ich setzte mich auf und horchte, aber alles blieb still. Vielleicht, so dachte ich, war es nur der Ruf eines Nachtvogels. Aber kaum hatte ich mich wieder ausgestreckt, als sich der Laut wiederholte. Diesmal schien er aus der Luft, vom Himmel über mir! Das war die Stimme Benediktas, und deutlich hörte ich, wie sie meinen Namen rief – wie in Angst und Not.

Ich sprang auf. »Benedikta!« rief ich laut. Keine Antwort.

»Ich komme, Kind, ich komme!« rief ich und rannte in die Dunkelheit, den Pfad hinunter, der zum Schwarzen See führte. Ich lief und sprang, stolperte über Wurzeln und stürzte über Steinblöcke. Meine Glieder waren zerschunden, meine Kleidung zerrissen, aber ich eilte weiter. Benedikta war in Not, nur ich konnte sie retten. Ich hielt nicht eher an, als bis ich den Schwarzen See erreichte.

Aber in der Hütte war alles ruhig. Kein Laut war zu hören, kein Licht zu sehen. Alles schien friedlich.

Nach einigem Zögern kehrte ich um. Die Stimme, die ich gehört hatte, konnte nicht die Stimme Benediktas gewesen sein; gewiß hatte mich irgendein böser Geist genarrt. Ich wollte zu meiner Hütte zurückkehren, aber eine unsichtbare Hand lenkte meine Schritte auf einen andern Weg. Und obwohl sie mich zum Tod führte, weiß ich, daß es die Hand Gottes war.

Nachdem ich vom Weg abgekommen und eine Weile in der Wildnis herumgeirrt war, fand ich mich plötzlich auf dem Grund einer Schlucht. Ein schmaler, steiler Pfad führte an der Felswand entlang aufwärts. Ich begann hinaufzusteigen. Bald konnte ich gegen den Sternenhimmel die Umrisse einer anderen Hütte sehen, sofort durchzuckte mich der Gedanke, daß dies die Jagdhütte des Salzmeisters sein mußte. Diesen Weg also würde Rochus gehen, wenn er zu Benedikta wollte. Hier würde ich auf ihn warten.

Ich kauerte mich in den Schatten und wartete. Ich überlegte, was ich ihm sagen sollte, und bat Gott, mir die richtigen Worte einzugeben, um den Burschen von seinem bösen Vorhaben abzubringen. Es dauerte nicht lange, da hörte ich Schritte über mir. Lose Steine, die sein Fuß traf, rollten den Abhang herunter. Und ich wünschte, der Bursche möchte den Weg verfehlen und selbst den Abhang hinunterstürzen bis in den See. Denn es wäre besser, sein Leben fände ein jähes Ende, als daß er die Seele eines unschuldigen Mädchens in ewige Verdammnis brächte. Ich hörte ihn näherkommen; er bog um eine Felsenecke und stand plötzlich vor mir. Ich erhob mich und trat aus dem Schatten in das schwache Licht des jungen Mondes.

Er erkannte mich sofort und fragte in hochmütigem Ton, was ich wolle. Ruhig erklärte ich ihm, warum ich ihm den Weg vertreten hatte, und bat ihn umzukehren.

»Elender Kuttenträger!« rief er zornig. »Wie kannst du es wagen, dich mir in den Weg zu stellen? Was geht dich das Mädchen an? Weil die Sennerinnen töricht genug sind, nach deiner hübschen Larve zu schielen, vergißt du, daß du nur ein Mönch bist, und hältst dich für einen Mann!«

Er fuhr fort, mich zu beleidigen und zu verhöhnen. Ich aber ließ mich nicht dazu hinreißen, meine demütige Haltung aufzugeben. Ich bat ihn, mich anzuhören. Ich warf mich auf die Knie und flehte ihn an, Benedikta zu schonen. Aber er trat mit aller Kraft nach mir, so daß ich hinstürzte.

Nun konnte ich nicht länger an mich halten. Ich sprang auf und nannte ihn einen Schurken und Verbrecher.

Darauf zog er ein Jagdmesser aus dem Gürtel und rief: »Ich schicke dich zur Hölle, Mönch!« Blitzschnell packte ich sein Handgelenk und entwand ihm das Messer, das zu Boden klirrte. »Nicht mit Waffen!« rief ich. »Unbewaffnet, von Mann zu Mann, werden wir diesen Kampf auf Leben und Tod ausfechten, und Gott soll entscheiden!«

Wie wilde Tiere sprangen wir einander an und rangen keuchend und verbissen auf dem schmalen Weg miteinander, zwischen der ragenden Felswand auf der einen Seite und dem Abgrund auf der andern. Obwohl ich mit dem Mut der Verzweiflung kämpfte, war Gott gegen mich. Er erlaubte meinem Gegner, mich zu überwältigen und zu Boden zu werfen. Mit dem Kopf halb über dem Abgrund hängend, sein Knie auf meiner Brust, war ich ihm rettungslos ausgeliefert. Seine Augen glühten vor Haß und Verachtung. Ich erwartete jeden Augenblick in den Abgrund gestoßen zu werden. Er aber hielt mich eine qualvoll lange Zeit so zwischen Leben und Tod und kostete seinen Triumph aus.

»Ich könnte dich hinunterstoßen, Mönch«, zischte er. »Dein Leben ist in meiner Hand. Aber mir liegt nichts daran, dich zu töten, denn ich fürchte dich nicht. Das Mädchen gehört mir, und von nun an wirst du es in Ruhe lassen – hörst du?«

Damit ließ er mich los, stand auf und ging den Weg hinunter zum See. Seine Schritte waren längst in der Nacht verklungen, bevor ich mich aufraffen konnte, eine Hand zu rühren. Großer Gott! Diese Niederlage hatte ich nicht verdient! Ich hatte doch nur eine Seele retten wollen, und dennoch hatte der Himmel für den entschieden, der diese Seele verderben wollte.

Endlich erhob ich mich, wenn auch unter großen Schmerzen, denn ich war arg zerschunden von dem Fall und spürte immer noch das Knie des bärenstarken Burschen auf meiner Brust und den Würgegriff seiner Finger um meine Kehle. Langsam machte ich mich auf den Weg zum See, entschlossen, mich trotz meiner Schwäche zwischen Benedikta und ihren Verderber zu werfen. Doch auf halbem Weg schwanden mir die Sinne.

Es dämmerte fast, als ich erwachte. Ich hörte Rochus vom Schwarzen See zurückkehren, ein fröhliches Lied auf den Lippen. Hastig kroch ich hinter einen Felsen. Er ging vorbei, ohne mich zu bemerken.

An dieser Stelle befand sich eine Spalte in der Felswand, wie vom Schwert eines Riesen in den Berg gehauen. Der Boden der schmalen Schlucht war mit dornigem Gesträuch überwachsen, durch das ein kleines Rinnsal floß. Hier blieb ich drei Tage und drei Nächte. Ich hörte den Jungen aus dem Kloster auf dem Weg nach mir rufen, aber ich blieb in meinem Versteck und rührte mich nicht. Obwohl mich Durst und Hunger quälten, trank ich kein einziges Mal von dem Wasser der Quelle, noch aß ich von den Beeren der Sträucher. So kasteite ich mich und züchtigte das sündige Fleisch, um die frevelhafte Natur zu unterwerfen und den Geist zu läutern und zu erheben.

Endlich fühlte ich mich von allem Übel befreit, losgelöst von den Banden einer irdischen Liebe und ganz dem Himmel zugewandt. Mir war so leicht, als könnte ich mich wie ein Vogel zu den Wolken aufschwingen. Ich pries Gott mit lauter Stimme und rief: »Hosianna! Hosianna!« Denn ich wußte, daß Gott ein Wunder getan hatte. Ich war nicht mehr ich selbst; der arme, sündige Mönch Ambrosius war tot, ich war ein Erleuchteter, ein Werkzeug Gottes, um Seinen heiligen Willen zu vollziehen. Mir schwindelte vor dieser großen Gnade. Und mir war, als hörte ich ganz deutlich die Stimme Gottes aus dem Felsen zu mir sprechen:

»Weil du standhaft warst in deinem Glauben und nicht

wanktest in all den Prüfungen, die ich dir sandte, soll es dir nun vergönnt sein, die Seele des unschuldigen Mädchens zu retten.« – »Wie aber soll ich das tun, o Herr?« fragte ich kleinmütig.

Der Herr aber befahl mir, mich zu erheben. Und als ich auf den Weg hinaustrat, den die Strahlen der untergehenden Sonne mit rotem Licht übergossen, fiel mein Blick auf etwas Glänzendes zu meinen Füßen. Es war das scharfe Messer des Rochus, das da zwischen den Steinen lag, im purpurnen Licht funkelnd wie mit Blut befleckt.

Jetzt verstand ich, warum der Herr es so gelenkt hatte, daß der schändliche Bursche mich besiegte, aber mein Leben schonte. Ich war für einen höheren Zweck bestimmt. In meine Hände war das Werkzeug gegeben, durch das Gott eine Seele retten wollte. O Herr, wie geheimnisvoll sind Deine Wege!

35

»Das Mädchen gehört mir«, hatte der Bursche gesagt, als er mich zwischen Leben und Tod über dem Abgrund hielt. Nicht aus christlicher Barmherzigkeit hatte er mein Leben geschont, sondern aus Verachtung. Er war seiner Beute sicher, und es galt ihm gleich, ob ich lebte oder tot war.

»Das Mädchen gehört mir!« Hochmütiger Narr! Weißt du nicht, daß Gott seine Hand über die Blumen des Feldes und die jungen Vögel im Nest hält? Benedikta dir überlassen? Ihre Seele der Verdammnis preisgeben? Nun, da ich das Mittel zu ihrer Rettung in Händen halte? Noch ist es Zeit, sie der Hölle zu entreißen!

Ich verbarg das Messer in meinem Gewand und machte mich auf den Weg zum Schwarzen See. Der junge Mond war aufgegangen; blutrot wie eine Wunde hing er am Himmel über mir.

Die Tür der Hütte stand weit offen, und ich konnte Benedikta vor dem flackernden Feuer sitzen sehen. Sie kämmte ihr langes, goldenes Haar. Lange stand ich da und beobachtete sie, ohne daß sie mich bemerkte. Aber anders als beim letztenmal war ihr Gesicht jetzt von einem Ausdruck tiefen Glücks verklärt, ihre Augen leuchteten, und ein fröhliches Lächeln spielte um ihre Lippen, während sie mit leiser Stimme ein einfaches Liebeslied vor sich hinsang.

Noch nie hatte ich sie so schön gesehen. Sie sah aus wie eine Braut des Himmels. Dennoch war ich voll heiligen Zorns, und ich rief sie an:

»Benedikta, was tust du da? Du singst, als erwartetest du deinen Liebsten, und richtest dein Haar wie zum Tanz. Vor drei Tagen habe ich dich in Kummer und Verzweiflung verlassen, und nun scheinst du glücklich wie eine Braut.«

Sie sprang auf und schien erfreut, mich wiederzusehen. Aber nachdem sie einen Blick in meine Augen getan hatte, stieß sie einen Schreckenslaut aus und wich vor mir zurück wie vor einer höllischen Erscheinung.

Ich aber folgte ihr und fragte: »Warum schmückst du dich so spät am Abend? Warum bist du so glücklich? Haben drei Tage genügt, dich zu Fall zu bringen? Bist du die Geliebte dieses Rochus geworden?«

Sie starrte mich entsetzt an und stammelte: »Herr, was ist mit Euch geschehen? Ihr seht blaß aus und zittert wie im Fieber. Ihr seid krank, Herr. Setzt Euch und ruht Euch aus. Ich will Euch einen heißen Trunk bereiten –«

»Ich bin nicht hergekommen, um zu ruhen«, sagte ich scharf. »Ich bin auf Gottes Befehl hier. Sag mir, warum du gesungen hast.«

Sie sah mit dem unschuldigen Blick eines Kindes zu mir auf. »Weil ich für einen Augenblick vergessen hatte, daß Ihr fortgeht, und weil ich glücklich war.«

»Glücklich?« – »Ja. Er war hier.«

»Wer? Rochus?«

Sie nickte. »Er war so gut zu mir«, sagte sie. »Er will seinen Vater bitten, mich in sein großes Haus aufzunehmen. Und er meinte, sein Vater würde den Abt dazu bewegen können, den Fluch von mir zu nehmen. Ist das nicht wunderbar? Aber vielleicht«, fügte sie ängstlich hinzu, »würdet Ihr dann nichts mehr von mir wissen wollen? Ihr nehmt Euch meiner nur an, weil ich arm und ohne Freunde bin.«

»Wie?« rief ich zornig. »Er dich zu seinem Vater bringen? Die Tochter des Henkers? Er, dieser liederliche Bursche, will dich vom Kirchenbann befreien? Oh, Lügen, Lügen, Lügen! Arme verblendete Benedikta! An deinem Lächeln sehe ich, daß du den ungeheuerlichen Versprechungen dieses Schurken glaubst!«

»Ja«, sagte sie und neigte den Kopf wie in der Beichte. »Ich glaube ihm.«

»Knie nieder, Mädchen!« rief ich. »Und danke dem Herrn, daß er Seinen Diener geschickt hat, deine Seele vor den Flammen der Hölle zu bewahren!«

Bei diesen Worten begann sie zu zittern.

Ich aber fuhr fort, von einer heiligen Verzückung ergriffen: »Ich bin ein Priester, von Gott selbst eingesetzt und geweiht. Im Namen des Vaters, des Sohnes und des Heiligen Geistes vergebe ich dir deine Liebe, die deine einzige Sünde ist. Ich erteile dir die Absolution auch ohne deine Reue und befreie deine Seele von Schuld, denn du wirst mit deinem Blut dafür sühnen!«

Damit ergriff ich sie, zwang sie auf die Knie und riß das Messer aus meinem Gewand. Aber sie wollte leben. Sie schrie und jammerte, sie umklammerte meine Knie und beschwor mich bei Gott und der Heiligen Jungfrau, sie zu verschonen. Plötzlich sprang sie auf, riß sich los und versuchte zu fliehen. Dabei schrie sie: »Rochus! Rochus! Hilf mir! Hilfe!«

Ich eilte ihr nach, packte sie an den Schultern, drehte sie herum und stieß das Messer in ihre Brust.

Dann hielt ich sie in meinen Armen, fest gegen mein Herz gepreßt, und fühlte ihr warmes Blut über meinen Körper rinnen. Sie sah mich mit einem Blick voll schmerzlichen Vorwurfs an, dann schlossen sich ihre Lider. Sie stieß einen langen Seufzer aus, ihr Kopf sank auf meine Schulter, und so verschied sie.

Ich hüllte ihren Körper in ein weißes Laken und legte ihn auf den Boden. Aber das Blut durchtränkte das Linnen, und so breitete ich ihr goldenes Haar über die roten Rosen auf ihrer Brust. Da ich sie zu einer Himmelsbraut gemacht hatte, nahm ich den Kranz aus Edelweiß von dem Bildnis der Heiligen Jungfrau und setzte ihn ihr aufs Haar. Und ich dachte dabei an das Edelweiß, das sie mir in meine Zelle geworfen hatte.

Dann schürte ich das Feuer, das einen hellen Schein auf ihr schönes Gesicht warf, so daß es wie von einem Heiligenschein umgeben war. Dann verließ ich sie.

36

Auf Irrwegen stieg ich aus dem Gebirge zu Tal, aber der Herr leitete meine Schritte, und ich gelangte in der frühen Morgendämmerung an das Haus des Abtes, läutete die Glocke und wartete, bis mir aufgetan wurde. Der Bruder Pförtner erschrak bei meinem Anblick, als sähe er einen Dämon der Hölle, und weckte mit einem Geschrei das ganze Haus.

Ich ging geradewegs in das Zimmer des Abtes, trat in meiner blutbesudelten Kutte vor ihn hin und berichtete ihm die wunderbare Tat, die ich auf Gottes Geheiß vollbracht hatte. Ich erklärte ihm auch, daß ich nun, da Gott mich auserwählt habe, ein geweihter Priester sei.

Daraufhin ergriffen sie mich, warfen mich in den Kerker, machten mir den Prozeß und verurteilten mich zum Tode, als wäre ich ein gewöhnlicher Mörder.

O ihr Narren, ihr armen, verblendeten Narren!

Heute kam Amula, die braune Dirne, in meine Zelle, warf sich auf die Knie und küßte meine Hände. Sie allein hat begriffen, daß das, was ich tat, ein gottgefälliges Werk war.

Ich habe Amula gebeten, die Geier von meiner Leiche zu verjagen, wenn ich am Galgen hänge. Denn Benedikta ist im Himmel und kann mir diesen Dienst nicht mehr erweisen.

Bald werde ich bei ihr sein! Gelobt sei der Herr. Amen. (Diesem alten Manuskript wurden die folgenden Zeilen in einer anderen Handschrift hinzugefügt):

»Am fünfzehnten Tag im Oktober des Jahres Unseres Herrn 1680 wurde Bruder Ambrosius gehenkt und am folgenden Tag seine Leiche unter dem Galgen begraben, neben der des Mädchens Benedikta, das er getötet hatte. Diese Benedikta, obwohl die Henkerstochter genannt, war, wie durch den Mund des jungen Rochus bekannt wurde, in Wahrheit die Tochter des Salzmeisters, in Sünde mit dem Weib des Henkers gezeugt. Wie ihr Halbbruder Rochus ferner bezeugte, hegte Benedikta eine heimliche und verbotene Liebe zu dem Mönch, von der dieser nichts wußte. Bevor er diese schreckliche Tat beging, war Bruder Ambrosius ein frommer und treuer Diener des Herrn. Betet für ihn! Betet für ihn!«

Ein verdammtes Scheusal

Der Neuling erregte in Hurdy-Gurdy nicht das geringste Interesse. Er wurde nicht einmal mit einem originellen und treffenden Spitznamen belegt, was in Goldgräbercamps so oft ein Willkommensgruß für den Ankömmling bedeutet. In allen anderen Camps der Gegend hätte er ganz selbstverständlich einen Namen wie »Das weißhaarige Rätsel« oder auch »No Sarvey« erhalten – welch letzterer Ausdruck voller Naivität in hellen Köpfen eine Erinnerung an das spanische quien sabe wecken sollte. Er aber kam an und erregte auf der gesellschaftlichen Oberfläche von Hurdy-Gurdy nicht den kleinsten Wellenschlag. In diesem Ort kam zu der üblichen kalifornischen Achtlosigkeit gegenüber dem Vorleben eines Menschen noch eine ganz besondere, lokale Interesselosigkeit hinzu. Die Zeit, da es noch einige Bedeutung gehabt hätte, wer und ob überhaupt jemand hier ankam, war lange vorbei. Denn in Hurdy-Gurdy lebte niemand mehr.

Noch vor zwei Jahren hatte sich das Camp einer regsamen Einwohnerschaft von zwei- bis dreitausend Männern und mindestens einem Dutzend Frauen gerühmt. Die meisten Männer hatten ein paar Wochen lang hart geschuftet, um schließlich sehr zum Mißvergnügen der Frauen den Beweis zu haben für den einzigartig verlogenen Charakter jenes Kerls, dessen phantasiereiche Erzählungen von Goldadern sie hierhergelockt hatten. Doch verschaffte ihnen dieser Beweis weder geistige Genugtuung noch finanziellen Vorteil, denn eine Kugel aus der Pistole eines gemeinschaftsbewußten Bürgers hatte bereits am dritten Tag der Existenz des Lagers jenen phantasiereichen Gentleman allen Vorwürfen entrückt. Immerhin waren seine Flunkereien doch nicht ganz aus der Luft gegriffen gewesen, und zahlreiche Männer hatte sich noch längere Zeit in und um Hurdy-Gurdy herumgetrieben. Jetzt jedoch waren alle längst weitergezogen.

Allerdings hinterließen sie genügend Zeugnisse ihrer Anwesenheit. Von der Stelle, wo sich der Injun Creek in den Rio San Juan Smith ergießt, an beiden Ufern des ersteren hinauf bis zum Cañon, aus dem er heraustritt, zog sich eine Doppelreihe verlorener Hütten dahin, die sich gegenseitig um den Hals zu fallen und ihre Verlassenheit zu bejammern schienen, während etwa die gleiche Anzahl beiderseits den Hang hinaufgeklettert war und sich auf beherrschende Höhen gesetzt hatte. Von dort aus reckten sie den Hals, um eine gute Aussicht auf die reizvolle Szenerie zu erhalten. Die meisten dieser Häuser wirkten, als ob sie der Hunger zu Skeletten hätte abmagern lassen. Häßliche Fetzen hingen an ihnen herunter, die wie Haut aussahen, aber Leinwand waren. Das kleine, von Schaufel und Hacke zerwühlte und zerfleischte Tal wurde entstellt durch lange, gewundene Kanäle aus zerfallenen Holzfassungen, die sich hier und da über die Gipfel steiler Anhöhen zogen und über die Täler dazwischen auf unbehauenen Pfählen stelzten. Der ganze Ort bot das trübselige und abschreckende Bild jäh unterbrochener Entwicklung, das in einem jungen Land als Ersatz für die feierliche Anmut altersschwacher Ruinen geboten wird. Wo immer ein Fleckchen ursprünglichen Bodens erhalten geblieben war, hatten ihn Unkraut und Brombeeren überwuchert, in deren feuchtem, ungesundem Schatten ein auf solche Dinge neugieriger Besucher zahllose Andenken an den früheren Ruhm des Camps hätte entdecken können – zum Beispiel herrenlose Stiefel, grün verschimmelt und voller faulender Blätter; bisweilen auch einen alten Filzhut oder Reste eines Flanellhemdes; unmenschlich entstellte Sardinenbüchsen und schließlich eine erstaunliche Menge schwarzer Flaschen, die mit wahrhaft katholischer Unparteilichkeit überallhin verteilt worden waren.

Der Mann, der jetzt Hurdy-Gurdy neu entdeckt hatte, war offensichtlich nicht auf dessen Archäologie neugierig. Auch ließ er seinem müden Seufzer keinen gefühlvollen folgen, trotz des Anblicks der traurigen Zeugnisse vertaner Arbeit und enttäuschter Hoffnungen, deren niederschmetternde Symbolkraft noch durch den ironischen Pomp einer billigen Vergoldung, die die aufgehende Sonne darüberlegte, unterstrichen wurde. Er lud einfach seine Goldgräberausrüstung vom Rücken seines Esels, die ein wenig länger war als das Tier selbst, band den Esel an einen Pfahl, entnahm dann seinem Bündel eine Axt und stieg quer durch das trockene Bett des Injun Creek und einen niedrigen, kiesigen Hügel hinan.

Nachdem er über einen umgestürzten Zaun aus Ruten und Brettern gestiegen war, nahm er eines der Bretter auf, spaltete es in fünf Latten und spitzte diese an einem Ende an. Dann begann er eine Art Suche, wobei er sich bisweilen bückte, um irgend etwas aufmerksam zu betrachten. Endlich schien sein geduldiger Eifer von Erfolg gekrönt zu sein, denn er richtete sich plötzlich hoch auf, machte eine Geste der Genugtuung, sagte dabei laut »Scarry« und maß mit langen, gleichmäßigen Schritten eine bestimmte Strecke ab. Dann blieb er wieder stehen und trieb einen seiner Stäbe in die Erde. Danach sah er sich um, maß wiederum über sehr unebenem Boden eine Anzahl von Schritten ab und trieb einen zweiten Stab ein. Im rechten Winkel zu dieser Richtung, aber in doppelter Entfernung setzte er den dritten Stab und, nachdem er die Prozedur wiederholt hatte, auch den vierten und zuletzt den fünften. Diesen letzten spaltete er am oberen Ende und klemmte dort einen alten Briefumschlag hinein, der mit einem verzwickten System von Bleistiftstrichen bedeckt war. Kurz, er steckte sich einen Claim ab, wobei er die örtlichen Bergbaugesetze von Hurdy-Gurdy genauestens einhielt und die entsprechende Verlautbarung bekanntgab.

Es muß hier erklärt werden, daß Hurdy-Gurdy noch ein Anhängsel besaß, von dem diese Metropole später selbst ein Anhängsel werden sollte, nämlich einen Friedhof. Gleich in der ersten Woche nach Gründung des Lagers hatte ein Bürgerkomitee diesen vorsorglich angelegt. Der Tag danach zeichnete sich durch eine Debatte zwischen zwei Komiteemitgliedern über eine günstigere Lage der Totenstadt aus, und am dritten Tag wurde diese dann durch ein Doppelbegräbnis eingeweiht. Während dann das Camp abnahm, wuchs der Friedhof an, und bereits lange, ehe der letzte Einwohner, der sowohl schleichende Malaria wie grobe Revolver überlebt hatte, seinen Packesel über den Injun Creek trieb, war die abgelegene Stätte zu einem belebten, wenn auch nicht beliebten Vorort geworden. Und jetzt, nachdem das Camp in ein welkes und vergilbtes Greisenalter verfallen war, erwies sich der Friedhof – obwohl von Zeit und Umständen beeinträchtigt und von Neuerungen in der Grammatik sowie von orthographischen Experimenten nicht verschont, ganz zu schweigen von den verwüstenden Kojoten – erwies er sich also als völlig ausreichend für die bescheidenen Bedürfnisse seiner Einlieger. Er umfaßte zwei reichliche Acker Grund, die in lobenswerter, aber sinnloser Sparsamkeit nach ihrer mineralwirtschaftlichen Wertlosigkeit ausgesucht waren. Ferner standen auf dem Friedhof zwei oder drei dürre Bäume, von denen einer einen starken Ast waagerecht ausreckte; an ihm baumelte noch ein altes, verwittertes Seil. Weiter sah man dort ein halbes Hundert Erdhügel, eine Anzahl grober Grabkreuze mit den oben erwähnten Seltsamkeiten in Hinsicht auf Rechtschreibung, und schließlich noch eine Kolonie von Feigenkakteen. Alles in allem konnte sich der Gottesacker, wie er mit bezeichnender Ehrerbietung genannt worden war, gerechterweise rühmen, durchaus nicht verwüstet dazuliegen. Im dichtest besiedelten Teil nun dieses interessanten Landstrichs hatte Mr. Jefferson Doman seinen Claim abgesteckt. Sollte er es in Verfolgung seiner Ziele für ratsam halten, einen der Toten zu entfernen, so hätte dieser zweifellos das Recht, in angemessener Weise wieder eingebettet zu werden.

Dieser Mr. Jefferson Doman stammte aus Elizabethtown in New Jersey, wo er vor sechs Jahren sein Herz bei einem goldhaarigen, scheuen Mädchen namens Mary Matthews zurückgelassen hatte, als indirekte Garantie dafür, daß er zurückkommen und um ihre Hand anhalten würde.

»Ich weiß genau, du kommst nicht lebend zurück – du hast ja doch nie mit irgend etwas Glück!« war die Bemerkung, aus der man Miß Matthews Vorstellung vom Glück-Haben sowie, daraus folgend, ihre Ansicht über Aufmunterung entnehmen kann. Dann setzte sie hinzu: »Wenn du nicht bald zurückkommst, folge ich dir nach Kalifornien. Ich könnte doch die Goldstücke, die du ausgräbst, in kleine Säcke packen!«

Diese typisch weibliche Vorstellung von einer Goldmine empfahl sich nicht gerade seiner männlichen Intelligenz, denn Mr. Doman seinerseits glaubte, daß man das Gold in flüssigem Zustand fände.

Er lehnte also ihren Vorschlag mit aller Entschiedenheit ab, unterdrückte ihr Schluchzen, indem er ihr die Hand auf den Mund legte, lachte in ihre Augen hinein, als er ihr die Tränen fortküßte, und ging mit einem fröhlichen »Ta-ta« nach Kalifornien, um dort mit starkem Herzen, wacher Hoffnung und nie schwankender Treue die langen, liebeleeren Jahre für sie zu schuften, wobei er nie vergaß, worum es ihm eigentlich ging. In der Zwischenzeit hatte jedoch Miß Matthews ihre bescheidene Begabung, Münzen einzusacken, einem Mr. Jo Seeman aus New York, einem Spieler, gewidmet, der dieses Talent weit mehr schätzte als ihre ebenso hervorragende Begabung, die Münzen wieder aus seinem Beutel zu holen und sie seinen ortsansässigen Rivalen zukommen zu lassen. In der Tat bewies er seine krasse Ablehnung gegen dieses letztere Talent durch einen Akt, der ihm den Posten eines Wäschereichefs in Sing-Sing sicherte, dem Mädchen aber den Beinamen »Die Dame mit dem gespaltenen Gesicht« eintrug. Kurz darauf schrieb sie an Mr.

Doman einen rührenden Verzichtsbrief, dem sie ein Foto beilegte, um zu beweisen, daß sie nicht länger berechtigt sei, davon zu träumen, einmal Mrs. Doman zu werden. Auch schilderte sie so eindrucksvoll ihren Sturz von einem Pferd, daß der halbwilde Gaul, auf dem Mr. Doman nach Red Dog geritten war, um sich den Brief zu holen, während des ganzen Rückwegs zum Camp unter Mr. Domans Sporen stellvertretend Buße leisten mußte. Der Brief verfehlte jedoch auf bezeichnende Weise seinen Zweck; denn die Treue, die für Mr. Doman bisher eine Frage von Liebe und Pflicht gewesen war, wurde für ihn nun auch noch eine Ehrensache. Das Foto mit dem einstmals hübschen und jetzt wie von einem Messerhieb bös entstellten Gesicht wurde in Mr. Domans Zuneigung eingefügt und verdrängte jetzt jenes frühere, hübschere Bild, das Doman jetzt mit Verachtung behandelte. Als Miß Matthews dies erfuhr, schien sie, das muß man gerechterweise sagen, davon weniger überrascht, als sich nach der offensichtlichen Geringschätzung von Mr. Domans Großzügigkeit, die der Ton ihres Briefes bekundete, schließen ließ. Man hätte bei ihr natürlich eine größere Überraschung erwartet. Doch bald danach schrieb sie immer seltener, und schließlich kamen überhaupt keine Briefe mehr von ihr.

Mr. Doman hatte jedoch noch einen anderen Briefpartner, nämlich Mr. Barney Bree aus Hurdy-Gurdy, früher in Red Dog wohnhaft gewesen. Dieser Gentleman war zwar unter den Goldgräbern außerordentlich bekannt, war aber selbst keiner. Seine Kenntnisse vom Goldsuchen bestanden hauptsächlich in einer großartigen Beherrschung des Goldgräberjargons, zu dessen Entwicklung er übrigens selbst reichlich beitrug, indem er das Vokabular durch zahlreiche ungewöhnliche Wortschöpfungen erweiterte. Diese blieben allerdings mehr wegen ihrer Treffsicherheit als wegen ihrer Vornehmheit bemerkenswert, überzeugten aber jeden ungelernten Anfänger auf schlagende Weise von den genauen Kenntnissen ihres Erfinders. Wenn er nicht gerade einen Kreis ihn bewundernder Zuhörer aus San Franzisko oder aus dem Osten unterhielt, konnte man ihn gewöhnlich dabei antreffen, wie er eine – vergleichsweise dazu recht niedrige – Tätigkeit ausübte, nämlich die verschiedenen Tanzlokale ausfegte und die Spucknäpfe leerte.

Barney kannte offensichtlich nur zwei Leidenschaften in seinem Leben: Eine Zuneigung zu Jefferson Doman, der ihm einstmals einen großen Dienst geleistet hatte, und die Zuneigung zum Whisky, von dem man das gleiche nicht behaupten konnte. Barney war unter den ersten gewesen, die nach Hurdy-Gurdy kamen, aber er hatte nicht nach Gold gesucht, sondern war nur Stufe um Stufe herabgestiegen bis zur Stellung eines Totengräbers. Dies schien nicht gerade eine Berufung, und Barney widmete sich mit zitternder Hand auch nur immer dann dieser Tätigkeit, wenn irgendein Mißverständnis am Kartentisch zufällig auf einen Zeitpunkt fiel, an dem er nach einer längeren Ausschweifung wieder ein wenig ausgenüchtert war ... Eines Tages erhielt Mr. Doman in Red Dog einen Brief ausgeliefert, der den einfachen Absender »Hurdy, Cal.« trug. Da er gerade mit einer anderen Angelegenheit befaßt war, schob er ihn achtlos in eine Ritze seiner Hütte, um ihn später zu lesen. Nach etwa zwei Jahren fand er ihn durch Zufall wieder und las ihn. Er lautete wie folgt:

Hurdy, 6. Juni

»Freund Jeff! Ich habe sie auf dem Friedhof angeschlagen. Sie ist blind und verdammt gut. Ich will teilen – das will ich, und ich laß nichts davon laut werden, bis du Signal gibst.

Dein Barney

P.S. – Ich habe Scarry, das Narbenmädchen, darüber gelegt.«

Mit einiger Kenntnis des üblichen Lagerslangs und Mr. Brees privatem System zur Übermittlung seiner Gedanken fiel es Mr. Doman nicht schwer, aufgrund dieses ungewöhnlichen Briefes zu begreifen, daß Barney bei Ausübung seiner Pflicht als Totengräber auf eine Quarzschicht gestoßen war, die nirgends zutage trat, aber offensichtlich viel freies Gold enthielt; ferner, daß er im Hinblick auf ihre Freundschaft bereit sei, Mr. Doman als Partner zu akzeptieren und bis zu dessen diesbezüglicher Entscheidung seine Entdeckung geheimhalten würde. Aus dem Postskriptum ging klar hervor, daß Mr. Barney, um seinen Schatz zu verbergen, die sterblichen Überreste einer Person namens Scarry darüber begraben hatte.

Aus dem, was man Mr. Doman in Red Dog noch erzählte, konnte er schließen, daß sich Mr. Barney, bevor er jene Vorsichtsmaßregel ergriff, in aller Bescheidenheit einen gewissen Teil des Goldes genommen hatte. Auf jeden Fall beteiligte er sich von dem Zeitpunkt an an einer Reihe denkwürdiger Zechereien und Gelage, die seitdem zu den geheiligten Traditionen des San Juan Smith-Bezirkes gehören und von denen bis Ghost Rock und Lone Hand voller Hochachtung gesprochen wird. Am Ende rückte ein früherer Bürger von Hurdy-Gurdy, dem er auf dem Friedhof den letzten Liebesdienst erwiesen hatte, ein wenig zur Seite und machte ihm unter den Toten Platz. Seitdem ruht er in Frieden.

Nachdem Mr. Doman seinen Claim abgesteckt hatte, trat er wieder in dessen Mittelpunkt und stand abermals an der Stelle, wo er bei seiner Suche zwischen den Gräbern in den Ruf »Scarry« ausgebrochen war. Er beugte sich wieder über das Grabkreuz, auf dem dieser Name stand, und als ob er die Sinne des Sehens und Hörens unterstützen wollte, ließ er seinen Zeigefinger über die grob eingeschnitzte Inschrift gleiten. Dann richtete er sich wieder auf und wiederholte laut den dort eingeschnitzten, schockierenden und unverblümten Nachruf: »Sie war ein verdammtes Scheusal!«

Wäre Mr. Doman aufgefordert worden, für diese Behauptung Beweise beizubringen – was man angesichts ihres recht kritischen Charakters hätte verlangen müssen –, wäre er durch das Fehlen zuverlässiger Zeugen in einige Verlegenheit geraten und hätte nichts weiter als Hörensagen anbieten können. Zu der Zeit, da Scarry in den Camps der Gegend noch den Ton angegeben hatte und sie, wie es der Redakteur des Hurdy-Herald zu nennen pflegte, »in der Fülle ihrer Macht stand« – war es mit Mr. Domans Finanzen nicht zum besten bestellt gewesen, und er hatte das unstete und mühevolle Leben eines Goldsuchers geführt. Die meiste Zeit hatte er in den Bergen verbracht, einmal mit diesem, dann mit jenem Gefährten. Aus den bewundernden Reden dieser Zufallspartner, die frisch aus den verschiedenen Camps kamen, hatte er sich sein Urteil über Scarry gebildet. Er selbst hatte niemals das zweifelhafte Vergnügen ihrer Bekanntschaft gehabt noch die unsichere Auszeichnung ihrer Gunst genossen. Als ihm dann schließlich am Ende ihrer unordentlichen Karriere in Hurdy-Gurdy zufällig ein Blatt des Herald in die Hände kam, las er den spaltenlangen Nachruf auf sie, den der Humorist jenes regsamen Blattes in kunstvollem Stil verfaßt hatte. Doman zollte ihrem Gedächtnis sowie dem Talent ihres Biographen ein Lächeln und vergaß sie dann ritterlich. Als er jetzt am Grab dieser Hinterwäldler-Messalina stand, erinnerte er sich der bedeutungsvollsten Ereignisse ihres turbulenten Lebenslaufes, wie er sie an den verschiedenen Campfeuern hatte erzählen hören. Vielleicht in einem unbewußten Versuch der Selbstrechtfertigung wiederholte er, daß sie ein verdammtes

Scheusal gewesen sei, und schlug dann seine Hacke bis zum Stiel in ihr Grab. In diesem Augenblick öffnete ein Rabe, der sich leise auf einem Ast des dürren Baumes hinter ihm niedergelassen hatte, den Schnabel und äußerte mit einem beifälligen Krächzen seine Meinung über die Angelegenheit.

Mr. Barney Bree hatte das von ihm entdeckte freie Gold sehr eifrig verfolgt, was aber zweifellos auch seiner Gewissenhaftigkeit als Totengräber zuzuschreiben war, und hatte deshalb hier ein besonders tiefes Grab ausgehoben. Deshalb dauerte es fast bis zum Sonnenuntergang, ehe Mr. Doman, der mit der lässigen Entschlossenheit eines an einer todsicheren Sache arbeitenden Mannes vorging und keine älteren Rechte eines Gegenspielers zu fürchten hatte, auf den Sarg stieß und ihn freilegte. Nachdem dies getan war, sah er sich plötzlich einer Schwierigkeit gegenüber, für die er keine Vorsorge getroffen hatte. Der Sarg, eine einfache, flache Kiste aus nicht sehr gut erhaltenen Rotholzbrettern, wies keine Handgriffe auf und füllte den Boden der Grube vollständig aus. Ohne die Würde der Situation gewaltsam zu zerstören, konnte Mr. Doman lediglich die Grube so erweitern, daß er am Kopfende des Sarges zu stehen vermochte. Danach wollte er dann seine starken Hände unter den Sarg schieben, diesen aufrichten und auf sein schmaleres Ende stellen. Unverzüglich ging er ans Werk. Die hereinsinkende Nacht beschleunigte seine Anstrengungen. Er dachte nicht daran, seine Arbeit in diesem Stadium aufzugeben und sie am Morgen unter günstigeren Bedingungen wieder aufzunehmen. Der Ansporn durch seine fieberhafte Habgier sowie die Faszination des Schreckens banden ihn mit eiserner Autorität an seine gräßliche Arbeit. Er säumte jetzt nicht länger, sondern rackerte sich mit schrecklicher Besessenheit ab. Sein Kopf war unbedeckt, die Oberbekleidung hatte er abgelegt, das Hemd stand am Hals und über der Brust offen, und Schweißbächlein schlängelten sich an ihm nieder. So plagte sich dieser harte und verstockte Goldsucher und Grabräuber mit einer gewaltigen Energie ab, die den Charakter seines schrecklichen Unternehmens fast heiligte. Als schließlich die Sonne unter den Hügeln im Westen untergegangen und der volle Mond aus den Schatten, die über der purpurnen Ebene lagen, heraufgestiegen war, hatte Mr. Doman endlich den Sarg auf sein Fußende aufgestellt und an die Wand des offenen Grabes gelehnt. Der Mann, der davor stand und bis zum Hals in der Grube steckte, betrachtete den Sarg, auf den jetzt das helle Mondlicht fiel. In jähem Entsetzen entdeckte er auf dem Sarg das gräßliche Abbild eines dunklen menschlichen Kopfes – den Schatten seines eigenen. Einen Augenblick lang raubte ihm dieser einfache und natürliche Umstand alle Nerven. Das Geräusch seines gepreßten Atems erschreckte ihn, und er versuchte es zu unterdrücken, doch seine berstenden Lungen wollten sich darein nicht fügen. Dann lachte er halblaut und ganz ohne Sinn und begann seinen Kopf hin und her zu bewegen, um die Erscheinung zu zwingen, der Bewegung zu folgen. Darin, daß er seinen Schatten beherrschte, fand er eine tröstende Sicherheit. Er suchte jetzt Zeit zu gewinnen und in unbewußter Klugheit gegen die drohende Katastrophe hinhaltend anzukämpfen. Er spürte, daß sich unsichtbare Mächte des Bösen um ihn schlossen, und er verhandelte mit dem Unvermeidlichen auf Zeitgewinn.

Doch dann entdeckte er nacheinander einige ganz außergewöhnliche Umstände. Die Oberfläche des Sarges, auf der seine Blicke ruhten, war nicht eben, sondern wies zwei deutliche Erhebungen auf, und zwar verlief die eine längs und die andere quer. Wo sich die beiden an der breitesten Stelle des Sarges kreuzten, war eine verwitterte Metallplatte angebracht, in der sich das Mondlicht trübe spiegelte. Im Außenrand des Sarges steckten in weiten Abständen rostzerfressene Nagelköpfe. Dieses armselige Produkt der Tischlerkunst hatte mit der Oberseite nach unten im Grab gelegen!

Vielleicht war darin ein Scherz des Camps zu erblicken – eine praktische Manifestation jenes witzigen Geistes, der seinen literarischen Ausdruck in dem verdrehten Nachruf aus der Feder von Hurdy-Gurdys großem Humoristen gefunden hatte. Vielleicht hatte es auch eine dunkle persönliche Bedeutung, die ein in die örtlichen Traditionen Uneingeweihter nicht verstehen konnte. Als freundliche These konnte man freilich auch noch glauben, jener Umstand sei auf ein Mißgeschick von Mr. Barney Bree zurückzuführen, der die Grablegung vielleicht allein vollzog, entweder, weil er sein Goldgeheimnis wahren wollte, oder aufgrund allgemeiner Gleichgültigkeit. Dabei unterlief ihm vielleicht dieser Schnitzer, den zu korrigieren er später nicht in der Lage oder nicht in der Laune war. Aber wie es auch immer dazu gekommen sein mochte: Die arme Scarry, das Narbenmädchen, hatte unzweifelhaft mit dem Gesicht nach unten in der Erde gelegen.

Wenn sich Grauen und Unsinn verbinden, ist die Wirkung gräßlich. Dieser starke und mutige Mann, dieser harte Nachtarbeiter unter lauter Toten, dieser trotzige Gegenspieler von Dunkelheit und Einsamkeit erlag einer lächerlichen, überraschenden Tatsache. Ihn überlief ein erregender Schauer, und er zuckte seine massigen Schultern, als wollte er eine eisige Hand abschütteln. Sein Atem stockte, und das Blut in seinen Adern, dessen Fluß er nicht anhalten konnte, kochte heiß unter seiner kalten Haut. Ohne die übliche Sauerstofffracht stieg es ihm zu Kopf und überflutete sein Hirn. Seine physischen Funktionen waren zum Feind übergelaufen, ja selbst sein Herz richtete sich gegen ihn. Er rührte sich nicht; er konnte nicht einmal schreien. Ihm fehlte nichts weiter als ein Sarg, um tot zu sein – so tot wie jene, die ihm auf die Entfernung eines offenen Grabes gegenüberstand und von ihm nur noch durch die Dicke eines verrotteten Brettes getrennt war.

Doch dann kehrten nacheinander seine Sinne zurück. Die Flutwelle des Schreckens, die alle seine Fähigkeiten überschwemmt hatte, wich zurück. Und mit der Rückkehr seiner Sinneskräfte schwand der Gegenstand seiner Furcht in einzigartiger Weise aus seinem Bewußtsein. Er sah das Mondlicht, das den Sarg vergoldete, sah aber nicht mehr den Sarg. Er hob den Blick, wendete den Kopf und bemerkte jetzt voller Neugier und Überraschung die schwarzen Zweige des toten Baumes hinter sich. Die Länge des verwitterten Seiles, das von diesem Geisterarm herabbaumelte, versuchte er zu schätzen, und das eintönige Gebell ferner Kojoten kam ihm vor wie etwas, das er vor Jahren einmal in einem Traum gehört hatte. Eine Eule ruderte mit lautlosen und unbeholfenen Flügelschlägen über ihn hinweg, und er versuchte ihre Flugrichtung vorauszusagen, wenn sie zu der eine Meile entfernt aufragenden Felswand käme. Sein Gehör nahm das verstohlene Rascheln eines im Schatten der Kakteen huschenden Erdeichhörnchens wahr. Er beobachtete alles gespannt; alle seine Sinne waren hellwach; und doch sah er den Sarg nicht. Wie man in die Sonne starren kann, bis sie schließlich schwarz erscheint und verschwindet, so hatte sein Geist alle Fähigkeiten des Sich-Fürchtens erschöpft und war sich nicht mehr der Nähe von irgend etwas Furchtbarem bewußt. Der Mörder verbarg noch seinen Dolch.

Während dieser Kampfpause nahm er plötzlich einen schwachen, aber übelerregenden Geruch wahr. Zunächst glaubte er, der Gesuch stammc von einer Klapperschlange, und versuchte rund um seine Füße, die im Schatten der Grube kaum zu erkennen waren, den Boden abzusuchen. Dann hörte er einen heiseren, gurgelnden Laut, der wie das Todesröcheln einer menschlichen Kehle klang, jedoch vom Himmel herab zu dringen schien, und einen Augenblick später ließ sich ein großer, schwarzer, eckiger Schatten im Bogen vom obersten Ast des gespenstischen Baumes fallen, flatterte einen Moment vor dem Gesicht des Mannes und segelte dann im Nebel über dem Bach davon. Es war der Rabe gewesen. Der Zwischenfall brachte dem Mann wieder die Situation zu Bewußtsein. Sein Blick suchte erneut den aufrecht stehenden Sarg, der jetzt vom Mond bis zur halben Höhe beschienen wurde. Der Mann sah wieder die Metallplatte und versuchte, ohne sich von der Stelle zu rühren, die Inschrift zu entziffern. Dann suchte er sich vorzustellen, was sich hinter diesem Deckel befinden mochte. Seine schöpferische Phantasie präsentierte ihm ein wirklichkeitsnahes Bild. Die Bretter stellten für seine Vorstellungskraft keine Hindernisse dar, und er erblickte deutlich den Leichnam jener Frau, wie sie im Totenhemd dastand und mit lidlosen, eingesunkenen Augen blicklos auf ihn starrte. Der Unterkiefer war herabgesunken, die Oberlippe hatte sich von den Zähnen zurückgezogen. Auf den hohlen Wangen entdeckte er ein Fleckenmuster – es waren die Flecken des Zerfalls. Durch irgendeinen geheimnisvollen Prozeß kehrte sein Geist erstmals an diesem Tag zum Foto von Mary Matthews zurück, und er verglich deren blonde Schönheit mit diesem abstoßenden, toten Gesicht, also den ihm liebsten Gegenstand mit dem scheußlichsten, den er sich vorzustellen vermochte.

Der Mörder kam jetzt näher, zückte den Dolch und setzte ihn an die Kehle des Opfers. Das heißt, daß Mr. Doman zunächst dunkel, dann aber überdeutlich ein seltsames Zusammentreffen, eine Beziehung, ja eine Parallele feststellte zwischen dem Gesicht auf seinem Foto und dem Namen auf dem Grabkreuz. Das Gesicht war entstellt, der Name auf dem Kreuz wies auf eine Entstellung hin. Dieser Gedanke ergriff von ihm Besitz und schüttelte ihn. Das Gesicht, das seine Einbildungskraft hinter dem Sargdeckel geschaffen hatte, veränderte sich; der anfängliche Gegensatz wurde zur Ähnlichkeit, die Ähnlichkeit zur Gleichheit. Er rief sich die zahlreichen Beschreibungen von Scarrys Aussehen, die er während der Gespräche am Lagerfeuer gehört hatte, wieder ins Gedächtnis zurück; er versuchte mit wenig Erfolg sich der genauen Beschaffenheit der Entstellung zu erinnern, die jener Frau ihren häßlichen Beinamen verschafft hatte; und die Lücken in seinem Gedächtnis füllte die Phantasie aus und gab ihre Erzeugnisse als solche der Überzeugung aus. In dem wahnsinnig machenden Versuch, sich jener Brocken aus der Geschichte der Frau zu erinnern, die er gehört hatte, verkrampften sich die Muskeln seiner Arme und Hände schmerzhaft wie unter der Anstrengung, eine schwere Last zu heben. Sein Körper wand und drehte sich unter dieser Anstrengung; die Sehnen an seinem Hals traten wie Peitschenschnüre heraus, und sein Atem ging in kurzen, scharfen Stößen. Die Katastrophe ließ sich nicht mehr viel länger hinausschieben; andernfalls würde die Qual der Erwartung dem durch die endgültige Bewahrheitung folgenden Gnadenstoß nichts zu tun übriglassen. Das narbenentstellte Gesicht hinter dem Sargdeckel würde ihn durch das Holz hindurch umbringen.

Eine Bewegung des Sarges brachte den Mann wieder zu sich. Der Sarg kam immer näher und wurde dabei deutlich größer, bis er schließlich nur noch einen Fuß vom Gesicht des Mannes entfernt war. Die verrostete Metallplatte mit ihrer im Mondlicht unleserlichen Inschrift starrte ihm beständig in die Augen. Fest entschlossen nicht zurückzuweichen, wollte er seine Schultern gegen die Grabwand stemmen und fiel bei dem Versuch fast nach hinten um. Da war nichts, wogegen er sich stemmen konnte; er selbst hatte sich seinem Feind genähert, hatte dabei das schwere Messer aus dem Gürtel gezogen und fest umklammert. Der Sarg hatte sich nicht bewegt; und bei dem Gedanken, daß er auch nicht zurückweichen konnte, grinste der Mann. Dann hob er sein Messer und schlug mit aller Kraft den schweren Griff gegen die Metallplatte. Ein scharfer, hallender Schlag ertönte, und dann brach mit dumpfem Gepolter der ganze verrottete Sargdeckel in Stücke und stürzte zu seinen Füßen nieder. Der Lebendige und die Tote standen sich Auge in Auge gegenüber; der erschreckte Mann schrie auf, doch die Frau stand schweigend und ruhig. Sie war wirklich ein verdammtes Scheusal.

Einige Monate später kam auf einem neu angelegten Weg eine Gruppe von Männer und Frauen, die zu den obersten Gesellschaftskreisen von San Franzisko gehörten, auf ihrer Reise ins Yosenite Valley durch Hurdy-Gurdy. Sie rasteten hier, um eine Essenspause einzulegen, und sahen sich bis zur Bereitung des Mahles in dem öden Camp um. Einer der Gruppe war zu Hurdy-Gurdys Glanzzeiten hier gewesen; ja, er hatte sogar zu dessen wichtigsten Bürgern gehört, denn damals hieß es, daß über seine Farotische in einer Nacht mehr Geld wanderte als über die seiner

Konkurrenten in einer ganzen Woche. Da er jetzt jedoch Millionär und mit größeren Unternehmungen befaßt war, hielt er diese früheren Erfolge nicht mehr für genügend bedeutungsvoll, um sie noch zu erwähnen. Seine kränkliche Frau, die in San Franzisko für ihre kostspieligen Vergnügungen berühmt war sowie für die strenge Auswahl hinsichtlich gesellschaftlicher Position und Vorleben derer, die sie besuchten, begleitete die Reisegesellschaft. Während eines Bummels zwischen den verlassenen Hütten des verlassenen Camps lenkte Mr. Porfer die Aufmerksamkeit seiner Frau und seiner Freunde auf einen dürren Baum, der auf einem niedrigen Hügel jenseits des Injun Creek stand.

»Wie ich euch schon erzählte«, sagte er, »kam ich im Jahr 18 ... durch dieses Camp und erfuhr damals, daß hier vom Sicherheitsausschuß zu verschiedenen Zeiten nicht weniger als fünf Männer gehängt worden waren, und alle an dem Baum dort! Wenn ich mich nicht irre, baumelt noch immer ein Seil daran. Gehen wir doch mal hinüber und sehen wir uns den Ort an!«

Mr. Porfer vergaß hinzuzufügen, daß es sich bei dem Seil vielleicht noch um jenes handelte, dessen fataler Umschlingung sein eigener Hals einmal nur ganz knapp entkommen war, als eine einzige Stunde längeren Aufenthalts in jener Gegend zur näheren Bekanntschaft genügt hätte.

Während die Gruppe den Bach entlangschlenderte und sie nach einer Furt suchten, stießen sie auf das säuberlich abgenagte Skelett eines Tiers. Mr. Porfer identifizierte es nach gründlicher Musterung als das eines Esels. Die kennzeichnenden Ohren waren zwar nicht mehr vorhanden, aber die nicht verspeisbaren Reste des Schädels hatten die Raubtiere und Vögel übriggelassen, und auch der derbe Zügel aus Roßhaar war noch unversehrt, ebenso wie das aus gleichem Material bestehende Lasso, mit dem das Skelett an einem noch fest in der Erde steckenden Pfahl angebunden war. Die hölzernen und metallenen Bestandteile einer Goldgräberausrüstung lagen daneben. Die Gesellschaft machte die üblichen Bemerkungen, die bei den Herren zynisch, bei den Damen sentimental und etwas vornehmer ausfielen. Wenig später standen sie vor dem Baum auf dem Friedhof, und Mr. Porfer vergaß jetzt so weit seine Würde, daß er sich unter das verwitterte Seil stellte und sich zutraulich dessen Schlinge um den Hals legte, was offensichtlich zu seiner eigenen Genugtuung beitrug, seine Frau aber sehr erschreckte und ihren Gefühlen bei diesem Schauspiel einen hübschen Schock versetzte.

Ein Ausruf eines der Reisegefährten versammelte sie alle um ein offenes Grab, auf dessen Grund sie eine wirre Masse menschlicher Knochen sowie die zerbrochenen Überreste eines Sarges entdeckten. Für alles übrige hatten die Wölfe und Bussarde die traurigen Beerdigungsriten vollzogen. Es waren übrigens zwei Schädel vorhanden, und um diese etwas ungewöhnliche Reichhaltigkeit aufzuklären, hatte einer der jüngeren Herren den Mut, hinabzusteigen und die Schädel einem anderen heraufzureichen, ehe noch Mrs. Porfer die klare Mißbilligung einer so schockierenden Handlungsweise ausdrücken konnte – was sie allerdings mit beträchtlichem Gefühl und in gesetzten Worten nachholte. Der junge Herr jedoch setzte seine Suche unter den traurigen Resten am Grund des Grabes fort und reichte als nächstes eine verrostete Sargplatte herauf, deren grob eingeschnittene Inschrift Mr. Porfer mit Mühe entzifferte und dann ernst vorlas, im nicht erfolglosen Streben nach einer dramatischen Wirkung, die er den Umständen und seinen rhetorischen Fähigkeiten für angemessen hielt:

MANUELITA MURPHY
Geboren in der Mission San Pedro –
Gestorben in Hurdy-Gurdy
im Alter von 47 Jahren.
Die Hölle ist voll von ihresgleichen.

Mit Rücksicht auf die Pietät des Lesers und die Nerven von Mrs. Porfers verwöhnten Gleichgesinnten beiderlei Geschlechts wollen wir die peinliche Wirkung übergehen, die diese ungewöhnliche Inschrift hervorrief, ganz zu schweigen davon, daß die Vortragskunst von Mr. Porfer nie zuvor so spontane und überwältigende Resonanz gefunden hatte.

Das nächste Beutestück des Grabräubers war ein Büschel langen, schwarzen, lehmverschmierten Haares, das jedoch keine besondere Aufmerksamkeit erregte. Aber dann grub er, nach einem kurzen Ausruf und einer aufgeregten Geste, einen grauen Felsbrocken aus der Erde, den er nach einer kurzen Musterung Mr. Porfer reichte. Als die Sonne auf den Stein fiel, glitzerte dieser in einem gelben Glanz, denn er war dicht mit glänzenden Pünktchen besetzt. Mr. Porfer griff danach, beugte den Kopf darüber und warf den Stein dann beiseite mit der kurzen Bemerkung: »Eisenpyrit – Katzengold.«

Der junge Herr in seinem Bergwerksschacht geriet offensichtlich etwas aus der Fassung.

Unterdessen war Mrs. Porfer, die das unangenehme Geschäft nicht länger ertragen konnte, zum dürren Baum zurückgegangen und hatte sich an dessen Fuß niedergelassen. Während sie eine Strähne ihres goldblonden Haars feststeckte, die sich aus der Frisur gelöst hatte, fiel ihr Blick auf etwas, das der Rest einer alten Jacke zu sein schien und auch wirklich war. Sie sah sich um, vergewisserte sich, daß niemand sie bei einer so undamenhaften Tat beobachtete, und schob dann ihre juwelengeschmückte Hand in die offenstehende Tasche der Jacke. Dann holte sie eine vermoderte Brieftasche heraus.

Diese enthielt folgende Gegenstände:

Ein Bündel Briefe, gestempelt Elizabethtown, New Jersey.
Eine mit einem Band umwickelte blonde Locke.
Das Foto eines schönen Mädchens.
Ein Foto der gleichen, aber hier einzigartig entstellten Person.
Einen Namen auf der Rückseite eines der Fotos: »Jefferson Doman.«

Wenige Augenblicke später umringte eine Gruppe besorgter Herren Mrs. Porfer, die regungslos am Fuß des Baumes saß. Ihr Kopf war nach vorn gesunken, ihre Finger krampften sich um eine zerknitterte Fotografie. Ihr Mann hob ihren Kopf an, und man sah ihr Gesicht, das geisterhaft weiß schimmerte, ausgenommen die lange, entstellende Narbe, die allen ihren Freunden bekannt war. Sie hatte sich durch keine Kunst je ganz verstecken lassen, und jetzt leuchtete sie in dem bleichen Gesicht wie ein sichtbar gewordener Fluch.

Mary Matthews-Porfer hatte das Pech, tot zu sein.

Eine Straße im Mondschein

1 · *Bericht des Joel Hetman junior*

Ich bin der unglücklichste aller Menschen. Wohlhabend, angesehen, von guter Bildung, gesund, und mit noch manchen anderen Vorzügen versehen, die von denen, die sie besitzen, gering geachtet, von denen aber, die sie nicht besitzen, heiß begehrt werden, denke ich manchmal, daß ich weniger unglücklich wäre, wenn ich all diese Vorzüge nicht besäße. Dann könnte sich jedenfalls der Kontrast zwischen meinen äußeren Umständen und meinem Innenleben nicht ständig so qualvoll bemerkbar machen. Unter der Belastung von Entbehrungen und notwendigen Mühen würde ich vielleicht manchmal das dunkle Geheimnis vergessen, das allen Versuchen, es aufzuklären, nur spottet.

Ich bin das einzige Kind von Joel und Julia Hetman. Der erstere war ein wohlhabender Farmer, die zweite eine schöne und vollkommene Frau, der ich mit leidenschaftlicher, aber, wie ich jetzt weiß, auch eifersüchtiger und anspruchsvoller Liebe zugetan war. Das Heim meiner Familie lag ein paar Meilen vor Nashville in Tennessee und war ein großes, unregelmäßiges Gebäude, das keiner bestimmten Stilrichtung der Architektur angehörte. Ein wenig abseits der Straße lag es in einem Park voller Bäume und Büsche.

Zu der Zeit, von der ich hier berichte, war ich neunzehn Jahre alt und Student an der Yale-Universität. Eines Tages erhielt ich von meinem Vater ein so dringliches Telegramm, daß ich, um seinen nicht näher begründeten Wunsch zu erfüllen, sofort heimreiste. Am Bahnhof von Nashville erwartete mich ein entfernter Verwandter und nannte mir den Grund für meine Abberufung: Meine Mutter war barbarisch ermordet worden. Weshalb und von wem, wußte niemand; die Umstände jedoch waren wie folgt:

Mein Vater war eines Tages nach Nashville gegangen mit der Absicht, am nächsten Nachmittag zurückzukehren. Irgend etwas ließ ihn sein damaliges Geschäft nicht zu Ende führen, und so wanderte er noch in der gleichen Nacht zurück und kam kurz vor der Morgendämmerung an. Bei seiner Aussage vor dem Leichenbeschauer gab er an, er habe keinen Hausschlüssel besessen, und da er die schlafende Dienerschaft nicht habe wecken wollen, sei er ohne klar zu bestimmende Absicht um das Haus herum zu dessen Rückseite gegangen. Als er um eine Ecke des Gebäudes bog, hörte er ein Geräusch, als ob eine Tür leise geschlossen würde, und sah undeutlich in der Dunkelheit die Gestalt eines Mannes, der sofort zwischen den Bäumen des Parks verschwand. Eine rasche Verfolgung und kurze Suche – in der Annahme, daß der Eindringling eine Dienerin heimlich besucht habe – blieben erfolglos. So trat mein Vater zu der unverschlossenen Tür ein und stieg die Treppe zu meiner Mutter Zimmer empor. Dessen Tür stand offen, und als mein Vater in die schwarze Dunkelheit trat, stürzte er der Länge lang über einen schweren Gegenstand auf den Fußboden. Ich darf mir die Einzelheiten hier ersparen; es handelte sich um meine arme Mutter, die durch menschliche Hände erwürgt worden war!

Im Hause fehlte nichts; die Diener hatten kein Geräusch gehört, und mit Ausnahme jener schrecklichen Fingerspuren an der Kehle der toten Frau – mein Gott! daß ich sie doch vergessen könnte! – wurde niemals mehr eine Spur von dem Mörder gefunden.

Ich gab mein Studium auf und blieb bei meinem Vater, der sich natürlich sehr veränderte. Schon immer von gesetztem und schweigsamem Charakter, verfiel er jetzt einer so tiefen Niedergeschlagenheit, daß nichts mehr seine Aufmerksamkeit auf längere Zeit fesseln konnte, dagegen alles – ein Schritt, das plötzliche Schließen einer Tür – in ihm ein jähes, krampfartiges Interesse erweckte. Man hätte diesen Zug fast Angst nennen können. Bei jeder kleinen Überraschung der Sinne fuhr er sichtlich zusammen und wurde oft bleich; und danach verfiel er wieder in seine melancholische Gleichgültigkeit, die tiefer war als vorher. Ich meine, er war einfach ein Nervenwrack. Was mich angeht, so war ich damals jünger als jetzt – und damit ist alles gesagt. Jugend bedeutet *Gilead*, wo Balsam für jede Wunde fließt. Oh, daß ich doch noch einmal in jenem gelobten Land wandeln könnte! Mit dem Leid noch unbekannt, wußte ich nicht, wie ich meinen Verlust bewerten mußte; die Stärke des Schlages konnte ich nicht richtig einschätzen.

Eines Nachts, einige Monate nach jenem schrecklichen Ereignis, gingen mein Vater und ich von der Stadt her nach Hause. Der volle Mond stand seit drei Stunden über dem östlichen Horizont; und über der ganzen Landschaft lag die feierliche Stille einer Sommernacht. Unsere Schritte und das nicht endenwollende Lied der Grillen waren die einzigen Laute. Die schwarzen

Schatten der Bäume am Straßenrand lagen quer über der Straße, die in den kurzen Strecken dazwischen geisterhaft weiß schimmerte. Als wir das Tor zu unserem Anwesen erreichten, das ganz im Schatten lag, und in dem kein Licht leuchtete, blieb mein Vater plötzlich stehen, packte mich am Arm und sagte kaum vernehmbar:

»Gott! Gott! Was ist das?«

»Ich höre nichts«, erwiderte ich.

»Aber sieh! Sieh doch!« sagte er und wies auf die Straße vor uns.

Ich sagte: »Da ist nichts. Komm, Vater, laß uns hineingehen – du bist krank.«

Er hatte meinen Arm wieder losgelassen und stand starr und bewegungslos in der Mitte der vom Mond beschienenen Straße. Er starrte vor sich hin wie einer, der seiner Sinne beraubt ist. Sein Gesicht zeigte in dem Mondlicht eine unsagbar qualvolle Blässe und Starre. Ich zog sanft an seinem Ärmel, aber er hatte meine Anwesenheit vergessen. Langsam begann er rückwärts zu gehen, Schritt um Schritt, und wandte seine Blicke nicht für eine Sekunde von dem ab, was er sah – oder zu sehen glaubte. Ich drehte mich halb um und wollte ihm folgen, blieb aber unentschlossen stehen. Ich kann mich dabei nicht an ein Gefühl der Furcht erinnern, falls nicht ein plötzlicher Schauder dessen physische Bekundung war. Mir schien, als ob ein eisiger Wind mein Gesicht gestreift und meinen Körper von Kopf bis Fuß eingehüllt hätte; ich konnte seine Bewegung sogar in meinem Haar spüren.

In diesem Augenblick wurde meine Aufmerksamkeit von einem Licht, das plötzlich aus einem oberen Fenster unseres Hauses fiel, abgelenkt. Eine Dienerin war durch was auch immer für eine mysteriöse Vorahnung des Bösen geweckt worden, und einem Drang gehorchend, den sie niemals mehr erklären konnte, hatte sie eine Lampe angezündet. Als ich mich umdrehte, um nach meinem Vater zu sehen, war er verschwunden, und in all den Jahren, die seitdem vergingen, drang über die Grenze der Mutmaßung aus dem Reich des Unbekannten kein Geflüster über sein Schicksal.

Heute hält man mich noch für lebendig; morgen wird hier in diesem Zimmer ein fühlloser Lehmklumpen liegen, der nur zu lange ich war. Falls irgend jemand das Tuch vom Gesicht dieses unschönen Gegenstandes heben wird, so nur um einer krankhaften Neugier willen. Einige werden zweifellos noch weitergehen und fragen: »Wer war er?« In diesem Bericht gebe ich die Antwort, die zu geben ich fähig bin – Caspar Grattan. Sicher sollte das genügen. Dieser Name hat meinen geringen Bedürfnissen während mehr als zwanzig Jahren eines Lebens von unbekannter Länge gedient. Es ist wahr, ich gab ihn mir selbst, aber da ich keinen anderen besaß, hatte ich das Recht dazu. In dieser Welt muß man einen Namen haben; er verhindert Unklarheiten, selbst wenn er keine Identität begründet. Manche Menschen sind nur durch Zahlen bezeichnet, was ebenfalls eine unzureichende Unterscheidung zu sein scheint.

Eines Tages ging ich zum Beispiel eine Straße in einer weit von hier entfernten Stadt entlang, als ich zwei Männern in Uniform begegnete, von denen einer kurz stehenblieb, mir neugierig ins Gesicht blickte und zu seinem Begleiter sagte: »Dieser Mann sieht aus wie 767.« Etwas an dieser Zahl kam mir vertraut und entsetzlich vor. Durch einen unbeherrschbaren Impuls gedrängt, sprang ich in eine Seitenstraße und rannte davon, bis ich auf einem Feldweg erschöpft niederfiel.

Niemals wieder habe ich diese Zahl vergessen, und immer, wenn sie mir ins Gedächtnis kommt, wird sie begleitet von der Erinnerung an durcheinandergeredete Zoten, dröhnendes, freudloses Gelächter und das Schmettern von Eisentüren. So sage ich denn, daß ein Name, auch ein selbstgewählter, besser ist als eine Zahl. Im Register des Urnenfeldes werde ich bald beides haben. Was für ein Reichtum!

Denjenigen, der diese Aufzeichnung findet, muß ich um Nachsicht bitten. Es handelt sich nicht um die Geschichte meines Lebens; das Wissen, um diese niederzuschreiben, ist mir versagt. Dies ist nur ein Bericht von einzelnen und anscheinend unzusammenhängenden Erinnerungen, von denen einige so klar einander folgen wie Brillantperlen auf einem Faden; andere aber sind weit zurückliegend und merkwürdig und erscheinen wie rote Träume mit leeren und schwarzen Zwischenräumen – wie Hexenfeuer, die still und rot in einer weiten Einöde glühen.

Während ich am Ufer der Ewigkeit stehe, wende ich mich um

zu meinem letzten Blick landeinwärts auf den Weg, den ich bis hierher ging. Hinter mir liegen zwanzig Jahre mit deutlich erkennbaren Fußabdrücken – den Abdrücken blutender Füße. Die Spuren führen durch Armut und Qual, sind taumelig und unsicher wie von einem, der unter einer schweren Last dahinwankt –

Vereinsamt, freudlos, melancholisch, langsam.

Oh, diese dichterische Prophezeiung meines Daseins – wie bewundernswert, wie gräßlich bewundernswert!

Weiter zurück, vor dem Anfang dieser Via Dolorosa – dieses Epos des Leidens voller Episoden der Sünde – sehe ich nichts mehr klar; mein Weg kommt aus einer Wolke heraus. Ich weiß, daß er nur zwanzig Jahre durchläuft, und doch bin ich ein alter Mann.

Man erinnert sich nicht an seine Geburt; es muß einem davon erzählt werden. Mit mir aber war es anders; das Leben kam zu mir mit vollen Händen und stattete mich gleich von Anbeginn mit all meinen Fähigkeiten und Kräften aus. Von einer früheren Existenz weiß ich nicht mehr als andere, denn alle besitzen nur stammelnde Andeutungen, die Erinnerungen und vielleicht auch Träume sein mögen. Ich weiß nur, daß mein erstes Bewußtwerden ohne Überraschung oder Mutmaßungen aufgenommen wurde. Ich fand mich einfach in einem Wald laufen, nur halb angezogen, fußkrank, unaussprechlich müde und hungrig. Als ich ein Farmhaus erblickte, trat ich näher und bat um Essen, das mir von einem Mann gegeben wurde, der nach meinem Namen fragte. Ich kannte ihn selbst nicht, wußte aber, daß alle Menschen Namen hatten. Sehr verwirrt zog ich mich zurück, und da die Nacht hereinbrach, legte ich mich im Wald nieder und schlief.

Am nächsten Tag kam ich in eine große Stadt, deren Namen ich nicht nennen werde. Auch will ich weitere Einzelheiten dieses Lebens, das jetzt enden soll, nicht aufzählen. Es war ein Wanderleben, auf dem mich immer und überall das übermächtige Bewußtsein von einem als Strafe für ein Unrecht begangenen Verbrechen und einem Schrecken als Strafe für dieses Verbrechen verfolgte. Ich will sehen, ob ich das in einen Bericht fassen kann.

Mir scheint, als ob ich einst in der Nähe einer großen Stadt gelebt hätte, wo ich ein wohlhabender Pflanzer und mit einer Frau verheiratet war, die ich liebte, der ich aber mißtraute. Wir hatten, so scheint es mir manchmal, ein Kind, einen vielversprechenden jungen Mann mit glänzenden Gaben. Er bleibt stets eine vage Gestalt, ist nie klar umrissen, sondern verschwindet häufig ganz aus dem Bild.

Eines unglücklichen Abends kam es mir in den Sinn, die Treue meiner Frau in einer vulgären und gewöhnlichen Weise, die jedem vertraut ist, der Tatsachenliteratur und Dichtung kennt, zu prüfen. Ich begab mich in die Stadt und sagte meiner Frau, daß ich bis zum nächsten Nachmittag abwesend sein würde. Ich kehrte jedoch noch vor Tagesanbruch zurück und ging zur Rückseite des Hauses, um dort durch eine Tür einzutreten, die ich insgeheim so hergerichtet hatte, daß sie verschlossen zu sein schien, es aber nicht wirklich war. Als ich mich dieser Tür näherte, hörte ich, wie sie leise geöffnet und geschlossen wurde, und ich sah einen Mann sich in die Dunkelheit davonstehlen. Mit Mordgedanken im Herzen sprang ich ihm nach, aber er war verschwunden, ohne auch nur das Pech gehabt zu haben, von mir erkannt worden zu sein. Heute kann ich mich manchmal nicht einmal mehr dazu überreden, daß es ein menschliches Wesen war.

Verrückt vor Eifersucht und Wut, blind und bestialisch in all den elementaren Leidenschaften beleidigter Männlichkeit, drang ich in das Haus ein und sprang die Treppe empor zum Zimmer meiner Frau. Die Tür war verschlossen, aber da ich auch ihr Schloß präpariert hatte, drang ich leicht ein und stand trotz der schwarzen Dunkelheit sofort neben dem Bett meiner Frau. Meine tastenden Hände sagten mir, daß das Bett zwar zerwühlt, aber leer sei.

»Sie ist unten«, dachte ich, »und durch mein Eindringen erschreckt, ist sie mir in der Dunkelheit der Halle ausgewichen!«

Mit der Absicht, sie zu suchen, drehte ich mich um und wollte das Zimmer verlassen, nahm aber eine falsche Richtung – die richtige! – und stieß mit dem Fuß gegen die Frau, die in einer Ecke des Zimmers kauerte. Sofort waren meine Hände an ihrer Kehle und erstickten einen Schrei. Meine Knie drückten auf ihren kämpfenden Körper, und dort in der Dunkelheit, ohne ein Wort der Anklage oder des Vorwurfs, würgte ich sie, bis sie tot war!

Damit endet mein Traum. Ich habe ihn in der Vergangenheit erzählt, aber die Gegenwartsform würde ihm mehr entsprechen, denn immer und immer wieder von neuem findet diese düstere Tragödie in meinem Bewußtsein statt. Hin und her überlege ich meinen Plan, erleide die Bestätigung meines Mißtrauens und vergelte das Unrecht. Dann aber ist alles leer, und später schlägt der Regen gegen die schmutzigen Fenster, oder der Schnee fällt auf meine armselige Kleidung, Räder rattern in den schmutzigen Straßen, wo mein Leben in Armut und mit gemeinen Arbeiten dahinläuft. Wenn da jemals Sonnenschein war, so erinnere ich mich dessen nicht mehr; wenn es Vögel gegeben hat, so sangen sie mir nicht.

Dann habe ich noch einen anderen Traum, eine andere Vision von einer Nacht. Ich stehe im Schatten neben einer mondlichtbeschienenen Straße. Ich bin mir der Anwesenheit eines anderen Menschen bewußt, aber wer das ist, kann ich nicht recht erkennen. Im Schatten eines großen Gebäudes entdecke ich das Schimmern weißer Gewänder; dann steht die Gestalt einer Frau vor mir auf der Straße – meine ermordete Frau! Tod steht in ihrem Antlitz; an ihrer Kehle sind Würgemale. Die Augen hat sie mit unendlichem Ernst, der weder Vorwurf noch Haß oder Drohung, noch irgend etwas anderes, weniger Schrecklicheres als nur Erkennen ist, auf mich gerichtet.

Vor dieser furchtbaren Erscheinung ziehe ich mich voller Entsetzen zurück – einem Entsetzen, das noch beim Schreiben auf mir lastet.

Ich kann nicht länger die Worte formen! Da! Sie . . .

Jetzt bin ich wieder ruhig, aber es gibt nun nichts mehr zu berichten: Der Vorfall endet, wo er begann – in Dunkelheit und Zweifel.

Ja, ich habe wieder die Herrschaft über mich selbst gewonnen, bin wieder der »Kapitän meiner Seele«. Aber das bedeutet keinen Aufschub; es ist nur ein anderes Stadium und eine andere Phase der Sühne. Meine Buße, die im Grad unveränderlich bleibt, ändert sich jedoch in der Art: Eine ihrer Varianten ist die Ruhe. Letztlich handelt es sich nur um ein lebenslängliches Urteil. »Auf Lebenszeit in die Hölle« – das wäre freilich eine törichte Strafe, denn der Angeklagte kann ihre Dauer selbst wählen. Heute geht meine Frist zu Ende.

Jedem und allen wünsche ich den Frieden, den ich nicht kannte.

3 · *Bericht der verstorbenen Julia Hetman, durch das Medium Bayrolles abgegeben*

Ich hatte mich frühzeitig zurückgezogen und war fast augenblicklich in einen friedlichen Schlummer gefallen, aus dem ich mit jenem unbestimmbaren Gefühl der Gefahr erwachte, das, wie ich glaube, in jenem anderen, früheren Leben eine allgemeine Erfahrung ist. Von der Bedeutungslosigkeit dieses Gefühls war ich zwar völlig überzeugt, aber dadurch bannte ich es nicht. Mein Mann, Joel Hetman, war fort; die Dienerschaft schlief in einem anderen Teil des Hauses. Dies waren jedoch vertraute Bedingungen, die mich niemals vorher beunruhigt hatten. Trotz allem steigerte sich die seltsame Furcht zu so unerträglichem Ausmaß, daß sie mein Zögern besiegte, ich mich aufrichtete und die Lampe neben meinem Bett anzündete. Im Gegensatz zu meiner Erwartung verschaffte mir das keine Erleichterung; das Licht wirkte eher wie eine zusätzliche Gefahr, denn ich überlegte mir, daß es unter der Tür hervorscheinen und meine Anwesenheit dem Bösen, was auch immer draußen schleichen möchte, verraten würde. Ihr, die ihr noch im Fleisch wandelt und den Schrecken der Einbildungskraft unterworfen seid, stellt euch vor, wie entsetzlich eine Furcht sein muß, die Sicherheit vor den bösen Dingen der Nacht in der Dunkelheit sucht! Das bedeutet, nahe an einen unsichtbaren Feind heranzuspringen, und ist die Strategie der Verzweiflung!

Ich löschte also die Lampe wieder, zog die Bettdecke über den Kopf und lag zitternd und schweigend da, unfähig zu schreien und das Beten vergessend. In diesem erbarmungswürdigen Zustand muß ich stundenlang, wie ihr es nennt, gelegen haben. Für uns freilich gibt es keine Stunden, keine Zeit.

Endlich kam es – ein leises, unregelmäßiges Geräusch von Schritten auf der Treppe! Sie waren langsam, zögernd, unsicher, wie von jemandem, der den Weg nicht sehen kann; meinem verwirrten Verstand erschien das nur um so entsetzlicher, da es sich um die Annäherung irgendeines blinden und seelenlosen Unheils handeln mußte, mit dem man nicht verhandeln konnte. Ich glaubte sogar, daß ich die Lampe in der Halle brennen gelassen hätte und das Tappen dieser Kreatur also bewies, daß es sich um ein Monstrum der Nacht handeln müßte. Dies war töricht und mit meiner vorigen Furcht vor dem Licht unvereinbar, aber was will man machen? Die Furcht hat keinen Verstand, sie ist ein Narr. Das düstere Zeugnis, das sie ablegt, und der feige Rat, den sie einflüstert, stehen in keinem Zusammenhang. Wir wissen dies wohl, wir, die wir in das Reich des Schreckens eingegangen sind und in ewiger Dämmerung durch die Szenerie unseres früheren Lebens schleichen, unsichtbar selbst untereinander und doch uns an einsamen Orten versteckend; nach Rede mit unseren Lieben verlangend und doch stumm und vor ihnen soviel Angst empfindend wie sie vor uns. Manchmal allerdings wird unser Unvermögen beseitigt und das Gesetz aufgehoben: Durch die Mächte der Liebe oder des Hasses, die den Tod nicht kennen, brechen wir den Zwang und werden von denen gesehen, die wir warnen, trösten oder strafen wollen. Welche Gestalt wir für sie zu haben scheinen, wissen wir nicht; wir wissen nur, daß wir selbst jene erschrecken, die wir am meisten zu trösten wünschen, und von denen wir am meisten Zärtlichkeit und Mitgefühl ersehnen.

Vergebt, ich bitte euch, einer, die einmal eine Frau war, diese inkonsequente Abschweifung. Ihr, die ihr uns auf diese unvollkommene Weise befragt – ihr versteht nichts. Ihr stellt törichte Fragen über unbekannte oder verbotene Dinge. Vieles, was wir wissen und in unserer Sprache mitteilen könnten, ist bedeutungslos in eurer Sprache. Wir müssen uns mit euch durch einen stammelnden Geist in Verbindung setzen und durch jene kleinen Bruchstücke unserer Sprache, die auch ihr verstehen könnt. Ihr glaubt, wir seien von einer anderen Welt. Nein, wir haben Kenntnis von keiner anderen Welt als der euren, obwohl sie für uns kein Sonnenlicht, keine Wärme, keine Musik, kein Lachen, kein Vogelsingen noch irgendeine Gesellschaft mehr birgt. O Gott! Was bedeutet es alles, ein Geist zu sein, zitternd und geduckt in einer veränderten Welt zu wandeln, eine Beute von Sorge und Verzweiflung!

Nein, ich starb nicht vor Furcht: Das Ding drehte um und ging davon. Ich hörte es die Treppen hinuntersteigen, sehr eilig, wie mir schien, als ob es selbst von plötzlicher Furcht erfaßt worden sei. Dann stand ich auf, um nach Hilfe zu rufen. Kaum hatte meine zitternde Hand den Türknauf gefunden, als ich – gnädiger Himmel! – es zurückkommen hörte. Seine Schritte, als es die Treppen heraufstieg, waren jetzt schnell, schwer und laut; sie erschütterten das Haus. Ich floh in eine Ecke des Zimmers und sank auf den Fußboden. Ich versuchte zu beten, versuchte auch den Namen meines geliebten Mannes zu rufen. Dann hörte ich, wie die Tür aufgerissen wurde. Es trat eine Pause der Bewußtlosigkeit ein, und als ich wieder zu mir kam, fühlte ich einen würgenden Griff an meiner Kehle, fühlte, wie meine Arme schwächlich gegen etwas schlugen, das mich rückwärts trug, fühlte meine Zunge sich zwischen den Zähnen vorschieben! Und dann glitt ich in dieses andere Leben hinüber.

Nein, ich habe keine Kenntnis davon, wer es war. Die Summe

dessen, was wir bei unserem Tod wissen, ist auch das Maß dessen, was wir später von all dem wissen, das vor sich ging. Von der früheren Existenz kennen wir vieles, aber kein neues Licht fällt auf irgendeine ihrer Seiten; ins Gedächtnis eingeschrieben ist alles, was wir lesen können. Hier gibt es keine Höhen der Wahrheit, von denen man die wirre Landschaft jenes zweifelhaften Reiches überschauen könnte. Wir leben noch immer im Tal der Schatten, schleichen auf seinen trostlosen Plätzen umher, spähen durch Sträucher und Dickichte auf seine verrückten, boshaften Bewohner. Wie sollten wir neue Kenntnisse über jene verblassende Vergangenheit haben?

Was ich jetzt berichte, geschah während einer Nacht. Wir wissen, wann es Nacht ist, denn dann kehrt ihr in eure Häuser zurück, und wir können uns furchtlos aus unseren Verstecken zu unseren alten Heimen wagen, zu den Fenstern hineinblicken, selbst eintreten und auf eure Gesichter blicken, während ihr schlaft. Ich hatte mich lange in der Nähe des Gebäudes aufgehalten, wo ich so grausam zu dem gemacht wurde, was ich jetzt bin. Ich tat das, was wir häufig tun, wenn jemand, den wir lieben oder hassen, zurückgeblieben ist. Vergebens hatte ich nach einer Methode gesucht, mich bemerkbar zu machen, oder nach einem Weg, meinem Mann und meinem Sohn meine fortdauernde Existenz, meine große Liebe und mein nagendes Mitleid mitzuteilen. Immer, wenn sie schliefen, erwachten sie zu früh, oder wenn ich es in meiner Verzweiflung wagte, mich ihnen während des Wachseins zu nähern, richteten sie die schrecklichen Augen der Lebenden auf mich und entsetzten mich durch jene Blicke, die ich doch nur gesucht hatte.

Während jener Nacht sah ich mich ergebnislos nach ihnen um, fürchtete aber zugleich, sie zu finden. Sie waren nirgends im Haus, auch nicht im mondlichtübergossenen Park. Obwohl uns die Sonne für immer untergegangen ist, bleibt uns doch der Mond, ob nun voll oder als Sichel. Manchmal leuchtet er bei Nacht, manchmal bei Tag, aber immer geht er auf und unter wie in jenem anderen Leben.

Ich verließ den Park und trat ziellos und trauernd in das weiße Licht und das Schweigen auf der Straße. Plötzlich hörte ich die Stimme meines armen Mannes. Er schrie vor jähem Erstaunen, worauf ihm mein Sohn beruhigend und überredend antwortete, und da, im Schatten einer Baumgruppe, standen sie – nah, so nah! Ihre Gesichter waren mir zugewandt, die Augen des älteren Mannes auf mich gerichtet. Er sah mich – endlich, endlich sah er mich! Während mir das bewußt wurde, wich aller Schrekken von mir wie ein böser Traum. Der Todeszwang war gebrochen: Liebe hatte das Gesetz bezwungen! Verrückt vor Freude schrie ich – ich muß geschrien haben: »Er sieht mich, er sieht mich; er wird mich verstehen!« Dann faßte ich mich wieder, trat lächelnd und meiner Schönheit bewußt vor, um mich seinen Armen hinzugeben, ihn mit Zärtlichkeiten zu trösten und, mit meines Sohnes Hand in der meinigen, Worte zu sprechen, die das zerrissene Band zwischen den Lebenden und den Toten wieder knüpfen sollten.

Aber oh, oh! Sein Gesicht wurde weiß vor Furcht, seine Augen starrten wie die eines gehetzten Tieres. Er wich vor mir zurück, während ich vortrat, und zuletzt drehte er sich um und floh in den Wald – wohin, das zu wissen ist mir nicht gegeben.

Meinen armen Jungen, der doppelt verzweifelt zurückblieb, habe ich niemals meine Anwesenheit spüren lassen können. Bald wird auch er in dieses unsichtbare Leben überwechseln und auf ewig für mich verloren sein.

Ein Siruptopf

Diese Erzählung beginnt mit dem Ende des Helden. Silas Deemer starb am sechzehnten Tag des Juli 1863. Zwei Tage später wurden seine Überreste begraben. Da ihn jeder Mann, jede Frau und jedes halbwüchsige Kind im Ort kannte, war das Begräbnis, wie es die örtliche Zeitung ausdrückte, »sehr gut besucht«. Einer Sitte der Zeit und der Gegend entsprechend, wurde der Sarg neben dem Grab noch einmal geöffnet, und die ganze Trauergemeinde von Freunden und Nachbarn zog daran vorbei und warf einen letzten Blick auf das Gesicht des Toten. Danach aber wurde Silas Deemer vor aller Augen in den Erdboden gesenkt. Einige dieser Augen blickten etwas trübe, und ganz allgemein kann gesagt werden, daß es bei dieser Beerdigung weder an Anstand noch an Befolgung der Bräuche und Sitten mangelte. Silas war unzweifelhaft tot; und niemand hätte irgendeine Nichtbeachtung des Rituals angeben können, die ihn berechtigte, aus dem Grab zurückzukehren. Aber wenn menschliche Aussage überhaupt einen Wert hat, dann kam Silas zurück.

Ich vergaß zu bemerken, daß sich Tod und Begräbnis des Silas Deemer in dem kleinen Ort Hillbrook zutrugen, wo er einunddreißig Jahre gelebt hatte. Er war das gewesen, was man in einigen Teilen der Union – die zugegebenermaßen ein freies Land ist – einen Händler nennt. Das heißt, er führte einen Gemischtwarenladen mit all den Dingen, die gewöhnlich in Läden dieser Art verkauft werden. Seine Ehrlichkeit war nie in Frage gestellt worden, so weit man weiß, und er stand bei allen Leuten in hoher Achtung. Das einzige, was strenge Geister gegen ihn hätten vorbringen können, war, daß er zu sehr am Geschäft hing. Aber das wurde ihm nicht vorgeworfen, obgleich mancher andere, der die gleiche Geschäftstüchtigkeit bewies, nicht so nachsichtig beurteilt wurde. Das Geschäft, dem sich Silas ergeben hatte, war zum größten Teil sein eigenes – und das mochte den Unterschied ausmachen.

Bei Deemers Tod konnte sich niemand an einen einzigen Tag erinnern, die Sonntage ausgenommen, den er nicht in seinem Laden verbracht hätte, und zwar von der Zeit an, da er ihn vor einem Vierteljahrhundert gegründet hatte. Seine Gesundheit war die ganze Zeit über sehr gut gewesen, und er hatte nie begreifen können, daß irgend etwas in der Lage wäre, ihn von seinem Ladentisch wegzubringen. Es wird berichtet, daß er einmal als Zeuge in einem wichtigen Rechtsfall vor das Bezirksgericht geladen wurde und nicht erschien. Der Rechtsanwalt, der die Kühnheit besaß zu beantragen, er möge gemahnt werden, wurde feierlichst davon in Kenntnis gesetzt, daß das Gericht diesen Antrag »mit Überraschung« aufnehme. Überraschung des Gerichts aber ist eine Reaktion, die zu erregen Anwälte gewöhnlich nicht begierig sind. So wurde der Antrag hastig zurückgezogen und eine Übereinkunft mit der anderen Seite getroffen darüber, was Mr. Deemer gesagt hätte, falls er erschienen wäre. Die andere Seite nutzte ihren Vorteil bis zum Extrem aus und gestaltete die untergeschobene Aussage so, daß sie den Interessen ihrer Widersacher eindeutigen Schaden zufügte. Kurz, in der ganzen Gegend herrschte das allgemeine Bewußtsein, daß Silas Deemer die eine und unverrückbare Wahrheit von Hillbrook sei, und daß seine räumliche Veränderung irgendein düsteres, öffentliches Unglück bewirken und ein rasch schreitendes Unheil herbeiführen müsse.

Mrs. Deemer und zwei erwachsene Töchter wohnten in den oberen Räumen des Gebäudes; von Silas aber war nie bekannt geworden, daß er woanders als auf einem Feldbett hinter dem Ladentisch geschlafen hätte. Und dort, ganz zufällig, wurde er eines Abends sterbend aufgefunden. Er ging davon, als es gerade Zeit wurde, die Läden herunterzulassen. Obwohl er nicht mehr sprechen konnte, schien er noch bei Bewußtsein zu sein. Jene, die ihn am besten kannten, glaubten, daß es einen beklagenswerten Effekt auf ihn gehabt hätte, falls sein Ende unglücklicherweise nach der Ladenöffnung eingetreten wäre.

Das also war Silas Deemer gewesen. Sein Leben und seine Gewohnheiten erschienen so fest und unveränderlich, daß der Spaßvogel des Ortes, der einmal ein College besucht hatte, sich veranlaßt sah, ihm den Beinamen »Old Ibidem« zu geben, und in der ersten Ausgabe der Ortszeitung nach Deemers Tod erklärte er – ohne beleidigende Absicht – daß Silas »sich einen Tag freigenommen habe«. – Es wurde zwar mehr als ein Tag, aber den Berichten nach muß es Mr. Deemer schon innerhalb eines Monats deutlich gemacht haben, daß er nicht die Muse besitze, tot zu sein.

Einer von Hillbrooks geachtetsten Bürgern war Alvan Creede, ein Bankier. Er wohnte im schönsten Haus der Stadt, hielt sich einen Wagen und war ein höchst ehrenwerter Mann. Er kannte ein wenig die Annehmlichkeiten des Reisens, war oft in Boston und einmal, wie man sagte, sogar in New York gewesen, obwohl er diese glitzernde Ehre stets mit aller Bescheidenheit abstritt. Diese Tatsache wird hier nur als Beitrag zum Verständnis von Mr. Creedes Wert erwähnt, denn beides wäre ihm hoch anzurechnen: seiner Intelligenz, wenn er sich, vielleicht auch nur kurz, mit hauptstädtischer Kultur in Verbindung gesetzt hätte, oder seiner Aufrichtigkeit, wäre dies nicht der Fall gewesen.

Eines schönen Sommerabends ungefähr gegen zehn Uhr trat Mr. Creede durch sein Gartentor, ging den Kiesweg entlang, der im Mondschein weiß schimmerte, stieg die steinernen Stufen vor seinem schönen Haus empor und verhielt dort einen Moment, um seinen Hausschlüssel ins Türschloß zu stecken. Als er die Tür aufstieß, traf er seine Frau, die auf dem Weg vom Wohnzimmer zur Bibliothek über den Flur kam. Sie begrüßte ihn freundlich, zog die Tür weiter auf und hielt sie ihm offen, damit er eintreten könne. Statt dessen aber drehte er sich um, blickte neben seine Füße vor die Schwelle und stieß einen kleinen Überraschungslaut aus.

»Wo zum Teufel«, fragte er, »ist denn der Topf geblieben?«

»Was für ein Topf, Alvan?« fragte sein Weib nicht sehr interessiert.

»Der Topf mit Ahornsirup. Ich brachte ihn aus dem Laden mit und stellte ihn hier ab, um die Tür aufzuschließen. Wo zum . . .«

»Alvan, bitte fluch nicht wieder!« unterbrach ihn die Frau. Hillbrook ist übrigens nicht der einzige Platz in der Christenheit, wo ein verkümmerter Polytheismus verbietet, den Namen des Bösen zu nennen.

Der Topf mit Ahornsirup, den heimzubringen Hillbrooks erstem Bürger sein Wohlleben im Ort gestattet hatte, war nicht mehr da.

»Bist du dessen ganz sicher, Alvan?«

»Meine Liebe, glaubst du etwa, ein Mann weiß es nicht, wenn er einen Topf trägt? Ich habe diesen Sirup bei Deemer gekauft, als ich dort vorbeiging. Deemer selbst füllte ihn ab und lieh mir den Topf, und ich . . .«

Der Satz ist bis auf den heutigen Tag unvollendet geblieben. Denn Mr. Creede taumelte in das Haus, wankte ins Wohnzimmer und ließ sich in einen Sessel fallen. Er zitterte an allen

Gliedern. Er hatte sich plötzlich erinnert, daß Silas Deemer seit drei Wochen tot war.

Mrs. Creede stand neben ihrem Gatten und betrachtete ihn voll Überraschung und Furcht.

»Um Himmels willen«, sagte sie, »was fehlt dir?«

Was Mr. Creede fehlte, hatte wohl nichts mit dem Willen des Himmels zu tun, denn Creede hielt es nicht für nötig, auf diese Frage zu antworten. Er sagte nichts, sondern starrte nur vor sich hin. Ein langes Schweigen trat ein, durch nichts als das gleichmäßige Ticken der Uhr unterbrochen, die irgendwie langsamer als gewöhnlich zu gehen schien, als ob sie ihnen höflicherweise eine Dehnung der Zeit zugestehen wollte, damit sie ihre Gedanken wieder sammeln könnten.

»Jane, ich bin verrückt geworden – das ist es.«

Heiser und hastig sprach er weiter: »Du hättest mich darauf hinweisen sollen; du mußt doch die Symptome schon beobachtet haben, ehe sie so kraß hervortraten, daß ich sie selbst erkenne! Ich bildete mir ein, an Deemers Laden vorbeigegangen zu sein; er stand offen und war erleuchtet – das jedenfalls bildete ich mir ein, aber natürlich ist er nicht mehr geöffnet! Silas Deemer stand hinter dem Ladentisch. Mein Gott, Jane, ich sah ihn so deutlich, wie ich dich jetzt sehe! Mir fiel ein, daß du gesagt hattest, du möchtest etwas Ahornsirup haben; also trat ich ein und kaufte Sirup – das ist alles. Ich kaufte zwei Quart Ahornsirup von Silas Deemer, der tot ist und unter der Erde liegt, aber trotzdem den Sirup aus einem Faß abfüllte und ihn mir in einem Topf übergab. Er sprach auch mit mir, etwas ernst, wie ich mich erinnere, sogar noch ernster, als es seine Gewohnheit war; doch nicht ein Wort von dem, was er sagte, habe ich behalten. Aber ich sah ihn – großer Gott, ich sah ihn und sprach mit ihm – und er ist doch tot! Ich habe mit alles eingebildet; ich bin verrückt, Jane, ich bin so verrückt wie nur etwas, und du hast es mir nicht gesagt!«

Dieser Monolog ließ der Frau Zeit, die Herrschaft über ihre Fähigkeiten wiederzugewinnen.

»Alvan«, erwiderte sie, »du hast keine Beweise von Verrücktheit gezeigt, glaub mir. Das war zweifellos nur eine Einbildung, wie könnte es anders sein? Es wäre ja zu schrecklich! Aber du bist nicht verrückt; du arbeitest nur zuviel auf der Bank. Du hättest die Direktorenversammlung heute abend nicht besuchen sollen; jeder konnte sehen, daß du krank warst. Ich wußte, daß etwas geschehen würde!«

Creede mochte denken, daß diese Prophezeiung ein wenig spät

komme und das Ereignis erst abgewartet habe, aber er sagte nichts dergleichen, sondern war zu sehr mit seiner Lage beschäftigt. Er konnte jetzt ruhig und zusammenhängend denken.

»Zweifellos war das Phänomen ganz subjektiv«, fuhr er fort, mit einem etwas lächerlich wirkenden Übergang zum wissenschaftlichen Jargon. »Wenn man schon die Möglichkeit von Geistererscheinungen und selbst von Materialisation annimmt, so ist doch die Erscheinung und Materialisation eines braunen, eine halbe Gallone fassenden Tontopfes, und zwar eines rohen, schweren Töpferstücks, einfach aus dem Nichts heraus, kaum denkbar.«

Er hatte gerade ausgesprochen, da kam ein Kind in das Zimmer gerannt – seine kleine Tochter. Sie hatte ein Nachthemd an, stürzte zu ihrem Vater, warf ihm die Arme um den Nacken und rief:

»Böser Papa, du hast vergessen, zu mir zu kommen und mir einen Kuß zu geben! Wir hörten, wie du das Tor öffnetest, da standen wir auf und blickten hinaus. Und, lieber Papa, Eddy fragt, ob er nicht den kleinen Topf haben kann, wenn er leer ist?«

Als die volle Bedeutung dieser Worte in Alvan Creedes Bewußtsein drang, erschauerte er sichtlich. Das Kind konnte kein Wort ihrer Unterhaltung gehört haben.

Der Besitz von Silas Deemer war in die Hände eines Treuhänders gegeben worden, der es für das beste gehalten hatte, das »Geschäft« aufzugeben. So war der Laden seit dem Tod seines Eigentümers geschlossen gewesen, und die Waren hatte ein anderer Händler *en bloc* erworben und dann abgeholt. Die Räume im Obergeschoß standen leer, denn die Witwe und die beiden Töchter waren in eine andere Stadt gezogen.

Am Abend nach Alvan Creedes Abenteuer – das sich irgendwie herumgesprochen hatte – drängte sich eine Menge von Männern, Frauen und Kindern auf dem Gehsteig gegenüber dem Laden. Daß jenes Haus vom Geist des seligen Silas Deemer unsicher gemacht würde, war unterdessen jedem Einwohner von Hillbrook genau bekannt, obwohl viele Unglauben heuchelten. Von den Neugierigen warfen die Kühnsten und ganz allgemein die Jüngsten Steine gegen die Gebäudefront, den einzig zugänglichen Teil also. Sie mieden aber sorgfältig die nicht durch Läden geschützten Fenster. Die Ungläubigkeit war noch nicht zur Bosheit geworden. Ein paar wagemutige Seelen überquerten die Straße, rüttelten an der Tür, strichen Streichhölzer an und hielten sie vor das Fenster, um einen Blick in das schwarze Innere zu wagen. Einige der Zuschauer wollten auch ihrem Witz Anerkennung verschaffen, indem sie schrien, stöhnten und den Geist zu einem Wettrennen herausforderten.

Nachdem eine beträchtliche Zeit vergangen war, ohne daß sich etwas ereignete, und sich viele von der Menge schon entfernt hatten, beobachteten die Zurückgebliebenen plötzlich, wie das Innere des Ladens von einem schwachen, gelblichen Licht erfüllt wurde. Daraufhin hörten alle Demonstrationen auf; die unerschrockenen Seelen vor der Tür und den Fenstern zogen sich zur gegenüberliegenden Straßenseite zurück und tauchten in der Menge unter, und die kleinen Jungen hörten auf, Steine zu werfen. Niemand sprach mehr laut; sie flüsterten nur noch aufgeregt und zeigten auf das jetzt langsam heller werdende Licht. Wieviel Zeit verstrichen war seit dem Auftauchen des ersten schwachen Schimmers, hätte niemand sagen können, aber jetzt war das Licht hell genug, um das ganze Innere des Ladens erkennen zu lassen, und da wurde Silas Deemer, wie er hinter dem Ladentisch stand, deutlich erkennbar!

Die Wirkung auf die Menge war erstaunlich. Sie begann schnell von den Seiten her zusammenzuschmelzen, da die Furchtsamen den Ort verließen. Viele rannten so schnell, wie ihre Beine sie trugen; andere entfernten sich mit größerer Würde, drehten sich nur gelegentlich um und warfen einen Blick über die Schultern zurück. Zuletzt war nur noch ein reichliches Dutzend, meist Männer, auf dem Platz zurückgeblieben. Sprachlos und aufgeregt starrten sie hinüber. Die Erscheinung im Laden schenkte ihnen aber keine Aufmerksamkeit; sie war anscheinend mit einem Rechnungsbuch beschäftigt.

Plötzlich verließen drei Männer wie aus einem gemeinsamen Antrieb heraus die Menge auf dem Bürgersteig und überquerten die Straße. Einer von ihnen, ein schwerer Mann, wollte seine Schulter gegen die Ladentür drücken, doch diese ging, anscheinend ohne menschliches Zutun, von allein auf, und die mutigen Eindringlinge stürzten hinein. Aber kaum hatten sie die Schwelle überschritten, da sahen die entsetzten Zuschauer draußen, wie sie sich auf höchst unerwartete Weise benehmen. Sie hatten die Hände vorgestreckt, gingen merkwürdige Bahnen, prallten heftig gegen den Ladentisch, an Kästen und Fässer auf dem Fußboden oder aneinander. Sie wandten sich hierhin und dahin, schienen entkommen zu wollen, waren aber nicht fähig, den Rückweg zu finden. Man hörte sie rufen und Flüche hervorstoßen; in keiner Weise aber zeigte die Erscheinung von Silas Deemer das geringste Interesse an dem, was vorging.

Von welchem Antrieb die Menge gepackt wurde, konnte sich niemand mehr später erinnern. Aber die gesamte Masse – Männer, Frauen, Kinder und Hunde – stürzte gemeinsam und tumultartig zum Eingang des Ladens. Sie drängten sich endlich in einer Reihe und stiegen die Stufen hinauf. Durch irgendeine geheime geistige oder physische Alchimie hatte sich die Beobachtung in Handlung verwandelt; die Zuschauer waren zu Teilnehmern am Schauspiel geworden; das Publikum hatte die Bühne in Beschlag genommen.

Dem einzigen Zuschauer, der auf der anderen Straßenseite zurückgeblieben war – Alvan Creede, dem Bankier – erschien das Ladeninnere mit der einströmenden Menschenmenge weiterhin hell erleuchtet. All die merkwürdigen Dinge, die dort vorgingen, blieben ihm deutlich sichtbar. Denen drinnen aber war alles schwarze Dunkelheit. Es schien, als ob jede Person, sowie sie über die Türschwelle getreten war, mit Blindheit geschlagen worden sei und durch dieses Unglück den Verstand verloren habe. Sie griffen ziellos umher, versuchten sich gegen den Strom den Rückweg zu erzwingen, stießen und drängten mit Ellbogen, schlugen aufs Geradewohl um sich, fielen und wurden niedergetrampelt, standen auf und trampelten ihrerseits. Sie packten einander bei den Kleidern, bei den Haaren, den Bärten; sie kämpften wie Tiere, fluchten, schrien und belegten sich mit beleidigenden und obszönen Namen. Als Alvan Creede dann endlich den Letzten sich in den schrecklichen Tumult hatte stürzen sehen, erlosch plötzlich das Licht, das alles erleuchtet hatte, und auch für ihn wurde die Szene so schwarz wie für jene drinnen. Da drehte er sich um und verließ den Ort.

Am nächsten Morgen hatte sich wiederum eine neugierige Menge vor Deemers Haus versammelt. Sie bestand zum Teil aus jenen, die in der Nacht vorher davongelaufen waren, jetzt aber am Tage Mut bewiesen; zum Teil bestand sie aus ehrbaren Leuten, die auf dem Weg zu ihrer Tagesarbeit waren. Die Tür des Ladens stand offen; der Laden selbst war leer, aber an den Wänden, auf dem Fußboden und dem Mobiliar lagen und hingen Kleidungsfetzen und Haarbüschel. Die streitbaren Hillbrooker hatten es irgendwie geschafft, nach draußen zu kommen, und sie waren heimgegangen, um ihre Verletzungen auszukurieren und dann zu beschwören, sie hätten die ganze Nacht im Bett verbracht. Auf dem staubigen Tisch hinter der

Theke lag das Rechnungsbuch. Die Eintragungen in Deemers Handschrift hörten am 16. Juli auf, seinem letzten Lebenstag. Es fand sich auch keine Eintragung über einen späteren Verkauf an Alvan Creede.

Das ist die ganze Geschichte – ausgenommen vielleicht noch, daß es, nachdem sich die menschlichen Leidenschaften gelegt und die Vernunft ihre Herrschaft wieder angetreten hatte, in Hillbrook eingestanden wurde, anbetrachts des harmlosen und ehrenhaften Charakters von Silas Deemers erster geschäftlicher Aktion unter den neuen Existenzbedingungen hätte man dem seligen Deemer gestatten sollen, seinen Handel wieder an seinem alten Platz aufzunehmen, und man hätte ihn nicht anpöbeln sollen. Der Ortschronist, aus dessen unveröffentlichter Arbeit dieser Bericht zusammengestellt wurde, besaß die Weisheit, sich diesem Urteil anzuschließen.

Ein Totenwächter

1

Im Zimmer eines unbewohnten Hauses, das in dem als North Beach bekannten Bezirk San Franziskos stand, lag unter einem Bettlaken der Körper eines Mannes. Die Uhr zeigte auf kurz vor neun Uhr abends; der Raum wurde von einer einzigen Kerze spärlich erhellt. Obwohl es draußen warm war, hatte man die beiden Fenster geschlossen und die Jalousien heruntergelassen – ganz entgegen dem Brauch, den Toten viel frische Luft zu verschaffen. In dem Zimmer standen nur drei Möbelstücke: ein Sessel, ein kleines Lesepult, auf dem die Kerze brannte, und ein langer Küchentisch, auf dem der Körper des Toten ruhte. Diese Möbelstücke schienen ebenso wie der Leichnam erst vor kurzem hereingeschafft worden zu sein, denn einem Betrachter – hätte es einen gegeben – wäre sofort aufgefallen, daß sie sauber waren, während der Rest des Raumes eine dicke Staubschicht trug und in allen Ecken Spinngewebe hingen.

Unter dem Bettlaken zeichneten sich die Konturen des Leichnams ab, ja sogar seine Gesichtszüge, die unnatürlich stark herausgebildet waren. Zwar glaubt man allgemein, dies träfe auf alle Toten zu, in Wirklichkeit jedoch ist dieses Merkmal nur denen zu eigen, die von einer schweren Krankheit dahingerafft wurden. Aus der Stille, die im Zimmer herrschte, hätte jeder sofort richtig gefolgert, daß der Raum nicht auf der Vorderseite des Hauses und nicht an der Straße lag. Und tatsächlich ragte ihm gegenüber nur eine hohe Felswand auf, denn die Rückseite des Gebäudes war in einen Hügel hineingebaut worden.

Die Glocken der benachbarten Kirche verkündeten die neunte Stunde mit einer Trägheit, die eine solche Gleichgültigkeit gegenüber der vergehenden Zeit auszudrücken schien, daß man sich unwillkürlich fragte, weshalb sie sich überhaupt die Mühe machten zu läuten. In dem Augenblick wurde die einzige Tür des Zimmers geöffnet; ein Mann trat herein und näherte sich dem Toten. Während er auf den Tisch zuging, schloß sich die Tür wie von selbst; ein Knirschen ertönte, als drehe jemand einen Schlüssel gewaltsam in einem schwergängigen Schloß, und dann rastete der Riegel mit einem lauten Schnappen ein. Gleich darauf hörte man die Geräusche davoneilender Schritte auf dem Gang, und der Mann blieb allem Anschein nach als Gefangener zurück. Er trat an den Tisch und blickte einen Augenblick lang auf den Körper hinab; dann ging er achselzuckend zu einem der Fenster und zog die Jalousien hoch. Die draußen herrschende Dunkelheit schien undurchdringlich. Die Fensterscheiben waren verschmutzt, aber als er sie abwischte, konnte er sehen, daß das Fenster mit dicken Eisenstäben vergittert war, die man nur wenige Zentimeter vor den Scheiben zu beiden Seiten in das Mauerwerk eingelassen hatte. Er untersuchte auch das andere Fenster, das sich als ebenso vergittert erwies. Er zeigte kein großes Erstaunen darüber, ja er schob nicht einmal das Fenster hoch. War er wirklich ein Gefangener, so offenbar ein sehr fügsamer. Nachdem er die Untersuchung des Zimmers beendet hatte, setzte er sich in den Sessel, holte ein Buch aus der Tasche, zog das Lesepult mit der Kerze heran und begann zu lesen.

Der Mann wirkte jung – kaum älter als dreißig –, hatte dunkle Haut, war glatt rasiert und braunhaarig. Sein Gesicht war schmal, er besaß eine breite und hohe Stirn und ein kräftiges Kinn. Wie es heißt, deutet dieses Merkmal auf Entschlossenheit hin. Der Blick seiner grauen Augen war ruhig und schweifte nicht umher, es sei denn, er suchte ein bestimmtes Ziel. Jetzt war er jedoch fast ausschließlich auf das Buch fixiert; nur gelegentlich richtete der Mann seine Augen auf den Leichnam auf dem Tisch, doch offensichtlich weder aus jener trübsinnigen Faszination heraus, die unter solchen Umständen selbst mutige Menschen ergriffen hätte, noch mit der bewußten Auflehnung gegen das völlig anders geartete Gefühl, das einen weniger beherzten Menschen überwältigt hätte. Vielmehr blickte er auf den Toten, als wäre er beim Lesen auf eine Stelle gestoßen, die ihn an seine Umgebung erinnerte. Ganz offensichtlich erfüllte dieser Totenwächter seine Pflicht mit Verstand und Fassung, wie es sich gehörte.

Nachdem er etwa eine halbe Stunde gelesen hatte, schien er am Ende eines Kapitels angelangt zu sein, denn er legte das Buch aus der Hand. Dann stand er auf, stellte das Lesepult in die Ecke des Zimmers nahe dem Fenster, nahm die Kerze herunter und kehrte damit an den leeren Kamin zurück, vor dem er gesessen hatte.

Einen Augenblick später trat er an den Tisch, hob das Laken an und zog es dem Toten vom Kopf. Dabei entblößte er einen dichten Schopf dunkler Haare und ein dünnes Gesichtstuch, durch das sich die Gesichtszüge noch schärfer abzeichneten als zuvor durch das Laken. Der Mann schirmte seine Augen ab, indem er die Hand vor die Kerze hielt, und betrachtete seinen regungslosen Zimmergenossen mit ernstem und ruhigem Blick. Als ob er zufrieden sei mit seiner Untersuchung, breitete er dann das Laken wieder über das Gesicht des Toten und kehrte zum Sessel zurück. Er nahm ein paar Streichhölzer vom Kerzenhalter, steckte sie in die Tasche seiner Jacke und setzte sich. Dann zog er die Kerze aus dem Halter und betrachtete sie kritisch, als wollte er ausrechnen, wie lange sie noch brennen könnte. Sie war nur noch knapp zwei Zoll lang; noch eine Stunde, dann würde er im Finstern sitzen. Er steckte sie wieder in den Kerzenhalter und pustete sie aus.

2

In der Ordination eines Arztes in der Kearny Street saßen drei Männer an einem Tisch; sie tranken Punsch und rauchten. Es war spät am Abend, ja bereits fast Mitternacht, und an Punsch hatte es keineswegs gemangelt. Der Ernsteste der drei, Dr. Helberson, war ihr Gastgeber; ihm gehörten die Räume, in denen sie sich befanden. Er war ungefähr dreißig Jahre alt; die anderen schienen sogar noch jünger; doch alle waren sie Mediziner.

»Die abergläubische Ehrfurcht, mit der die Lebenden den Toten begegnen«, sagte Dr. Helberson, »ist erblich und unheilbar. Man braucht sich dieser Tatsache nicht stärker zu schämen, als beispielsweise eines Unverständnisses für die Mathematik oder des Hangs zum Lügen.«

Die anderen lachten. »Sollte sich etwa ein Mann nicht schämen zu lügen?« fragte der jüngste der drei, ein Medizinstudent, der noch nicht graduiert war.

»Mein lieber Harper, davon habe ich nicht gesprochen. Der Hang zum Lügen ist eines, aber wirklich lügen etwas anderes.«

»Aber glauben Sie wirklich«, fragte der dritte Mann, »daß der Aberglaube und die Furcht vor den Toten, die doch, wie wir wissen, keine Begründung haben, ganz allgemein verbreitet sind? Ich jedenfalls bin mir keiner solchen Regung bewußt.«

»Doch, diese Regungen stecken auch in Ihnen«, erwiderte Helberson. »Es braucht nur die richtigen Umstände – was

Shakespeare die ›passenden Jahreszeiten‹ nennt –, und sie äußern sich in einer so abscheulichen Art, daß Ihnen die Augen übergehen. Allerdings, Ärzte und Soldaten sind im Gegensatz zu anderen Menschen fast völlig frei davon.«

»Ärzte und Soldaten?! Weshalb fügen Sie nicht auch Henker und Scharfrichter hinzu? Und nehmen wir ruhig noch alle Mörder mit dazu.«

»Nein, mein lieber Mancher. Unsere Geschworenen lassen den Scharfrichter keine so ausreichende Vertrautheit mit dem Tod erlangen, daß er bei seinem Anblick völlig unberührt bliebe.«

Der junge Harper, der sich vom Büfett eine neue Zigarre geholt hatte, nahm seinen Platz wieder ein. »Unter welchen Umständen würde Ihrer Meinung nach jeder von einem Weib Geborene sich seines Anteiles an dieser uns allen eigenen Schwäche unerträglich bewußt werden?« fragte er wortreich.

»Nun, ich würde behaupten, daß ein Mann, der eine ganze Nacht lang mit einem Leichnam eingeschlossen ist – allein, in einem dunklen Zimmer, in einem verlassenen Haus, ohne Bettücher, die er sich über den Kopf ziehen könnte – und der diese Prüfung übersteht, ohne den Verstand zu verlieren, sich mit Recht rühmen dürfte, kein normaler, von einem Weib geborener Mensch, ja nicht einmal wie Macduff das Produkt eines Kaiserschnittes zu sein.«

»Ich dachte schon, die Liste Ihrer Bedingungen würde gar kein Ende nehmen«, sagte Harper, »aber ich kenne einen Mann, der weder Arzt noch Soldat ist und der für jeden beliebigen Einsatz, den Sie ihm nennen, alles riskieren würde.«

»Wer ist das?«

»Sein Name ist Jarette, er ist fremd in dieser Gegend. Er stammt aus meiner Heimatstadt im Staat New York. Ich habe kein Geld, um auf ihn zu setzen, aber er wird seinerseits haufenweise Geld aufs Spiel setzen.«

»Was macht Sie dessen so sicher?«

»Er wettet lieber als zu essen. Und was die Furcht angeht, so hält er sie wohl für irgendeine oberflächliche Verwirrung oder womöglich für eine besondere Art von religiöser Ketzerei.«

»Und wie sieht er aus?« Helberson wurde ganz offensichtlich hellhörig.

»Genau wie unser Mancher hier. Er könnte dessen Zwillingsbruder sein.«

»Ich nehme die Wette an«, erwiderte Helberson prompt. »Bin Ihnen für das Kompliment furchtbar dankbar, ganz gewiß«, sagte Mancher schleppend, denn er wurde langsam müde. »Darf ich mich vielleicht auch an der Wette beteiligen?«

»Nicht gegen mich«, erwiderte Helberson. »Ich will schließlich nicht *Ihr* Geld gewinnen.«

»Na schön«, sagte Mancher. »Dann werde ich den Leichnam spielen.«

Die anderen lachten.

Das Resultat dieser verrückten Unterhaltung kennen wir bereits.

3

Mr. Jarette hatte die Kerze gelöscht, weil er den dürftigen Rest für einen unvorhersehbaren Notfall aufsparen wollte. Möglicherweise hatte er auch gedacht – oder vielleicht war dieser Gedanke nur in seinem Unterbewußtsein aufgetaucht –, daß die Finsternis jederzeit gleich schlimm sei, und daß, falls die Lage unerträglich würde, es gut wäre, noch eine Möglichkeit zu haben, sich Erleichterung oder gar Befreiung zu verschaffen. Jedenfalls war es klug, sich diesen Ausweg offenzuhalten und wieder Licht machen zu können – selbst wenn es nur dazu diente, auf die Uhr sehen zu können.

Kaum hatte er die Kerze gelöscht und sie neben sich auf die Erde gestellt, da setzte er sich bequem im Sessel zurecht, lehnte sich zurück und schloß die Augen. Er erhoffte und erwartete sich den Schlaf; doch darin wurde er enttäuscht. Noch nie hatte er sich weniger schläfrig gefühlt als jetzt, und bereits wenige Minuten später gab er den Versuch auf. Aber was konnte er tun? In der Dunkelheit umherzuschleichen war nicht möglich, weil er sich dabei hätte verletzen können, und weil er Gefahr gelaufen wäre, an den Tisch zu stoßen und den Toten unsanft zu stören. Wir alle erkennen schließlich das Recht der Toten an, in Frieden zu ruhen und vor allem Rauhem und aller Gewalttätigkeit geschützt zu sein. Es gelang Jarette beinahe, sich glauben zu machen, daß ihn bloß Überlegungen dieser Art davon abhielten, seinen Sessel zu verlassen und dadurch einen Zusammenstoß zu wagen.

Während er noch über diesen Punkt nachdachte, glaubte er plötzlich, ein leises Geräusch aus der Richtung des Tisches zu hören. Was für eine Art von Laut dies gewesen sein könnte, vermochte er sich nicht zu erklären. Er wandte nicht den Kopf in jene Richtung. Weshalb sollte er auch, in dieser Dunkelheit? Aber er lauschte aufmerksam – und warum sollte er nicht? Aber während er lauschte, schwindelte ihm plötzlich, und er klammerte sich haltsuchend an die Lehne des Sessels. Ein seltsames Klingeln tönte ihm in den Ohren; sein Kopf schien bersten zu wollen, und die enge Kleidung schnürte seine Brust ein. Er wunderte sich, weshalb das so war, und fragte sich, ob dies nicht Symptome von Furcht seien. Dann schien seine Brust einzufallen, als er lang und anhaltend ausatmete, und da er seine erschöpften Lungen keuchend wieder mit Luft füllte, schwand das Schwindelgefühl, und er erkannte, daß er so angestrengt gelauscht und den Atem so lange angehalten hatte, daß er beinahe erstickt wäre. Diese Erkenntnis ärgerte ihn; er stand auf, stieß den Sessel mit dem Fuß beiseite und trat in die Mitte des Zimmers. Aber in völliger Dunkelheit kann man nicht ausschreiten. Er tastete also mit den Händen in der Luft umher, fand endlich die Wand und folgte ihr bis in eine Ecke. Dort wendete er, tastete sich an den beiden Fenstern vorbei und stieß in der nächsten Ecke so wuchtig gegen das Lesepult, daß es umstürzte. Es erzeugte ein solches Getöse, daß er erschrocken zusammenfuhr. Das ärgerte ihn wiederum. »Wie zum Teufel konnte ich vergessen, wo es stand?« murmelte er und tappte weiter an der dritten Wand entlang bis zum Kamin. »Ich muß alles wieder in Ordnung bringen«, sagte er und tastete auf dem Fußboden nach der Kerze.

Als er sie fand, zündete er sie an und blickte sofort zum Tisch hinüber, wo sich natürlich nicht das geringste verändert hatte. Das Lesepult lag achtlos auf der Erde: Er hatte vergessen, es wieder aufzustellen. Er schaute sich im ganzen Zimmer um und versuchte, die tiefen Schatten aufzulösen, indem er die Kerze schwenkte; dann ging er zur Tür und versuchte, ob sie abgeschlossen war. Er drehte den Knauf und zog mit aller Kraft daran, doch sie gab nicht nach, und diese Tatsache schien ihm sogar eine gewisse Befriedigung zu bereiten; ja, er verschloß sie sogar noch fester mit einem Riegel, den er anfangs nicht bemerkt hatte. Dann kehrte er zu seinem Sessel zurück und blickte auf die Uhr. Es war erst neun Uhr dreißig. Überrascht fuhr er zusammen und drückte sich die Uhr ans Ohr. Sie war nicht stehengeblieben, doch die Kerze sichtlich kürzer geworden. Er löschte sie erneut und stellte sie wie zuvor neben sich auf den Fußboden.

Mr. Jarette fühlte sich jetzt keineswegs mehr behaglich; er war mit seiner Umgebung merklich unzufrieden, aber auch mit sich selbst, weil ihm ein wenig unheimlich zumute war. Was habe ich zu fürchten? dachte er. Es ist lächerlich und schändlich; ich will mich nicht wie ein Narr aufführen! Aber Mut gewinnt man weder, indem man sich einredet: »Ich werde mutig sein!«, noch indem man die Nützlichkeit des Mutes für die jeweilige Lage anerkennt. Je mehr sich Jarette verfluchte, je mehr Gründe er dafür fand, sich selbst zu schelten, je größer die Zahl an Variationen wurde, die er über das simple Thema der Harmlosigkeit eines Toten erfand, desto unerträglicher wurde der Mißklang seiner Gefühle. »Was!« rief er endlich laut in der Qual seiner Seele, »soll ich, der ich nicht die Spur von Aberglauben empfinde; ich, der ich nicht an die Unsterblichkeit glaube; ich, der ich weiß – und zwar nie deutlicher als in diesem Augenblick –, daß ein Leben nach dem Tode nur das Traumgebilde eines Wunsches ist – soll ich auf einen Schlag meine Wette verlieren, meine Ehre, meine Selbstachtung und vielleicht gar meinen Verstand, nur weil unsere primitiven Urahnen in Höhlen und Erdlöchern hausten und der ungeheuerlichen Vorstellung anhingen, die Toten würden des Nachts auf der Erde wandeln? Das . . .« Doch da hörte Mr. Jarette deutlich und unmißverständlich hinter sich das leise, sanfte Geräusch von Schritten, die sich vorsichtig, gleichmäßig und unaufhaltsam näherten!

4

Kurz vor Sonnenaufgang des nächsten Tages fuhren Dr. Helberson und sein junger Freund Harper in der Kutsche des Doktors langsam durch die Straßen von North Beach.

»Setzen Sie noch immer das Vertrauen der Jugend in den Mut oder die Unerschrockenheit Ihres Freundes?« fragte der Ältere. »Glauben Sie, daß ich die Wette verloren habe?«

»Ich weiß es«, erwiderte der andere mit sinkender Gewißheit.

»Nun, ich hoffe es mit ganzer Seele.«

Helberson sagte es ernst und beinahe feierlich. Ein paar Augenblicke herrschte Stillschweigen.

»Harper«, fuhr der Doktor dann fort und blickte ernst auf den flackernden Lichtschein, der in der Kutsche aufzuckte, sobald sie eine Straßenlaterne passierten, »ich fühle mich in dieser Angelegenheit nicht wohl. Ich hätte auch nicht mitgespielt, wenn mich Ihr Freund nicht durch seine geringschätzige Weise, mit der er alle Zweifel an seiner Ausdauer abtat – obwohl dies doch nur eine rein physische Eigenschaft ist –, und durch die kühle Grobheit seines Vorschlages irritiert hätte, den Leichnam von einem Arzt darstellen zu lassen. Sollte irgend etwas geschehen, sind wir erledigt – was wir, fürchte ich, auch verdient hätten.«

»Was kann schon geschehen? Selbst wenn die Angelegenheit eine Wendung zum Bösen nehmen sollte, was ich keineswegs befürchte, braucht Mancher nur ›aufzuerstehen‹ und alles zu erläutern. Mit einem echten Objekt aus Ihrem Sektionsraum oder mit einem kürzlich verstorbenen Patienten läge die Sache ganz anders.«

Dr. Mancher war seinem Vorsatz also treu geblieben und spielte den Leichnam.

Dr. Helberson schwieg lange Zeit, während die Kutsche im Schneckentempo dieselbe Straße entlangkroch, die sie schon einige Male durchfahren hatten. Dann erklärte er: »Hoffen wir, daß Mancher sich besonnen verhalten hat, falls er sich genötigt sah, von den Toten aufzuerstehen! Ein Fehler dabei könnte die Angelegenheit nur verschlimmern anstatt bessern.«

»Ja«, sagte Harper, »Jarette könnte ihn töten. Aber, Doktor . . .« Er blickte auf seine Uhr, als die Kutsche an einer Gaslaterne vorbeikam. »Es geht schon auf vier Uhr.«

Gleich darauf kletterten die beiden aus der Kutsche und gingen rasch auf das schon so lange leerstehende Haus des Doktors zu, in dem Mr. Jarette entsprechend den Bedingungen der verrückten Wette eingeschlossen war. Als sie näherkamen, rannte ihnen ein Mann entgegen. »Können Sie mir sagen«, rief er und blieb plötzlich stehen, »wo ich einen Arzt finde?«

»Was ist denn geschehen?« fragte Helberson zurückhaltend.

»Sehen Sie selbst nach«, erwiderte der Mann und rannte weiter.

Auch die beiden Männer gingen weiter. Als sie am Haus ankamen, erblickten sie eine aufgeregte Menschenmenge, die sich vor dem Haus angesammelt hatte. Auch aus den Fenstern der Nachbarhäuser und der Häuser auf der gegenüberliegenden Straßenseite lehnten Neugierige. Sie alle stellten Fragen, aber keiner kümmerte sich um die Fragen des anderen. Aus einigen Fenstern mit geschlossenen Jalousien drang Licht; die Bewohner dieser Zimmer zogen sich wohl an, um auf die Straße treten zu können. Genau gegenüber der Tür des Hauses, auf das die beiden Männer zustrebten, stand eine Laterne und warf gelbliches, spärliches Licht auf die Szenerie – sie schien sagen zu wollen, daß sie noch sehr viel mehr enthüllen könnte, wenn sie nur wollte.

Harper blieb endlich vor der Tür stehen und legte die Hand auf den Arm seines Gefährten. »Es ist aus mit uns, Doktor«, sagte er in tiefster Bewegung, die in seltsamem Gegensatz zu seinen lässigen Worten stand. »Das Spiel hat sich gegen uns alle gewandt. Gehen wir lieber nicht hinein; ich bin dafür, lieber Deckung zu suchen.«

»Ich bin Arzt«, entgegnete Dr. Helberson ruhig. »Vielleicht wird einer gebraucht.«

Sie stiegen also gemeinsam die Treppe zur Haustür hinauf und traten ins Haus. Die Tür stand offen; das Licht der Straßenlaterne fiel in die dahinterliegende Diele. Sie war voller Menschen. Einige von ihnen standen bereits auf der im Hintergrund emporführenden Treppe, aber da sie oben nicht weitergelassen wurden, warteten sie auf einen glücklichen Zufall. Alle sprachen durcheinander, und niemand hörte zu. Plötzlich erhob sich auf dem oberen Treppenabsatz große Aufregung; ein Mann stürzte aus einer Tür und riß sich von denen los, die ihn festzuhalten suchten. Er bahnte sich einen Weg durch die Menge erschreckter Neugieriger, stieß sie beiseite, drückte sie an die Wand oder nötigte sie, sich am Treppengeländer festzuklammern, ja er packte sie sogar an der Gurgel, schlug wild um sich oder stieß die im Wege Stehenden die Treppe hinunter und sprang dann über die Gestürzten hinweg. Seine Kleidung war zerdrückt, und er trug keinen Hut. In seinen wilden und ruhelosen Augen aber stand ein Ausdruck, der noch mehr erschreckte als seine anscheinend übermenschliche Kraft. Sein glattrasiertes Gesicht schien blutleer, das Haar schimmerte weiß wie Reif.

Die Menschenmenge, die am Fuß der Treppe stand und ausreichend Bewegungsfreiheit besaß, wich zur Seite, um den Mann durchzulassen; da sprang Harper vor. »Jarette! Jarette!« schrie er.

Dr. Helberson jedoch packte Harper am Kragen und zerrte ihn zurück. Der Angerufene starrte ihnen ins Gesicht, ohne sie zu erkennen, stürmte zur Haustür hinaus auf die Straße und verschwand. Ein stämmiger Polizist, der weniger Erfolg gehabt hatte, sich einen Weg die Treppe herunter zu bahnen, folgte ihm einen Augenblick später und setzte dem Davoneilenden nach. Alle Gaffer in den Fenstern – jetzt fast nur noch Frauen und Kinder – schrien ihm hinterher.

Die Treppe war inzwischen halbwegs geräumt, denn die meisten Neugierigen waren auf die Straße geeilt, um die Flucht und die Verfolgung zu beobachten. So stieg Dr. Helberson, gefolgt von Harper, bis zum Treppenabsatz hinauf. Vor einer der Türen stand ein Polizist und verwehrte ihnen den Eintritt. »Wir sind Ärzte«, erklärte der Doktor, und sie durften daraufhin passieren. Der Raum war voller Männer, die im Dämmerlicht kaum zu unterscheiden waren und die sich um den Tisch geschart hatten. Die Neuankömmlinge drängten sich vor und blickten über die Schultern derer, die in der ersten Reihe standen. Auf dem Tisch, die unteren Gliedmaße mit einem Laken bedeckt, lag der Körper eines Mannes. Er wurde hell erleuchtet vom Lichtschein der Laterne eines Polizisten, der neben den Füßen des Mannes stand. Bis auf diejenigen, die sich am Kopfende drängten, standen alle anderen in Dunkelheit – selbst der Polizist. Das Gesicht des Leichnams war gelblich, ekelerregend und schrecklich anzusehen! Seine Augen standen einen Spaltbreit auf, die Augäpfel waren nach oben verdreht und die Kinnlade heruntergeklappt. Spuren von Schaum befleckten Lippen, Kinn und Wangen. Ein großer Mann, offenbar ein Arzt, hatte sich über den Körper gebeugt und die Hand unter dessen Hemd geschoben. Jetzt zog er sie wieder hervor und steckte zwei Finger in den geöffneten Mund. »Dieser Mann ist seit ungefähr sechs Stunden tot«, erklärte er dann. »Das ist ein Fall für den Leichenbeschauer.«

Er zog ein Kärtchen aus der Tasche, reichte es dem Polizisten und ging auf die Tür zu.

»Räumen Sie das Zimmer – alle hinaus!« befahl der Polizist barsch, und als er den unruhigen Lichtkegel seiner Laterne über die Gesichter der Versammelten huschen ließ, verschwand der Leichnam, als ob ihn jemand weggeschnappt hätte. Die Wirkung war verblüffend! Die Männer flohen geblendet, verwirrt, fast entsetzt und panikartig zur Tür, stießen sich dabei vorwärts, drängten einander und stürzten bei ihrer wilden Flucht übereinander wie die Heerscharen der Nacht vor den Pfeilen Apollos. Über diese kämpfende, entfesselte Menge ergoß der Polizist gnadenlos und ohne Unterlaß das Licht seiner Laterne. Von dem Strudel mitgerissen, wurden Helberson und Harper aus dem Zimmer gefegt und die Treppe hinunter bis auf die Straße gestoßen.

»Großer Gott, Doktor! Habe ich Ihnen nicht prophezeit, Jarette würde ihn töten?« stieß Harper hervor, als sie sich aus der Menge befreit hatten.

»Ich glaube, das sagten Sie«, erwiderte der andere ohne sichtbare Gefühlserregung.

Schweigend gingen sie weiter, an vielen Häuserblöcken vorüber. Vor dem grauenden Himmel im Osten ragten die Häuser der Bergbewohner als Silhouetten empor. Der vertraute Milchwagen holperte bereits über die Straßen; der Bäckergeselle mußte bald auftauchen, und auch der Zeitungsbote war schon unterwegs.

»Mir fällt übrigens auf, mein Freund«, sagte Helberson, »daß wir beide heute zu viel frische Morgenluft genossen haben. Das ist schädlich; wir brauchen eine Luftveränderung. Was halten Sie von einer Europareise?«

»Wann?«

»Da habe ich mich noch nicht festgelegt. Aber ich glaube, vier Uhr heute nachmittag wäre früh genug.«

»Gut. Treffen wir uns am Dampfer«, sagte Harper.

5

Sieben Jahre später saßen diese beiden Männer auf einer Bank am Madison Square in New York, in ein Gespräch vertieft. Ein dritter Mann, der die beiden einige Zeit beobachtet hatte, von ihnen aber nicht bemerkt worden war, trat zu ihnen, zog höflich den Hut von seinem weiß schimmernden Haupt und sagte: »Bitte verzeihen Sie, meine Herren, aber wenn man einen Menschen gemordet hat, indem man von den Toten auferstand, ist es das klügste, die Kleidung mit ihm zu tauschen und bei der erstmöglichen Gelegenheit zu entfliehen.«

Helberson und Harper tauschten bedeutungsvolle Blicke. Sie waren anscheinend amüsiert. Der erstere blickte dann den Fremden freundlich an und erwiderte:

»Das habe ich auch schon immer vorgehabt. Ich stimme völlig mit Ihnen überein, was den Vorteil an. . .«

Plötzlich stockte er, stand auf und erblaßte. Er starrte den Mann an und begann heftig zu zittern.

»Ah«, sagte der Fremde, »ich sehe, Ihnen ist nicht wohl, Doktor. Wenn Sie sich nicht selbst behandeln können, wird vielleicht Dr. Harper etwas für Sie tun können.«

»Wer zum Teufel sind Sie?« fragte Harper scharf.

Der Fremde trat näher, beugte sich vor und flüsterte: »Manchmal nenne ich mich Jarette, aber es macht mir nichts aus,

Ihnen aus alter Freundschaft zu verraten, daß ich Dr. William Mancher bin!«

Diese Enthüllung brachte Harper auf die Beine. »Mancher!« schrie er. Und Helberson bekräftigte: »Es ist wahr, bei Gott!«

»Ja«, sagte der Fremde und lächelte zaghaft, »es ist wahr genug, zweifellos.«

Er zögerte und schien sich an etwas erinnern zu wollen; dann summte er plötzlich eine volkstümliche Weise. Offenbar hatte er ihre Gegenwart schon vergessen.

»Hören Sie, Mancher«, begann der ältere der beiden, »erzählen Sie uns, was in jener Nacht mit ihm geschehen ist – mit Jarette, wissen Sie.«

»O ja, Jarette«, erwiderte der andere. »Komisch, daß ich versäumte, es Ihnen zu erzählen – ich erzähle es so oft. Wissen Sie, ich wußte, weil ich sein Selbstgespräch mitanhörte, daß er 'ne Menge Angst hatte. Und da konnte ich der Versuchung nicht widerstehen, mich zum Leben zu erwecken und ein bißchen Spaß mit ihm zu haben – ich konnte wirklich nicht widerstehen. Das war ja auch zu verstehen, obwohl ich ganz gewiß nicht ahnte, daß er es so ernst nehmen würde; ich konnte es wirklich nicht ahnen, nein. Und hinterher – na, das war vielleicht anstrengend, mit ihm den Platz zu tauschen! Und dann – zum Teufel, dann haben Sie mich nicht hinausgelassen!«

Die Wildheit, mit der er die letzten Worte hervorstieß, war nicht zu übertreffen. Beide Männer wichen erschrocken zurück.

»Wir? Wieso . . . wieso . . .«, stammelte Helberson, der seine Selbstbeherrschung völlig eingebüßt hatte. »Wir hatten doch damit nichts zu schaffen!«

»Sagte ich nicht, Sie seien die Herren Doktoren Höllensohn und Scharfmacher?« fragte der Mann lachend.

»Mein Name ist Helberson, und dieser Gentleman heißt Harper«, erwiderte der erstere, der von dem Lachen des anderen wieder etwas beruhigt schien. »Aber wir sind keine Ärzte mehr; wir sind – also verflucht noch mal, alter Knabe –, wir sind eben Spieler.«

Und das war die Wahrheit.

»Ein sehr schöner Beruf – wirklich sehr schön; und übrigens: Ich hoffe, dieser Mr. Scharfmacher hier hat als ehrlicher Spieler Jarettes Geld auch ausgezahlt. Ein sehr schöner und ehrenwerter Beruf«, wiederholte er nachdenklich und schlenderte langsam weiter. »Ich aber bin bei meinem alten geblieben. Ich bin nämlich Oberarzt in der Heilanstalt von Bloomingdale. Ich muß dort den Direktor behandeln.«

Ist das Ihr Ernst? Glauben Sie wirklich, daß eine Maschine denken kann?«

Ich bekam nicht sofort Anwort, denn Moxon war anscheinend ganz davon in Anspruch genommen, die glühenden Kohlen im Kamin mit einem Schürhaken zurechtzurücken, bis sie seine Bemühungen durch hellere Glut belohnten. Schon seit Wochen hatte ich beobachtet, daß er selbst die alltäglichsten Fragen erst nach einer längeren Pause beantwortete. Doch hatte ich den Eindruck, daß er dies nicht mit Absicht, sondern aus Zerstreutheit tat. Er schien mit seinen Gedanken immer weit weg zu sein.

Endlich erwiderte er:

»Was ist eigentlich eine Maschine? Dieses Wort kann man verschieden definieren. In einem bekannten Wörterbuch heißt es: Eine Maschine ist eine Vorrichtung, durch die Kraft angewandt und wirksam gemacht oder eine gewünschte Wirkung hervorgebracht wird. Nun, ist dann der Mensch nicht auch eine Maschine? Und Sie werden zugeben, daß der Mensch denkt – oder zu denken glaubt.«

Ich bemerkte etwas spitz: »Wenn Sie meine Frage nicht beantworten wollen, so sagen Sie es frei heraus. Was sollen diese Ausflüchte? Sie wissen genau, daß ich, wenn ich Maschine sage, nicht den Menschen meine, sondern etwas, was vom Menschen gemacht und beherrscht wird.«

»Wenn es ihn nicht beherrscht«, murmelte er, erhob sich plötzlich und schaute durchs Fenster in die Sturmnacht hinaus. Doch Sekunden später wandte er sich wieder zu mir um und bat mit einem Lächeln: »Verzeihen Sie, ich wollte Ihrer Frage nicht ausweichen! Geradeheraus: Ja, ich glaube, daß eine Maschine über die Arbeit nachdenkt, die sie verrichtet.«

Das war zweifellos eine klare Antwort. Freilich schien sie meine Vermutung zu bestätigen, daß Moxon sich mit seiner Arbeit und mit den Experimenten in seiner Maschinenwerkstatt etwas übernommen hatte. Ich wußte zum Beispiel, daß er an Schlaflosigkeit litt, und das sollte man nicht leicht nehmen. Hatte etwa auch sein Verstand gelitten? Seine Antwort schien mir den Beweis dafür zu liefern. Vielleicht würde ich heute anders denken. Aber damals war ich jung, und zu den Segnungen, die der Jugend nicht verwehrt sind, gehört auch Unwissenheit. Durch sie zum Widerspruch gereizt, erwiderte ich: »Und darf ich fragen, womit sie denkt, da sie doch kein Gehirn besitzt?«

Diesmal ließ die Antwort nicht auf sich warten.

»Womit denkt eine Pflanze – die doch auch kein Hirn hat?«

»Ah, also auch Pflanzen gehören zu den Philosophen!« bemerkte ich sarkastisch. »Es würde mich interessieren, einiges von ihrer Weisheit zu erfahren.«

Doch meine Ironie ließ ihn kalt.

»Sie brauchen nur ihr Verhalten zu beobachten. Ich will Ihnen die bekannten Beispiele ersparen, also da sind: die empfindsamen Mimosen, die fleischfressenden Pflanzen oder jene, die ihre Staubgefäße herunterneigen und die honigsaugenden Bienen damit bestäuben, damit diese ihre entfernteren Artgenossen befruchten. Aber was anderes will ich Ihnen erzählen. An einer ebenen Stelle meines Gartens pflanzte ich einstmals die Ranke eines Kletterweins. Etwa ein Yard davon entfernt steckte ich eine Stange in den Boden. Die Ranke begann sofort darauf zuzustreben, aber als sie nach einigen Tagen die Stange fast erreicht hatte, versetzte ich diese um ein paar Fuß. Sofort wechselte die Pflanze die Richtung ihres Wachstums und strebte der neuen Stelle zu. Dieses Spiel wiederholte ich mehrere Male. Schließlich aber schien die Ranke die fruchtlose Verfolgung aufzugeben. Sie ignorierte jedes weitere Ablenkungsmanöver und wandte sich einem kleinen Baum in einiger Entfernung zu, an dem sie sich dann endlich hinaufrankte.

Die Wurzeln des Eukalyptus andererseits strecken sich auf der Suche nach Feuchtigkeit bis in unglaubliche Tiefen hinab. Ein bekannter Gartenbaufachmann berichtet von einer, die in ein altes Abflußrohr hineinwuchs und dessen Lauf bis zu einer später gebauten Steinmauer folgte. Hier war das Rohr unterbrochen und ein Stück davon herausgenommen worden. Die Wurzel verließ das Rohr, kroch die Wand entlang, bis sie ein Loch fand, wo ein Stein herausgefallen war, und kroch hindurch. Dann wanderte sie auf der anderen Seite zurück bis zu dem Rohr und nahm dann in diesem ihre Suche wieder auf!«

»Und wozu erzählen Sie mir das alles?«

»Verstehen Sie denn die Bedeutung dieser Phänomene nicht? Sie beweisen doch ein Bewußtsein der Pflanze. Sie beweisen, daß die Pflanzen denken!«

»Selbst wenn sie das könnten – wir sprachen immerhin von Maschinen, nicht von Pflanzen. Und Maschinen können zwar teilweise aus Holz bestehen – aus totem Holz natürlich – aber größtenteils sind sie aus Metall. Und gibt es etwa auch ein Denken im Reich der Mineralien?«

»Gewiß. Wie sonst erklären Sie sich zum Beispiel das Phänomen der Kristallisation?«

»Ich will es gar nicht erklären.«

»Weil Sie das nicht können, ohne zuzugeben, daß ein Denkprozeß damit verbunden sein muß. Wenn Soldaten sich zu Reihen oder geschlossenen Blocks formieren, sehen Sie darin Verstand wirksam werden. Aber wenn sich fliegende Wildgänse zu einem Keil formieren, reden Sie von Instinkt. Wenn sich homogene Atome eines Minerals, die sich frei in einer Lösung bewegen, zu mathematisch vollkommenen Gebilden zusammenfinden oder Partikelchen gefrorener Feuchtigkeit zu herrlichen, symmetrischen Schneeflocken werden, wissen Sie nichts zu sagen, ja Sie haben noch nicht einmal einen Namen dafür gefunden, um Ihren heroischen Unverstand zu verbergen!«

Moxon sprach mit ungewöhnlichem Eifer und Ernst. Als er geendet hatte, hörte ich aus der Werkstatt nebenan, die niemand außer ihm selbst je betreten durfte, ein dumpfes Pochen, als schlüge jemand mit der flachen Hand auf einen Tisch. Moxon hörte es im gleichen Augenblick, erhob sich hastig und in sichtlicher Erregung und eilte in den Nebenraum. Ich wunderte mich darüber, daß sich jemand in Moxons Heiligtum befände, und horchte neugierig auf die Geräusche von nebenan. Es klang, als sei es zu einem Handgemenge zwischen Moxon und seinem Besucher gekommen. Ich hörte ein Scharren und Schlurfen, dumpfe Schläge, keuchenden Atem und ein heiser geflüstertes: »Verdammt!« Dann war alles still.

Bald darauf kam Moxon zurück. Er lächelte etwas verlegen: »Entschuldigen Sie, ich hatte etwas Ärger mit einer Maschine!«

Mit einem Blick auf vier blutunterlaufene Schrammen, die sich nebeneinander über seine linke Wange zogen, fragte ich: »Wie wäre es, wenn Sie ihr die Nägel beschnitten?«

Ich hätte mir allerdings den Sarkasmus sparen können, denn ohne auf meine Bemerkung einzugehen, setzte er sich und fuhr fort, als sei er nie unterbrochen worden:

»Vermutlich halten Sie nichts von den Theorien, die besagen, daß alle Materie fühlend ist und jedes Atom ein lebendes, empfindsames Wesen mit Bewußtsein darstellt. Aber ich bin davon überzeugt. Es gibt keine tote, fühllose Materie. Alles lebt, alles ist von Kraft erfüllt und empfänglich für die Kräfte seiner Umgebung wie für höhere und subtilere Einflüsse auch, denen es unterworfen sein kann und mit denen es in Wechselwirkung steht – wie etwa zum Menschen, der es zum Instrument seines Willens machen kann. Es nimmt dann einiges von seiner Intelligenz und seiner Absicht an, und zwar um so mehr, je komplizierter der Mensch eine Maschine geschaffen hat.

Kennen Sie zufällig Herbert Spencers Definition des Begriffs Leben? Ich las sie vor etwa dreißig Jahren. Er mag sie inzwischen geändert haben, aber ich möchte kein einziges Wort davon missen. Für mich ist es nicht nur die beste, sondern auch die einzig mögliche Definition. Leben, sagt Spencer, ist eine bestimmte Kombination verschiedenartiger Veränderungen, die sowohl gleichzeitig als auch in zeitlicher Folge und in Übereinstimmung mit äußeren Koexistenzen und Handlungsfolgen ablaufen.«

»Damit ist das Phänomen Leben vielleicht definiert«, bemerkte ich, »aber nicht seine Ursache erklärt.«

»Das ist das Wesen jeder Definition. Wie schon Mill hervorhebt, kennen wir die Ursache immer nur als das Vorhergegangene und die Wirkung als das Nachfolgende. Gewisse Phänomene kommen nie ohne einander vor, und wir nennen sie ihrem zeitlichen Zusammenhang entsprechend Ursache und Wirkung. Wer zum Beispiel häufig sieht, wie ein Hund einen Hasen verfolgt, und noch nie Hunde oder Hasen einzeln gesehen hat, wird logischerweise den Hasen für die Ursache des Hundes halten.«

Er lachte und fuhr fort: »Aber mein Hase bringt mich von unserem ursprünglichen Thema ab. Ich wollte Sie darauf hinweisen, daß Spencers Definition des Begriffs Leben sich ohne weiteres auch auf die Maschinen anwenden läßt. Ebenso wie der Mensch während der Periode seiner Aktivität lebendig ist, ist es auch die Maschine, solange sie sich in Tätigkeit befindet. Als Erfinder und Erbauer von Maschinen weiß ich, daß das wahr ist.«

Moxon schwieg eine Zeitlang und starrte geistesabwesend ins Feuer. Es war spät geworden und Zeit zum Aufbruch, aber ich scheute mich, ihn in diesem einsamen Haus allein mit einem Besucher zurückzulassen, der offenbar zur Gewalttätigkeit neigte. So beugte ich mich vor, sah ihm fest in die Augen und fragte, indem ich auf die Tür zur Werkstatt zeigte:

»Moxon, wen haben Sie dort drinnen?«

Zu meiner Überraschung lachte er und antwortete ohne Zögern:

»Niemand. Ich hatte nur dummerweise versäumt, eine Maschine abzustellen, nachdem ihre Arbeit getan war. Das hat sie mir natürlich übelgenommen. Wissen Sie, daß das Bewußtsein aus dem Rhythmus heraus geboren wird?«

»Meinetwegen«, erwiderte ich, stand auf und zog meinen Mantel an. »Dann wünsche ich Ihnen eine gute Nacht. Und wenn Sie wieder einmal Meinungsverschiedenheiten mit einer Maschine haben, die Sie abzuschalten vergaßen, dann würde ich Ihnen raten, ihr lieber vorher Handschuhe anzuziehen.«

Und ohne die Wirkung meiner Spitze abzuwarten, verließ ich das Haus.

Die Nacht war dunkel und regnerisch. Ich machte mich auf den Weg zur Stadt, deren Lichter in einiger Entfernung nur schwach durch die Nebelwand schimmerten. Hinter mir leuchtete nur ein einziges helles Fenster: das von Moxons Werkstatt. Während ich durch den aufgeweichten Lehm der ungepflasterten Straße stapfte, gingen mir Moxons Bemerkungen durch den Kopf. Obwohl sie mir seltsam und in gewisser Weise sogar komisch vorkamen, konnte ich mich doch des Gefühls nicht erwehren, daß sie in irgendeiner tragischen Beziehung zu seinem Leben und Charakter, ja vielleicht sogar zu seinem Schicksal standen. Ich glaubte auch nicht mehr, daß sie Auswüchse eines verwirrten Geistes seien. Dafür klangen sie einfach zu logisch. Ich mußte auch immer wieder an seine letzten Worte denken, daß nämlich Bewußtsein aus dem Rhythmus heraus geboren werde! Je öfter ich mir diesen Satz wiederholte, um so mehr fesselte er mich, und um so mehr gewann er für mich an Bedeutung. Das war ein Satz, auf dem man eine Philosophie aufbauen konnte! Wenn Bewußtsein ein Ergebnis des Rhythmus ist, so muß Bewußtsein allen Dingen eigen sein, denn alles ist Bewegung, und Bewegung ist Rhythmus. Ob Moxon selbst sich über die Tragweite seines Ausspruchs im klaren war? Hatte er ihn nur aus dem Impuls des Augenblicks heraus getan, oder war er über die qualvolle und unsichere Straße der Beobachtung zu dieser Anschauung gelangt?

Die Anschauung war neu für mich, und Moxon hatte mich durchaus noch nicht überzeugt. Aber nachträglich kam eine Art von Erleuchtung über mich. In der Einsamkeit dieser stürmischen und regnerischen Nacht empfand ich das, was Lewes

»die endlose Vielfalt und das Abenteuer philosophischen Denkens« nennt. Das Gefühl eines neuen Wissens berauschte mich. Meine Füße schienen kaum den Erdboden zu berühren; ich kam mir vor, als schwebte ich auf unsichtbaren Flügeln durch die Nacht.

In dem unwiderstehlichen Drang, von ihm, den ich als meinen neuen Lehrmeister anerkannte, weitere Erkenntnisse zu erlangen, war ich unbewußt auf meinem Weg umgekehrt, und ehe ich mich versah, fand ich mich wieder vor Moxons Tür. Ich war vom Regen durchnäßt, fühlte aber kein Unbehagen. In meiner Aufregung fand ich die Türglocke nicht, und so drückte ich einfach auf die Klinke, trat ein und tastete mich die Treppe hinauf zu dem Zimmer, das ich vorhin verlassen hatte.

Alles war still und dunkel. Moxon schien nebenan in seiner Werkstatt zu sein. Im Dunklen tastete ich mich bis zu der Verbindungstür und klopfte mehrmals laut, bekam aber keine Antwort. So nahm ich an, daß Moxon mich über dem Heulen des Sturmes, der immer wieder Regenböen gegen die dünnen Hausmauern klatschen ließ, nicht hörte.

Ich war nie zum Betreten der Werkstatt aufgefordert worden, im Gegenteil. Niemand hatte zu diesem Heiligtum Zutritt, ausgenommen ein extrem schweigsamer und geschickter Arbeiter namens Haley, der Moxon dort gelegentlich zur Hand ging. Aber in meiner Aufregung vergaß ich alle Diskretion und Höflichkeit und öffnete die Tür zur Werkstatt. Was ich sah, verscheuchte alle meine philosophischen Spekulationen im Nu aus meinem Kopf.

Moxon saß mit dem Gesicht zu mir an einem kleinen Tisch, auf dem als einzige Lichtquelle im Raum eine Kerze brannte. Ihm gegenüber, also mit dem Rücken zu mir, saß ein Fremder. Auf dem Tisch war ein Schachspiel aufgebaut – die beiden Männer spielten Schach. Ich verstand nicht viel von Schach, aber da nur noch wenige Figuren auf dem Brett standen, nahm ich an, daß das Spiel sich seinem Ende näherte.

Moxon schien weniger an dem Spiel als an seinem Partner interessiert, da sein Blick mit solcher Aufmerksamkeit und Spannung auf seinem Gegenüber lag, daß er mein Eindringen gar nicht bemerkte, obwohl ich in seiner Blickrichtung stand. Sein Gesicht war erschreckend blaß, und seine Augen glänzten fiebrig. Von seinem Gegner sah ich nur den Rücken, aber das genügte; mir lag nichts mehr daran, auch noch sein Gesicht zu sehen.

Er wirkte nicht groß, aber ungewöhnlich massig und gedrungen und schien die Proportionen eines Gorillas zu besitzen, also gewaltig breite Schultern, einen dicken, kurzen Hals und einen unförmigen Schädel mit struppigem, schwarzem Haar, auf dem ein feuerroter Fez saß. Gekleidet war der Fremde in eine Art loser Tunika von derselben Farbe, die bis auf den Sitz – offenbar eine Kiste – hinunterreichte. Beine und Füße konnte ich nicht sehen. Sein linker Arm lag anscheinend in seinem Schoß; er zog die Figuren mit seiner rechten Hand, die mir ungewöhnlich lang erschien.

Ich war ein wenig zurückgewichen und stand nun im Schatten neben der Tür. Ein unbestimmtes Gefühl hielt mich auf meinem Beobachtungsposten fest; das Gefühl nämlich, Zeuge irgendeiner Tragödie zu sein, zugleich aber auch der Wunsch, meinem Freund beizustehen.

Es wurde sehr schnell gespielt. Moxon schaute kaum auf das Brett, bevor er seine Züge machte, und ich hatte den Eindruck, daß er aufs Geratewohl nach irgendeiner Figur griff, ohne zu überlegen. Sein Gegner reagierte zwar ebenso schnell, aber mit einer mechanischen Präzision der Bewegungen, die mir unheimlich war, und ich ertappte mich dabei, daß ich schauderte. Aber schließlich war ich noch kalt und durchnäßt.

Zwei oder dreimal nickte der Fremde leicht, nachdem er einen Zug getan hatte, und jedesmal beobachtete ich, daß Moxon daraufhin seinen König zog. Plötzlich kam mir der Gedanke, der Fremde müsse taubstumm sein. Doch gleich darauf erkannte ich, daß es eine Maschine war – ein Automat als Schachspieler!

Ich erinnerte mich jetzt, daß Moxon mir einmal von einer solchen Erfindung erzählt hatte, die er gemacht haben wollte; nur hatte ich damals nicht begriffen, daß er diesen Mechanismus auch tatsächlich konstruiert hatte. War all das Gerede von Bewußtsein und Denkvermögen der Maschinen nur eine Vorbereitung auf die Vorführung seines Apparats gewesen? Hatte er nur dessen Eindruck auf mich verstärken wollen?

Das war ein klägliches Ende meiner philosophischen Verzückung! Angewidert wollte ich mich schon zurückziehen, als etwas meine Neugier erneut fesselte. Ich bemerkte nämlich, daß das Ding mit seinen breiten Schultern zuckte, als sei es ärgerlich, und so natürlich war diese Bewegung, so absolut menschlich, daß ich erschrak. Gleich darauf hieb es wie im Zorn mit der geballten Faust klirrend auf den Tisch. Diese Geste schien Moxon noch mehr zu erschrecken als mich.

Hastig und anscheinend beunruhigt schob er seinen Stuhl ein Stück zurück.

Dann hob Moxon, der jetzt am Zuge war, seine Hand hoch über das Brett und ließ sie blitzschnell wie ein zustoßender Falke auf eine Figur hinunterfallen, sprang dann mit dem triumphierenden Ausruf »Schachmatt!« auf und trat hastig hinter seinen Stuhl.

Der Automat saß regungslos.

Der Wind hatte sich etwas gelegt, aber ich hörte in immer kürzeren Abständen den Donner grollen. In den Pausen dazwischen vernahm ich jetzt ein tiefes Summen oder Sausen, das sich immer mehr verstärkte. Es schien von dem Automaten auszugehen und klang wie das Surren von Maschinenrädern. Ich hatte den Eindruck, daß der Mechanismus in Unordnung geraten war, irgendeine Sperre hakte und das Räderwerk wild und unkontrolliert abschnurrte. Aber bevor ich noch Zeit hatte, mir über den Vorgang klarzuwerden, geriet der Automat selbst in seltsame Bewegung. Zuerst schien ihn eine Art von Krampf zu befallen, denn Kopf und Körper erzitterten heftig. Das Zittern ging in ein Schütteln über, und schließlich war die ganze Gestalt in heftiger, konvulsivischer Bewegung.

Plötzlich sprang der Automat von seinem Sitz auf und schoß vor, über Tisch und Stuhl hinweg, beide Arme ausgestreckt wie ein Mensch, der kopfüber ins Wasser springt. Moxon versuchte sich zur Seite zu werfen, um sich außer Reichweite dieser Arme zu bringen, aber es war zu spät. Das furchtbare Ding packte ihn mit beiden Händen an der Kehle. Der Tisch wurde umgestürzt, die Kerze fiel zu Boden und erlosch. Der Raum lag im Dunkeln.

Aber der Lärm des Kampfes blieb erschreckend deutlich, und das schlimmste waren die gurgelnden, röchelnden Erstickungslaute, die Moxon unter dem Würgegriff des Dings ausstieß.

Diesem höllischen Lärm folgend, versuchte ich meinem Freund zu Hilfe zu eilen. Aber ich hatte kaum einen Schritt in die Dunkelheit getan, als ein blendend weißes Licht die Nacht zerriß und sich in einem Sekundenbruchteil ein grausiges Bild in mein Hirn und Herz und Gedächtnis einbrannte: Die beiden Kämpfenden lagen auf dem Fußboden, Moxon zuunterst, seine Kehle immer noch von den eisernen Klauen des Gegners umkrallt, die Augen aus ihren Höhlen quellend, der Mund geöffnet, die Zunge weit heraushängend. Und in schrecklichem Gegensatz dazu stand das gemalte Gesicht des Maschinenmenschen, das einen Ausdruck friedlicher Gelassenheit und tiefer Nachdenklichkeit trug, wie das eines Schachspielers, der ganz in die Lösung seines Problems vertieft ist! Das alles sah ich mit einem Blick – dann waren nur noch Dunkelheit und Stille um mich.

Drei Tage später erwachte ich in einem Hospital wieder zu Bewußtsein. Als mir langsam die Erinnerung an jene tragische Nacht wiederkehrte, erkannte ich in meinem Wächter Moxons Mitarbeiter, Haley. Auf meinen fragenden Blick hin näherte er sich lächelnd meinem Bett.

»Erzählen Sie mir alles«, brachte ich mühsam hervor. »Alles!«

»Sie wurden bewußtlos aus einem brennenden Haus geborgen«, sagte er. »Aus Moxons Haus. Niemand weiß, wie Sie dorthin kamen. Man wird eine Erklärung von Ihnen verlangen, besonders da auch die Ursache des Feuers noch rätselhaft ist. Ich persönlich bin der Meinung, daß ein Blitz ins Haus eingeschlagen hat.«

»Und Moxon?«

»Er wurde gestern beerdigt – das heißt, was von ihm übrigblieb.«

Dieser verschlossene Mensch taute förmlich auf, als es galt, einem Kranken Hiobsbotschaften zu überbringen.

Nach einigen Augenblicken qualvollen Grübelns stellte ich eine weitere Frage:

»Wer hat mich gerettet?«

»Wenn Sie es wissen wollen – ich.«

»Dann danke ich Ihnen, Mister Haley, und Gottes Segen dafür. Haben Sie zufällig auch jenes reizende Werk Ihrer Hände gerettet, den automatischen Schachspieler, der seinen Erfinder getötet hat?«

Der Mann schwieg lange Zeit; den Blick hatte er abgewendet. Endlich sah er mich an und fragte finster:

»Wissen Sie das genau?«

»Und ob«, antwortete ich. »Ich habe es selbst gesehen.«

Das ist viele Jahre her. Wenn man mich heute fragte, würde ich vielleicht weniger bestimmt antworten.

Die nächtlichen Vorgänge in der Totenschlucht

Eine unwahrscheinliche Geschichte

Es war eine ungewöhnlich kalte Nacht und so klar wie das Herz eines Diamanten. Klare Nächte sind schneidender als bewölkte. In der Dunkelheit kann man frieren, ohne dessen recht bewußt zu werden; wenn man aber seine Umwelt sieht, leidet man auch. Diese Nacht war hell und beißend kalt. Der Mond glitt geheimnisvoll über die Wipfel der Riesenfichten, die den South Mountain krönen, und schlug kalte Funken aus dem verharschten Schnee. Schwarz ragten im Westen die Umrisse des Küstengebirges auf, hinter dem unsichtbar der Pazifik lag. Der Schnee hatte sich auf dem Grund und an den Hängen der Schlucht zu bizarren Formen aufgetürmt, die im Mondlicht glitzerten.

Etliche Hütten des verlassenen Goldgräberlagers waren vom Schnee zugeweht oder, wie ein Seemann sagen würde, im Schnee untergegangen. Der Schnee hatte sich auch auf die in ungleichmäßigen Abständen stehenden Holzgestelle gelegt, die einst eine kleine Wasserleitung trugen. Vor den Angriffen des Sturms hatte sich der Schnee in jedem Schlupfwinkel verschanzt, den das Gelände bot. Schnee, der vom Sturm verfolgt wird, verhält sich ähnlich wie eine Armee auf dem Rückzug. Auf freiem Feld schwärmt er in breiten Formationen aus; wo er Deckung findet, igelt er sich ein zu geballten Widerstandsnestern. Hinter einer zerfallenden Mauer kann man manchmal ganze Kompanien Schnee kauern sehen. Auch der alte Weg, der sich am Steilhang entlangzog, war voll davon. Schwadron auf Schwadron hatte hier zu flüchten versucht, bis ihre Verfolgung plötzlich endete.

Einen verlasseneren und traurigeren Ort als die Totenschlucht in einer Winternacht kann man sich nicht vorstellen. Und doch beliebte es Mister Hiram Beeson, hier zu leben, und zwar als der einzige Bewohner weit und breit.

Seine kleine Blockhütte, aus deren einzigem Fenster ein dünner Lichtstrahl drang, sah aus wie eine Küchenschabe, die man mit einer hellen Stecknadel an den Hang des South Mountain geheftet hatte. Drinnen saß Mr. Beeson vor einem lodernden Feuer und starrte in das heiße Herz der Flammen, als habe er so etwas noch nie in seinem Leben gesehen. Er war kein attraktiver

Mann. Vielmehr wirkte er alt, grau, zerlumpt und nachlässig in seinem Aufzug. Sein Gesicht war hager und verfallen, die Augen zu hell. Sein Alter hätte man ebensogut auf siebenundvierzig wie auf vierundsiebzig schätzen können. Tatsächlich war er achtundzwanzig Jahre alt. Er sah abgezehrt aus wie ein darbender Leichenbestatter oder ein ehrgeiziger Staatsanwalt. Not und Gier sind wie ein Paar Mühlsteine, und wehe dem, der zwischen sie gerät.

Wie Mr. Beeson so dasaß, die lumpenverhüllten Ellbogen auf die lumpenverhüllten Knie gestützt, das hagere Kinn in die hageren Hände, sah er aus, als würde er bei der geringsten Bewegung auseinanderfallen. Dennoch hatte er während der letzten Stunde immerhin schon dreimal geblinzelt.

Plötzlich wurde heftig an die Tür geklopft. Ein Klopfen zu dieser Nachtzeit und in diesem Wetter hätte jeden gewöhnlichen Sterblichen, der seit zwei Jahren in dieser Schlucht lebte, ohne ein menschliches Antlitz zu sehen, und wußte, daß die Gegend unbelebt war, aufs höchste überrascht. Aber Mr. Beeson sah nicht einmal von seinem Holzfeuer auf. Selbst als die Tür geöffnet wurde, kroch er nur noch ein wenig mehr in sich zusammen, wie jemand, der etwas erwartet, was er lieber nicht sehen möchte. Man kann diese Geste bei Frauen beobachten, wenn in einer Totenkapelle der Sarg hinter ihnen den Mittelgang heraufgetragen wird.

Doch als jetzt ein großer alter Mann in einem wollenen Übermantel eintrat, ein Tuch um den Kopf gebunden, das Gesicht fast ganz in einem dicken Schal vergraben, mit einer großen grünen Schutzbrille und fahlweißer Haut, soweit etwas von ihr zu sehen war – als dieser Mann eintrat, langsam durch den Raum schritt und eine schwere, behandschuhte Hand auf Mr. Beesons Schulter legte, da schaute dieser doch mit nicht geringer Verwunderung auf. Wen immer er erwartet haben mochte, mit dieser Erscheinung hatte er offenbar nicht gerechnet. Nichtsdestoweniger drückte sein Gesicht kein Erschrecken aus, sondern zuerst nur Überraschung, dann Genugtuung und schließlich herzliches Wohlwollen. Er erhob sich, nahm die knochige Hand von seiner Schulter und schüttelte sie mit einer Herzlichkeit, die unbegreiflich schien; denn der alte Mann hatte durchaus nichts Anziehendes, aber sehr viel Abstoßendes an sich. Immerhin liegt Anziehungskraft auch in allem Abstoßenden. Das Anziehendste auf der Welt ist ein Gesicht, das wir instinktiv mit einem Leichentuch verdecken; wenn seine Anziehungskraft schließlich unerträglich wird, häufen wir sieben Fuß Erde darüber.

»Sir«, sagte Mr. Beeson und ließ die Hand seines Besuchers los, die mit einem dumpfen Knarren schlaff gegen dessen Hüfte fiel, »es ist eine abscheuliche Nacht. Bitte nehmen Sie Platz. Ich freue mich, Sie zu sehen.«

Mr. Beeson legte eine feine Lebensart an den Tag, die man in Anbetracht der Umstände schwerlich von ihm erwartet hätte. Seine äußere Erscheinung stand in erstaunlichem Gegensatz zu seinen Manieren.

Der alte Mann trat einen Schritt auf das Feuer zu, das seine grünen Brillengläser aufblitzen ließ.

Mr. Beeson wiederholte: »Ich bin wirklich verdammt froh, Sie zu sehen!«

Mr. Beesons Eleganz ließ einiges zu wünschen übrig; er hatte dem örtlichen Geschmack bereits einige Zugeständnisse machen müssen. Verstohlen betrachtete er seinen Gast. Vom vermummten Kopf glitt sein Blick über die verwitterten Knöpfe des Mantels zu den grünlichen Lederstiefeln, von denen der Schnee zu schmelzen und in kleinen Rinnsalen auf den Fußboden zu tropfen begann. Was er sah, schien ihn zu befriedigen. Wer wäre es in seiner Lage nicht gewesen? Dann fuhr er fort:

»Die Bewirtung, die ich Ihnen bieten kann, ist leider nur dürftig. Aber ich würde es mir zur Ehre anrechnen, wenn Sie damit vorliebnehmen wollten, statt in Bentleys Flat Besseres zu suchen.«

Mit der übertriebenen Bescheidenheit des artigen Gastgebers redete Mr. Beeson so, als sei ein Aufenthalt in seiner warmen Hütte in einer solchen Nacht eine Zumutung, verglichen mit der Aussicht, vierzehn Meilen bis zum Hals im Schnee durch die Nacht stapfen zu müssen.

Als Antwort knöpfte sein Gast den Mantel auf.

Der Gastgeber legte frische Scheite aufs Feuer, fegte die Herdstelle mit einem Wolfsschweif und fügte hinzu:

»Aber ich an Ihrer Stelle würde mich schleunigst aus dem Staub machen.«

Der alte Mann ließ sich vor dem Feuer nieder und streckte seine klobigen Sohlen der Hitze entgegen, ohne den Hut vom Kopf zu nehmen. Unter Goldgräbern ist es nicht üblich, den Hut abzunehmen, solange man die Stiefel anhat. Daraufhin nahm Mr. Beeson ohne weitere Bemerkung auf einem Stuhl Platz, der einmal ein Faß gewesen war und, da er einiges von seinem alten Charakter bewahrt hatte, dazu bestimmt schien, dereinst die Asche seines Besitzers aufzunehmen.

Eine Weile herrschte Stille. Dann klang draußen, irgendwo zwischen den Fichten, der heulende Ruf eines Kojoten auf, und gleichzeitig rüttelte die Tür in ihren Angeln. Es gab einen ganz natürlichen Zusammenhang zwischen diesen beiden Vorfällen; denn der Wind hatte aufgefrischt und das Rütteln der Tür bewirkt, und der Kojote hegte auch eine Abneigung gegen den Sturm. Dennoch erschien es Mr. Beeson wie eine Verschwörung übernatürlicher Mächte, er schauderte unwillkürlich. Doch faßte er sich rasch und wandte sich wieder an seinen Gast.

»Hier gehen seltsame Dinge vor. Ich will Ihnen alles erzählen, und wenn Sie dann lieber gehen möchten, begleite ich Sie das schlimmste Stück des Weges; jedenfalls bis zu der Stelle, wo Baldy Peterson damals Ben Hike erschoß. Ich nehme an, Sie kennen den Ort.«

Der alte Mann nickte mit großem Nachdruck, als sei ihm die Stelle nur allzugut bekannt.

»Vor zwei Jahren«, begann Mr. Beeson seine Erzählung, »bewohnte ich zusammen mit zwei Kameraden diese Hütte. Als aber der große Wettlauf zum Flat einsetzte, zogen auch wir fort, zusammen mit den andern. Innerhalb von zehn Stunden lag hier die ganze Schlucht verlassen da. Am selben Abend noch merkte ich, daß ich hier eine wertvolle Pistole vergessen hatte – diese hier, – und ich kehrte um und verbrachte die Nacht allein hier, wie alle Nächte seither. Ich muß vorausschicken, daß unser chinesischer Diener kurz zuvor gestorben war. Der Boden war so hart gefroren, daß wir kein Grab hatten ausheben können. Am Tag unseres eiligen Aufbruchs schaufelten wir daher hier in der Hütte eine Grube und beerdigten ihn unter den Dielenbrettern, so gut es eben ging. Vorher allerdings tat ich etwas äußerst Geschmackloses; ich schnitt ihm nämlich seinen Zopf ab und nagelte ihn an den Balken über seinem Grab, wo Sie ihn jetzt noch sehen können, falls Sie sich bereits soweit aufgewärmt haben, um sich dafür zu interessieren.

Ich muß betonen, daß unser Chinese eines ganz natürlichen Todes gestorben war. Ich hatte durchaus nichts damit zu tun gehabt und bin nicht etwa aus einem unwiderstehlichen Drang umgekehrt, sondern wirklich nur, weil ich meine Pistole vergessen hatte. Glauben Sie mir das, Sir?«

Der Besucher nickte ernst. Er schien kein Freund vieler

Worte zu sein, falls er überhaupt über menschliche Sprache verfügte. Mr. Beeson fuhr fort:

»Nach chinesischem Glauben kann ein Mann ohne seinen Zopf ebensowenig in den Himmel gelangen wie ein Drachen ohne Schweif. Um die Geschichte kurz zu machen – in jener Nacht, als ich allein hier lag und an alles andere dachte, kam der Chinese zurück, um sich seinen Zopf zu holen. – Allerdings bekam er ihn nicht.«

An dieser Stelle verfiel Mr. Beeson in ein längeres Schweigen. Vielleicht hatte ihn die ungewohnte Rede ermüdet; vielleicht auch hatte er Erinnerungen heraufbeschworen, die seine ganze Aufmerksamkeit in Anspruch nahmen. Der Wind heulte um die Hütte, und die Bäume an den Berghängen ächzten.

Endlich fuhr der Erzähler fort: »Sie finden nichts dabei, Sir? Nun, ich gestehe, daß auch ich nichts dabei finde. Aber er kommt auch jetzt noch immer wieder!«

Abermals trat ein langes Schweigen ein. Die beiden Männer starrten ins Feuer, ohne sich zu rühren. Dann fuhr Mr. Beeson heftig auf, die Augen fest auf das gerichtet, was er von dem unbeweglichen Gesicht seines Zuhörers sehen konnte. »Ich soll ihn zurückgeben?! Sir, in dieser Angelegenheit frage ich niemand um Rat! Sie werden entschuldigen«, erklärte er höflich, doch bestimmt, »aber ich habe mir gestattet, den Zopf dort oben festzunageln, und ich habe die lästige Verpflichtung auf mich genommen, ihn zu bewachen. Es ist mir also leider unmöglich, auf Ihren geschätzten Vorschlag einzugehen.« Und mit unerwarteter Heftigkeit schleuderte er seinem Gast die Frage ins Gesicht: »Halten Sie mich vielleicht für einen Modokindianer?«

Das war keine eigentliche Frage, sondern Protest und Herausforderung zugleich. Für einen Feigling oder einen Indianer vom Stamme der Modok gehalten zu werden, ist das gleiche. Dasselbe gilt für die Einschätzung als Chinese.

Mr. Beesons Ausbruch schien keine Wirkung auf seinen Gast zu haben. Wieder schwiegen sie beide. In der Stille konnte man den Wind im Kamin poltern hören; es klang wie das dumpfe Aufschlagen von Erdschollen auf einem Sarg.

»Aber Sie haben recht«, seufzte Mr. Beeson schließlich, »auf die Dauer ist die Sache zermürbend. Ich fühle, daß mein Leben in diesen letzten beiden Jahren ein Irrtum war, der sich jetzt selbst korrigiert. Aber was kann ich tun? Ein Grab kann ich nicht schaufeln, weil der Boden gefroren ist. Immerhin sind Sie willkommen, Sir. In Bentleys Flat können Sie erzählen – ach, wozu? Es ist nicht mehr wichtig. Übrigens war es gar nicht leicht, ihn abzuschneiden. Sie flechten Seide in ihre Zöpfe.«

Seine Rede ging in unverständliches Gemurmel und schließlich in ein Schnarchen über. Einmal noch öffnete er die Augen und bemerkte: »Inzwischen stehlen sie mir meinen Goldstaub.« Dann fiel er in tiefen Schlaf.

Der betagte Fremde, der seit seiner Ankunft kein einziges Wort gesprochen hatte, erhob sich und legte seine Oberbekleidung ab. In Hemd und Flanellunterhosen sah er noch hagerer und knochiger aus. Er kroch in eine der Kojen, nachdem er, der Sitte des Landes entsprechend, einen Revolver in Reichweite gelegt hatte. Diesen Revolver nahm er von einem Regal; und es war die Waffe Mr. Beesons, die diesen vor zwei Jahren zur Rückkehr in die Totenschlucht bewogen hatte.

Kurz darauf erwachte Mr. Beeson, und als er sah, daß sein Gast sich schlafen gelegt hatte, suchte auch er sein Lager auf. Zuvor aber zog er noch einmal kräftig an dem langen, geflochtenen Heidenzopf, um sich zu vergewissern, daß er fest und sicher angenagelt war.

Die beiden einfachen Pritschen mit den nicht übermäßig sauberen Decken standen einander gegenüber an den beiden Längswänden, und die kleine Falltür, unter der das Grab des Chinesen lag, befand sich genau in der Mitte zwischen ihnen. Übrigens war diese Falltür mit zwei Reihen langer Nägel gesichert. In seinem Kampf gegen das Übernatürliche hatte Mr. Beeson nicht auf natürliche Maßnahmen verzichtet.

Das Feuer war jetzt heruntergebrannt; nur noch blasse, blaue Flämmchen zuckten gelegentlich auf und warfen gespenstische Schatten an die Wände. Diese Schatten bewegten sich geheimnisvoll, der des Zopfes an dem Dachbalken sah aus wie ein drohendes Ausrufungszeichen. Das Heulen des Sturms in den Fichten wurde zu einer Hymne des Triumphes. Die Ruhe in den Pausen dazwischen war grausig.

Während einer dieser Intervalle begann sich die Falltür im Boden langsam und stetig zu heben, und ebenso langsam und stetig hob der fremde alte Mann auf seiner Pritsche den Kopf, um sie zu beobachten. Dann schlug sie mit einem Krachen, welches das Haus erschütterte, ganz auf, so daß die langen Spitzen der Nägel drohend aufwärtsragten. Mr. Beeson erwachte und preßte die Finger auf die Augen, ohne sich zu erheben. Er schlotterte am ganzen Körper, und seine Zähne schlugen klappernd aufeinander. Sein Gast hatte sich jetzt auf einen Ellbogen aufgerichtet; seine Brillengläser funkelten wie Laternen.

Plötzlich fuhr ein Windstoß heulend durch den Kamin. Rauch und Asche stoben in den Raum und verdunkelten für einen Augenblick die Szenerie. Als das Feuer wieder heller brannte, sah man auf einem Stuhl neben der Feuerstelle einen neuen Gast sitzen: einen dunkelhäutigen, sehr korrekt und geschmackvoll gekleideten kleinen Mann, der dem Alten mit einem freundlichen und gewinnenden Lächeln zunickte. Offenbar aus San Franzisko, dachte Mr. Beeson, der sich von seinem Schreck erholt hatte und der Lösung aller Ereignisse dieses Abends entgegentappte.

Aber nun erschien eine weitere Person auf dem Schauplatz. Aus dem viereckigen schwarzen Loch in der Mitte des Fußbodens hob sich der Kopf des verstorbenen Chinesen. Die glasigen Augen in ihren breiten Augenschlitzen starrten mit einem Ausdruck unbeschreiblicher Sehnsucht nach dem Zopf, der hoch oben an dem Dachbalken hing. Mr. Beeson stöhnte und drückte die Hände vors Gesicht. Ein schwacher Geruch nach Opium erfüllte den Raum.

Das Gespenst, das mit einer blauseidenen, aber von Moder bedeckten Tunika bekleidet war, schob sich langsam immer höher, wie von einer schwachen Spiralfeder bewegt. Als seine Knie in Bodenhöhe waren, machte es plötzlich einen Satz, schnappte nach dem Zopf und verbiß sich mit seinen scheußlichen, gelben Zähnen in der straff geflochtenen Haarsträhne. Da hing es nun mit gräßlich verzerrtem Gesicht und gefletschten Zähnen, schwang wie ein Pendel hin und her und versuchte verzweifelt, unter grotesken Verrenkungen und Zuckungen, aber ohne einen Laut von sich zu geben, sein Eigentum von dem Balken loszureißen. Gerade der Gegensatz zwischen den übermenschlichen Anstrengungen und der absoluten Lautlosigkeit machte die Erscheinung so grauenvoll.

Mr. Beeson kauerte schlotternd auf seinem Lager. Der dunkle kleine Herr trommelte ungeduldig mit der Schuhspitze auf den Boden und sah auf seine schwere goldene Uhr. Der alte Mann saß aufrecht auf seiner Pritsche und griff ruhig nach dem Revolver. Päng! Wie ein vom Galgen geschnittener Gehenkter plumpste der Chinese, den Zopf zwischen den Zähnen, in das viereckige schwarze Loch zurück. Die Falltür schloß sich mit einem Knall.

Der dunkle kleine Mann aus San Franzisko sprang federnd von seinem Sitz auf, fing mit seinem Hut etwas aus der Luft, wie ein Junge einen Schmetterling fängt, und verschwand im Kamin, wie vom Luftzug hinausgesogen.

Irgendwo draußen in der Dunkelheit klang ein schwacher, ferner Schrei auf. Es klang wie das langgezogene Wimmern eines Kindes, das in der Wüste erwürgt, oder einer armen Seele, die vom Bösen geholt wird. Vielleicht war es der Ruf des Kojoten.

In den ersten Tagen des folgenden Frühjahrs fand eine Gruppe von Goldsuchern, die zu neuen Schürfstätten unterwegs waren und an der Totenschlucht vorbeikamen, in einer verlassenen Blockhütte die Leiche Hiram Beesons. Er lag auf einer Pritsche ausgestreckt; eine Kugel steckte ihm mitten im Herzen. Der Schuß war offenbar von der gegenüberliegenden Seite des Raumes abgefeuert worden, denn in einem Eichenbalken an der Decke war an einem Astknorren eine flache blaue Vertiefung zu sehen, wo die Kugel abgeprallt und in die Richtung ihres Opfers abgelenkt worden war. An einem Nagel hing an demselben Balken ein kleines Büschel kräftiger Haare, offenbar das Ende eines aus Pferdehaaren geflochtenen Seils, das von der Kugel durchschlagen und abgetrennt worden war.

Sonst fand man nichts von Bedeutung; ausgenommen ein paar halbvermoderte Kleidungsstücke. Glaubwürdige Zeugen versicherten später, diese Kleidungsstücke seien Eigentum einiger Bürger der Gegend gewesen, die man vor Jahren in eben dieser Kleidung beerdigt hätte. Aber ein solcher Zusammenhang ließe sich wohl kaum erklären – es sei denn, der Tod selbst hätte diese Hüllen als Verkleidung benutzt, was wohl schwerlich zu glauben ist.

Der Zwilling

Ein Brief aus dem Nachlaß des verstorbenen Mortimer Barr

Sie fragten mich, ob ich als Zwilling jemals etwas erlebt hätte, was den Naturgesetzen, die wir kennen, widerspricht. Nun, urteilen Sie selbst; vielleicht kennen wir auch nicht alle die gleichen Naturgesetze, und Sie kennen andere als ich. Was mir unerklärlich, ja übernatürlich erschien, mag für Sie ganz klar sein.

Sie kannten meinen Bruder John – das heißt, Sie kannten ihn, wenn Sie genau wußten, daß ich nicht zugegen war. Aber weder Sie noch irgendein anderer Mensch konnte uns voneinander unterscheiden; auch unsere Eltern konnten es nicht. Ich spreche von meinem Bruder John, aber ich bin gar nicht sicher, ob sein Name nicht Henry war und der meine John. Wir wurden getauft, und gleich danach tätowierte man zwar jedem von uns den Anfangsbuchstaben seines Namens auf den Unterarm; aber wer kann wissen, ob man uns nicht schon während dieser Prozedur verwechselt hat? Ich trage zwar ein kleines H auf dem Arm, aber ich weiß nicht mit Bestimmtheit, ob es nicht ein J hätte sein müssen.

Während unserer Kindheit versuchten unsere Eltern, uns durch unsere Kleidung und andere kleine Erkennungszeichen auseinanderzuhalten. Aber wir tauschten diese häufig aus und verwirrten den Feind mit allerlei Kniffen, bis man uns beide »Jehnry« zu rufen pflegte. Ich habe mich manchmal gewundert, daß mein Vater nicht die Geduld verlor und uns nicht einfach durch eine Brandmarkung auf der Stirn kennzeichnete; aber da wir leidlich artige Knaben waren und unsere Scherze nicht zu weit trieben, entgingen wir dem Brandeisen. Mein Vater war übrigens ein besonders gutmütiger Mann und hatte, glaube ich, heimlich sogar seinen Spaß an unseren Streichen.

Bald nachdem wir nach Kalifornien gekommen waren und uns in San José niedergelassen hatten – wo uns das Glück Ihrer Bekanntschaft erwartete – verloren wir, wie Sie wissen, beide Eltern innerhalb einer Woche. Mein Vater starb verschuldet, und unser Heim mußte aufgelöst werden. Meine Schwestern kehrten zu unseren Verwandten im Osten zurück. John und ich aber, die wir damals zweiundzwanzig Jahre alt waren, erhielten durch Ihre gütigen Bemühungen Arbeit in San Franzisko, und zwar in verschiedenen Stadtteilen. Die Umstände erlaubten uns nicht, zusammen zu wohnen, und wir sahen einander nur selten, höchstens einmal in der Woche. Da wir nur wenige gemeinsame Bekannte hatten, war unsere ungewöhnliche Ähnlichkeit kaum bekannt. Damit komme ich zum Kern Ihrer Frage.

Eines Tages kurz nach unserer Ankunft begrüßte mich an einem späten Nachmittag in der Market Street ein gutgekleideter Mann mittleren Alters sehr herzlich und sagte dann: »Ich weiß, Stevens, daß Sie selten ausgehen, aber ich habe meiner Frau von Ihnen erzählt, und sie würde sich sehr freuen, Sie einmal in unserem Haus zu sehen. Ich glaube auch, daß meine Töchter eine Bekanntschaft wert sind. Wenn Sie also Lust haben, kommen Sie doch morgen abend um sechs Uhr zu einem Abendessen *en famille*. Danach könnten wir, wenn Sie sich nicht mit den Damen unterhalten möchten, eine Partie Billard spielen.«

Die Einladung wurde so freundlich und herzlich vorgebracht, daß ich nicht das Herz hatte, sie auszuschlagen, obwohl ich den Mann nie zuvor gesehen hatte. So erwiderte ich also: »Das ist sehr freundlich von Ihnen, Sir, und ich nehme die Einladung gern an. Bitte empfehlen Sie mich Mrs. Margovan. Ich werde mich pünktlich einstellen.«

Mit einem Händedruck und einigen höflichen Worten verabschiedete sich der Mann. Mir war natürlich klar, daß er mich für meinen Bruder gehalten hatte; derartige Verwechslungen waren uns nichts Neues. Woher aber hatte ich gewußt, daß er Margovan hieß? Das ist gewiß kein alltäglicher Name, der einem von selbst auf die Zunge kommt. Und tatsächlich war mir der Name ebenso fremd wie der Mann.

Am nächsten Morgen eilte ich zu dem Haus, in dem mein Bruder beschäftigt war. Er kam gerade mit einigen Rechnungen, die er eintreiben sollte, aus dem Büro. Ich erzählte ihm von meiner Begegnung und von der Einladung, die ich in seinem Namen angenommen hatte, und fügte hinzu, daß ich gern bereit wäre, auch weiterhin seine Rolle zu spielen, falls er selbst nicht hingehen wolle.

»Das ist doch seltsam«, murmelte er nachdenklich. »Margovan ist der einzige hier im Büro, den ich gut kenne und leiden mag. Als wir einander heute morgen begrüßten, sagte ich aus einem mir unverständlichen Antrieb heraus: ›Verzeihen Sie, Mr. Margovan, aber ich vergaß, Sie nach Ihrer Adresse zu fragen.‹ Darauf nannte er mir seine Adresse, aber ich hatte keine

Ahnung, was ich damit sollte. Ich danke dir, daß du bereit bist, mich zu vertreten, aber ich möchte selbst dort speisen, wenn es dir recht ist.«

Und es blieb nicht bei dem einen Abendessen. Er speiste öfter im Haus Margovan, als für ihn gut war; womit nichts gegen die Qualität des Essens gesagt sein soll. Doch er verliebte sich in Miß Margovan und machte ihr einen Heiratsantrag, den sie grausamerweise auch annahm.

Einige Wochen nach der Verlobung – von der mir mein Bruder Nachricht gab, doch hatte ich noch keine Gelegenheit gehabt, die Bekanntschaft seiner Braut zu machen – sah ich eines Tages in der Kearney Street einen stattlichen, aber etwas liederlich wirkenden Mann, dem ich augenblicklich und aus einem seltsamen Antrieb heraus folgte, ohne mich zu bedenken und ohne irgendwelche Skrupel zu empfinden. Er bog in die Geary Street ein und ging bis zum Union Square. Dort schaute er auf seine Uhr und schlenderte dann auf und ab; offenbar erwartete er jemand. Nach einer Weile trat eine schöne und elegant gekleidete junge Frau auf ihn zu, und die beiden gingen in Richtung Stockton Street davon.

Ich folgte ihnen, hielt mich aber diesmal vorsichtig in einiger Entfernung. Denn obwohl mir die junge Frau fremd war, hatte ich doch das Gefühl, daß sie mich sofort erkennen würde, wenn sie mich sähe. Die beiden gingen durch verschiedene Straßen und Gäßchen und verschwanden schließlich, nicht ohne sich vorher hastig nach allen Seiten umgesehen zu haben, in einem Haus, dessen Äußeres weit besser war als seine Bestimmung.

Ich betone, daß es für mich kein greifbares Motiv gab, diesen beiden Fremden nachzuspionieren. Ich tat es aber ohne Gewissensbisse und schäme mich jetzt nicht, es Ihnen einzugestehen.

Eine Woche später führte mich John in das Haus seiner zukünftigen Schwiegereltern ein. Wie Sie gewiß bereits erraten haben, erkannte ich in Miß Margovan die Heldin dieses beschämenden Abenteuers. Mich allerdings überraschte diese Erkenntnis aufs Äußerste. Miß Margovan erschien mir noch schöner, als ich sie bei unserer ersten Begegnung gefunden hatte. Aber es konnte keinen Zweifel geben, daß es dieselbe Person war.

Den ganzen Abend über blieb die unglaubliche Ähnlichkeit zwischen John und mir Gegenstand der allgemeinen Verwunderung, die wir mit der Geduld unserer langen Erfahrung ertrugen. Als die junge Dame und ich für ein paar Minuten allein im Zimmer waren, sah ich ihr ins Gesicht und sagte mit plötzlichem Ernst:

»Auch Sie, Miß Margovan, haben eine Doppelgängerin – ich sah sie letzten Dienstag nachmittag am Union Square.«

Sie sah mich überrascht an, wurde dann unsicher und senkte den Blick auf ihre Schuhspitzen.

»War sie mir sehr ähnlich?« fragte sie mit etwas übertriebener Gleichgültigkeit.

»So ähnlich«, erwiderte ich, »daß ich von ihrer Schönheit entzückt war und ihr folgte, bis ich sie in ein gewisses Haus gehen sah. Verstehen Sie mich, Miß Margovan?«

Sie war sehr blaß, aber vollkommen ruhig.

»Was verlangen Sie von mir?« fragte sie. »Nennen Sie nur ruhig Ihre Bedingungen. Ich nehme sie an.«

Sie war ein ungewöhnliches Mädchen, und mir wurde trotz der kurzen Zeit, die ich sie kannte, bereits klar, daß gewöhnliche Methoden bei ihr nicht verfingen.

»Miß Margovan«, sagte ich nicht ohne Mitgefühl, »ich kann nur annehmen, daß Sie das Opfer irgendeines furchtbaren Zwangs sind. Ehe ich Ihnen jetzt neue Schwierigkeiten bereite, möchte ich Ihnen lieber helfen, Ihre Handlungsfreiheit wiederzugewinnen.«

Sie schüttelte nur traurig und hoffnungslos den Kopf. Ich fuhr eindringlicher fort:

»Miß Margovan, Ihre Offenheit und Ihre Bedrängnis entwaffnen mich. Wenn Sie frei nach Ihrem Gewissen handeln könnten, würden Sie sicher das Richtige tun. Falls Ihnen aber die Hände gebunden sind – so helfe Gott uns allen! Von mir haben Sie nur eines zu erwarten, nämlich, daß ich diese Heirat verhindere, unter welchem Vorwand auch immer!«

Damit erhob ich mich und verließ sie ohne einen weiteren Blick. Zu den anderen, die soeben ins Zimmer zurückkamen, sagte ich, so ruhig ich konnte:

»Ich habe mich gerade von Miß Margovan verabschiedet. Es ist schon spät geworden.«

John schloß sich mir an. Auf der Straße fragte er mich, ob mir etwas Besonderes an Julias Verhalten aufgefallen sei.

»Ich hatte den Eindruck, daß sie sich nicht wohlfühlte«, antwortete ich. »Darum bin ich aufgebrochen.« Weiter sagte ich nichts.

Am nächsten Abend kam ich spät nach Hause. Die Ereignisse des vorangegangenen Abends bedrückten und beunruhigten mich so sehr, daß ich mich den ganzen Tag krank gefühlt hatte. Immer mehr verstärkte sich die Vorahnung von irgend etwas Schrecklichem.

Es war eine frostige, neblige Nacht. Mein Haar und meine Kleidung waren feucht, und ich klapperte vor Kälte. Als ich dann in Schlafrock und Hausschuhen vor dem Kohlenfeuer saß, war mir noch weniger wohl. Ich fror zwar nicht mehr, aber mich schauderte, und meine Knie schlotterten. Die Furcht vor einer drohenden Gefahr war so stark, daß ich versuchte, die Ahnungen einer schrecklichen Zukunft durch Erinnerungen an eine qualvolle Vergangenheit zu verscheuchen. Ich dachte an den Tod meiner Eltern, an die letzten traurigen Szenen an ihren Sterbelagern und an ihre Gräber. Alles erschien mir vage und unwirklich, als läge es Jahrzehnte zurück und beträfe eine fremde Person.

Plötzlich durchschnitt, wie ein Schwert ein Seil zerteilt, ein gellender Schrei meine düsteren Träumereien. – Es war ein Schrei in Todesnot, und die Stimme war die meines Bruders! Der Schrei aber schien von der Straße vor meinem Fenster heraufzudringen! Ich sprang zum Fenster und riß es auf. Eine Straßenlaterne auf der anderen Straßenseite warf ihr trübes Licht auf das nasse Pflaster und die Hausfronten. Ein Polizist lehnte an einem Torpfosten, den Kragen hochgeschlagen, und rauchte ruhig seine Zigarre. Sonst war niemand in Sicht.

Ich schloß das Fenster, setzte mich wieder ans Feuer und versuchte meiner Erregung Herr zu werden. Gewohnheitsmäßig blickte ich auf meine Uhr; es war halb zwölf. Da hörte ich wieder den furchtbaren Schrei – und er schien diesmal im Zimmer selbst, dicht neben mir zu erklingen!

Einige Sekunden war ich vor Entsetzen wie gelähmt. Dann sprang ich auf und rannte blindlings und ohne zu denken aus dem Haus. Ich weiß nicht, wie ich dahin gekommen bin, aber ich befand mich plötzlich vor einem Haus, vor dem mehrere Wagen standen. Durch die Fenster und die offene Tür sah ich Lichter und hörte aufgeregtes Stimmengewirr. Es war das Haus von Mr. Margovan.

Sie wissen, bester Freund, was dort geschehen war. In einem Zimmer lag Julia Margovan, die schon vor Stunden an Gift gestorben war; und in einem anderen Raum lag John Stevens, der sich eine Pistolenkugel in die Brust geschossen hatte. Als ich ins Zimmer stürzte, den Arzt beiseite stieß und die Hand auf die Stirn meines Bruders legte, schlug dieser die Augen noch einmal auf, starrte blicklos vor sich hin, schloß sie dann langsam und starb ohne ein Zeichen, mich erkannt zu haben.

Sechs Wochen später erst kam ich in Ihrem Haus wieder zu mir, nachdem Ihre gütige Gattin mich gesund gepflegt hatte. Das alles wissen Sie, verehrter Freund. Aber was Sie nicht wissen, ist dies:

Mehrere Jahre nach dieser Tragödie ging ich in einer Mondnacht über den Union Square. Es war spät und der Platz menschenleer. Natürlich stiegen in mir Erinnerungen an die Vergangenheit auf, als ich zu der Stelle kam, an der ich Augenzeuge jener verhängnisvollen Begegnung geworden war. In jener unerklärlichen Perversion, die uns oftmals dazu drängt, gerade bei den schmerzlichen Gedanken zu verweilen, setzte ich mich auf eine Bank im Schatten und überließ mich diesen Erinnerungen.

Da erschien ein Mann auf dem Platz und kam langsam auf mich zu. Er hielt die Hände auf dem Rücken, den Kopf gebeugt und schien nichts um sich her wahrzunehmen. Als er näherkam, erkannte ich in ihm den Mann, den ich vor Jahren mit Julia Margovan an eben dieser Stelle beobachtet hatte. Aber er hatte sich schrecklich verändert: Er war grau geworden und wirkte vergrämt und abgezehrt. Seine Kleidung war verkommen, er selbst sah krank und elend aus. Das Haar hing ihm wild in die Stirn.

Ohne klare Absicht stand ich auf und trat ihm in den Weg.

Er hob den Kopf, sah mir ins Gesicht, und eine unbeschreibliche Veränderung ging in seinen Zügen vor. Mit weitaufgerissenen Augen, in denen sprachloses Entsetzen stand, starrte er mich an wie ein Gespenst. Aber er war ein mutiger Mann.

»Verflucht sollst du sein, John Steven!« schrie er, hob die zitternde Faust und schlug sie mir schwächlich ins Gesicht. Dann stürzte er zu Boden, denn ich wandte mich nur um und ging davon.

Dort fand man ihn etwas später tot auf. Sonst ist nichts von ihm bekannt, nicht einmal sein Name. Es genügt, von einem Menschen zu wissen, daß er tot ist.

Gilsons berühmtes Vermächtnis

Gilson ging es an den Kragen. Das war das einhellige Urteil der Öffentlichkeit von Mammon Hill. Die ehrbaren Bürger, die sich in Jo Bentleys prächtigem Saloon gütlich taten, sagten es kalt und streng, wenn auch nicht ohne ein gewisses Mitgefühl. Und selbst die weniger respektablen Elemente von Mammon Hill, die sich rotäugig und schäbig gekleidet in Moll Gurneys Bumskneipe herumdrückten, äußerten eine ähnliche Meinung, wenn auch in einer Ausdrucksweise, die hier nicht wiedergegeben werden kann. Im Fall Gilson war Mammon Hill ausnahmsweise einer Meinung. Ja, es stand wirklich schlecht um Mr. Gilson. Er war an diesem Morgen von Mr. Brentshaw in die Stadt gebracht und öffentlich des Pferdediebstahls angeklagt worden. Der Sheriff hatte bereits ein neues Hanfseil zurechtgelegt, und Pete, der Zimmermann, arbeitete, wenn er gerade nicht trank, an einer Kiste, deren Länge und Breite ungefähr Gilsons Körpermaßen entsprachen. Die Gesellschaft hatte ihr Urteil gefällt. Zwischen Gilson und der Ewigkeit stand nur noch die bloße Formalität einer Gerichtsverhandlung.

Und dies ist die kurze und einfache Geschichte des Gefangenen: Er hatte zuletzt in New Jerusalem gelebt, an der nördlichen Gabelung des Little Stony; aber kurz bevor der Goldrausch einsetzte, der diesen Ort entvölkerte, war er zu den neuentdeckten Fundstellen von Mammon Hill gekommen. Die Entdeckung dieses Geländes war für Mr. Gilson sehr gelegen gekommen, denn kurz zuvor hatte ihm der Sicherheitsausschuß von New Jerusalem bedeutet, daß es für ihn und seine Lebensaussichten besser wäre, New Jerusalem zu verlassen. Da es ihm auch nicht ratsam schien, sich irgendwo niederzulassen, wo man ihn bereits kannte, mußte er alle anderen, älteren Camps von seiner Liste streichen. So ergab es sich ganz natürlich, daß er sich in Mammon Hill niederließ. Bald darauf folgten ihm allerdings seine Richter nach, und so war er gezwungen, seine Lebensführung im Rahmen der Gesetze zu halten. Aber er blieb weiterhin Gegenstand allgemeinen Mißtrauens. Wußte man doch, daß er in seinem Leben noch keinen einzigen Tag lang ehrliche Arbeit geleistet und sein Geld mit keiner Tätigkeit verdient hatte, die das Gesetz duldet. Vielmehr hatten ihn manche Schürfer in Verdacht, daß er mit den Plünderungen ihrer Goldwaschgatter etwas zu tun hatte. Diese Vergehen hatten sich in letzter Zeit gehäuft.

Unter denen, die diesen Verdacht nährten, war auch Mr. Brentshaw. Zu jeder passenden und unpassenden Zeit verkündete er sehr nachdrücklich seine Überzeugung, daß hinter diesen nächtlichen Plünderungen kein anderer als Gilson steckte. Und da Brentshaw drohte, jeden zu durchlöchern, der diese Meinung nicht teilte, widersprach ihm niemand – am wenigsten der friedliebende Mitbürger selbst, von dem hier die Rede war. Wie die Sache sich auch verhalten haben mag – fest steht jedenfalls, daß Gilson an Jo Bentleys Spieltisch oft mehr Goldstaub verlor, als er seit Bestehen des Camps in ehrlichem Poker gewonnen hatte. Aber endlich fürchtete Jo Bentley, den wichtigeren Kunden Mr. Brentshaw zu verlieren, und so verweigerte er Gilson den ferneren Zutritt zu den Spieltischen. In seiner freimütigen Art bedeutete er ihm, daß das Privileg, in seiner »Bank« Geld zu verlieren, nur honorigen Persönlichkeiten von geschäftlicher Wohlanständigkeit und gutem gesellschaftlichem Ruf zustünde.

In Mammon Hill hielt man es also für höchste Zeit, einem Individuum das Handwerk zu legen, das allen ehrbaren Bürgern ein Dorn im Auge war. Besonders jene, die ihn schon von New Jerusalem her kannten, warteten ungeduldig darauf, ihn endlich hängen zu sehen. In dieser Hinsicht war ganz Mammon Hill ein Herz und eine Seele.

Gerade zu diesem kritischen Zeitpunkt allerdings schien es, als habe Gilson sein Leben geändert. Vielleicht lag es nur daran, daß ihm die Spieltische verschlossen blieben und er deshalb keine Verwendung mehr für Goldstaub hatte; jedenfalls wurden nun die fremden Waschgatter verschont. Aber ganz konnte er seine natürlichen Neigungen nicht unterdrücken. Er warf sich also jetzt auf andere, nicht weniger lichtscheue Unternehmungen. Nach einigen nicht sehr erfolgreichen Versuchen, sich durch Straßenraub zu ernähren, wandte er sich dem Pferdehandel zu; aber gerade, als dieses Geschäft zu blühen begann, ereilte ihn sein Schicksal. Denn in einer nebligen Mondnacht ritt Mr. Brentshaw auf einen Mann zu, der offenbar im Begriff war, diesen Teil des Landes zu verlassen, griff nach dem Zügel, der Mr. Gilsons Handgelenk mit Mr. Harpers brauner Stute verband, klopfte jenem vertraulich mit der Mündung seines Revolvers an die Wange und forderte ihn auf, ihm das Vergnügen seiner Begleitung zu schenken.

Ja, Gilson ging es tatsächlich an den Kragen.

Am Morgen nach seiner Verhaftung wurde er vor Gericht gestellt, für schuldig befunden und verurteilt. Soweit es sich um sein irdisches Dasein handelt, bleibt nur noch zu berichten, daß er vorschriftsmäßig gehenkt wurde, nachdem er noch sein Testament gemacht hatte, von dem nun die Rede sein soll. Mit großer Sorgfalt hatte er nämlich im Gefängnis seinen Letzten Willen niedergeschrieben und darin alles, was er besaß, dem ehrenwerten Mr. Brentshaw vermacht – vielleicht in einer verschwommenen Vorstellung vom Beuterecht des Fängers. Das Vermächtnis wurde allerdings von der Bedingung abhängig gemacht, daß der Erbe die Leiche des Erblassers vom Galgen abnehmen und für ihre Beerdigung sorgen müsse.

Zu gegebener Zeit machte sich also Mr. Brentshaw auf den Weg zu dem einästigen Baum, um dessen Frucht zu pflücken. Mag sein, daß er etwas gerührt war über das leere Kompliment dieses Vermächtnisses. In der Tasche des Toten fand sich übrigens noch ein Zusatz zu dem bereits bekannten Testament. Wohlweislich hatte der Erblasser diesen Zusatz bis nach seiner Galgenabnahme zurückgehalten; denn hätte Mr. Brentshaw früher davon gewußt, so hätte er vermutlich die Annahme verweigert. Der Inhalt der Zusatznote war aber, kurz gesagt, folgender:

Zu Lebzeiten des Erblassers hatten verschiedene Personen widerholt den Verdacht geäußert, er habe ihre Waschanlagen beraubt. Wenn nun innerhalb der nächsten fünf Jahre irgend jemand diese Behauptung vor einem Gericht beweisen könne, so solle die gesamte Hinterlassenschaft des Erblassers ihm zufallen, abzüglich der Gerichtskosten und einer angemessenen Entschädigung für den Testamentsvollstrecker, den ehrenwerten Mr. Brentshaw. Wenn mehrere Personen einen solchen Beweis erbrächten, so sollte das Erbe zu gleichen Teilen unter ihnen aufgeteilt werden. Falls aber niemand einen solchen Beweis erbringen könne, solle das gesamte Erbe, abzüglich der Gerichtskosten, an besagten Mr. Brentshaw übergehen.

Grammatik und Rechtschreibung dieses denkwürdigen Dokuments ließen einiges zu wünschen übrig, aber der Sinn war klar.

Mr. Brentshaw lächelte gönnerhaft, und nachdem die letzten traurigen Formalitäten erfüllt waren, wurde er offiziell zum Testamentsvollstrecker des verstorbenen Mr. Gilson erklärt.

Natürlich erwartete sich Mr. Brentshaw keinen Gewinn aus diesem Erbe. Aber als er flüchtig und eigentlich nur der Form halber die Papiere des Toten durchsah, kamen Dokumente über wertvollen Grundbesitz im Osten und über Bankguthaben von unglaublicher Höhe zum Vorschein.

Die überraschende Neuigkeit verbreitete sich wie ein Lauffeuer und stürzte Mammon Hill in fieberhafte Aufregung. Der ›Patriot‹, die Lokalzeitung von Mammon Hill, deren Herausgeber maßgeblich zu Gilsons Vertreibung aus New Jerusalem beigetragen hatte, veröffentlichte einen sehr schmeichelhaften Nachruf auf den Verblichenen. Andererseits rief das seltsame Testament zahlreiche Personen auf den Plan, die behaupteten, von Gilson bestohlen worden zu sein, und die auch bereit waren, den Beweis anzutreten. So groß das Vermögen des Erblassers auch war, es erschien doch armselig angesichts der großen Zahl von Waschpfannen, aus denen es stammen sollte. Das ganze Land stand auf wie ein Mann!

Doch Mr. Brentshaw zeigte sich der Lage gewachsen. Unverzüglich ließ er über den Gebeinen seines Wohltäters ein prächtiges Grabmal errichten, das alle andern auf dem Friedhof in den Schatten stellte, und verkündete durch eine in den Stein gemeißelte Inschrift, daß hier »ein Opfer verleumderischer Schlangenbrut« ruhe!

Darüber hinaus beauftragte er den besten Anwalt der Gegend mit der Verteidigung seines verblichenen Freundes, und fünf Jahre lang waren die Gerichte mit einem Rattenschwanz von Prozessen um Gilsons Vermächtnis beschäftigt. Juristischen Finten setzte Mr. Brentshaw noch raffiniertere juristische Finten entgegen. Mit der Höhe seiner Bestechungssummen verdarb er den ganzen Markt. Nie wurden Richter besser bewirtet als in seinem Haus, und lügnerische Zeugen schlug er mit Zeugen, die noch schamloser zu lügen verstanden.

Auch blieb die Schlacht nicht auf den Tempel der blinden Göttin Justitia beschränkt, sondern griff auf die Pressse, die Kanzel, die Börse, den Markt und die Straße über. Und als die Sonne am letzten Tag dieser denkwürdigen fünf Jahre, auf die Gilsons Bedingung befristet war, unterging, war aller Sinn für Moral in jenem Landstrich tot, das soziale Gewissen abgestumpft und das sittliche Denken verwirrt. Aber Mr. Brentshaw hatte auf der ganzen Linie gesiegt.

Nun traf es sich, daß in eben jener Nacht die Ecke des Friedhofs, in der die Gebeine des neuerdings so hochgeachteten

Milton Gilson Esqu. ruhten, zum Teil unter Wasser lag. Durch Wolkenbrüche war der Cat Creek angeschwollen und über seine Ufer getreten. Er hatte den Friedhof überschwemmt und sich dann, wie beschämt über die begangene Schändung, wieder in sein Bett zurückgezogen. Der Friedhof aber bot ein Bild der Verwüstung. Gräber waren aufgeschwemmt und Särge an die Oberfläche gespült worden. Und selbst das berühmte Gilson-Monument, der Stolz von Mammon Hill, stand nicht länger als Bollwerk gegen die »verleumderische Schlangenbrut«, sondern lag umgestürzt zwischen den Gräbern. Auch den armseligen Brettersarg hatte die Flut freigespült, der einen beschämenden Gegensatz zu dem prunkvollen steinernen Denkmal bildete.

Zu diesem trostlosen Ort nun ging Mr. Brentshaw und folgte dabei einem Drang, den er weder zu analysieren noch zu unterdrücken versuchte. Er hatte sich in diesen fünf Jahren sehr verändert. Die Anstrengungen und Aufregungen hatten sein schwarzes Haar gebleicht, seine Haltung gebeugt und tiefe Falten in sein Gesicht gegraben. Sein Gang war zu einem greisenhaften Schlurfen geworden. Auch sein Geist und sein Herz hatten sich gewandelt. Seine unbekümmerte gute Laune war einer tiefen Melancholie gewichen; sein scharfer Verstand hatte sich in dem langen Kampf erschöpft und aufgebraucht und war in das Stadium der zweiten Kindheit eingetreten. An die Stelle seines früheren fröhlichen Zynismus war ein verworrener, ängstlicher Aberglaube getreten, der durch seine Seele geisterte wie ein Schwarm schattenhafter Fledermäuse. Sein geistiger Horizont hatte sich auf eine einzige fixe Idee verengt; sein unerschütterlicher Glaube an die völlige Unschuld des toten Gilson, die er so oft vor Gericht bezeugt und beschworen hatte, war ihm zu einer Art Religion und zur größten, bedeutsamsten und einzigen Wahrheit seines Lebens geworden. Er hatte freilich diese Wahrheit auch teuer genug bezahlt; denn gerade an diesem Tag hatte er den letzten Dollar von Gilsons Erbe an Mr. Jo Bentley hingegeben, den letzten Zeugen für Gilsons guten Charakter.

Als er nun in dieser Nacht auf dem umgestürzten Grabstein saß und nachdenklich die Inschrift betrachtete, kamen ihm Tränen der Reue bei dem Gedanken, daß er selbst durch seine falsche Anklage den Tod dieses guten Mannes verschuldet hatte. Denn im Verlauf des Prozesses war auch Mr. Harper vor Gericht erschienen – gegen gute Bezahlung, versteht sich – und hatte geschworen, daß Gilson damals von ihm beauftragt gewesen war, die braune Stute fortzuführen. Der Verblichene hätte also auf den ausdrücklichen, aber vertraulich geäußerten Wunsch des Besitzers gehandelt und dieses Geheimnis treu bis in den Tod gewahrt. Alles, was Mr. Brentshaw seither für des Toten Andenken hatte tun können, erschien ihm daher im Vergleich zu der Seelengröße des Verstorbenen jämmerlich gering.

Während er so dasaß und sich mit Selbstvorwürfen quälte, glitt ein Schatten über den Mond. Zuerst glaubte Mr. Brentshaw, es sei eine Wolke, aber dann unterschied er deutlich eine menschliche Gestalt. Die Erscheinung wuchs sichtbar; denn sie kam näher. Wirren Geistes und von abergläubischer Furcht erfüllt, wie er da saß, bemerkte Mr. Brentshaw – oder glaubte zu bemerken – daß die unirdische Erscheinung die Züge des verstorbenen Milton Gilson trug, so wie dieser vor fünf Jahren ausgesehen hatte, als er persönlich ihn vom Galgen schnitt. Ja, es war dasselbe Gesicht, dieselben starren Augen, und selbst den dunklen Streifen um den Hals konnte man deutlich erkennen!

Das Gespenst trug weder Mantel noch Hut, sondern war genauso gekleidet, wie Zimmermann Pete die Leiche Gilsons in den ärmlichen Sarg gelegt hatte. Es schien etwas in den Händen zu tragen, was Mr. Brentshaw nicht genau erkennen konnte. Immer näher kam es und blieb schließlich neben dem Sarg stehen, der die Überreste des seligen Mr. Gilson enthielt, und dessen Deckel halb offenstand. Das Gespenst beugte sich darüber und schien irgend etwas aus einem flachen Becken hineinzuschütten; und dann glitt es über die Gräber zum tiefergelegenen Teil des Friedhofes. Hier hatte die Flut eine Anzahl von offenen Särgen zusammengespült, zwischen denen immer noch das Wasser gurgelte und wisperte. Das Gespenst beugte sich über einen der Särge, fegte sorgfältig dessen Inhalt in das Becken, kehrte dann zu seinem eigenen Sarg zurück und schüttete alles dort hinein. Dieser geheimnisvolle Vorgang wiederholte sich bei jedem der aufgebrochenen Särge. Zuweilen tauchte der Geist das gefüllte Becken in fließendes Wasser und schüttelte es vorsichtig, um Schmutz und Erde fortzuspülen; den Rückstand kippte es jedesmal in seinen eigenen Sarg. Kurz, der unsterbliche Teil des verewigten Milton Gilson reinigte den Staub seiner Nachbarn und fügte ihn sorgsam seinem eigenen zu.

Vielleicht waren das alles nur Wahnvorstellungen eines halbverrückten, fieberkranken Mannes; vielleicht auch das teuflische

Spiel ruheloser Geister, die zwischen dieser und jener Welt ihr Unwesen trieben. Gott allein weiß es. Uns ist nur bekannt, daß am nächsten Morgen, als die Sonne über dem verwüsteten Friedhof von Mammon Hill aufging, Mr. Brentshaw tot zwischen den Toten lag.

Ein Abenteuer in Brownville

Ich unterrichtete damals in einer kleinen Dorfschule in der Nähe von Brownville. Diese Stadt liegt, wie jeder weiß, der das Glück hat, dort zu wohnen, in einer der schönsten Gegenden Kaliforniens und hat im Sommer einigen Zulauf von Fremden – »Vergnügungsreisende« nennt sie die örtliche Presse, aber in Wirklichkeit sind es Kranke und Elende, die in diesem waldreichen Landstrich Heilung und Erholung suchen. Die Stadt ist entsprechend mit Fremdenheimen und Pensionen versehen, und in einem leidlich erträglichen Haus dieser Art pflegte ich mein Frühstück und Abendessen einzunehmen. Mittags dagegen aß ich in der Schule. Die Entfernung zwischen Schule und Pension betrug eineinhalb Meilen, wenn man sich an die Fahrstraße hielt; aber es gab eine Abkürzung, einen wenig begangenen Pfad über dichtbewaldete Hügel.

Auf diesem Waldweg kehrte ich eines Abends später als gewöhnlich heim. Es war der letzte Tag des Quartals, und ich hatte mich bis zur Dämmerung damit beschäftigt, meinen Bericht für das Schulkomitee zu verfassen. Zwei der Mitglieder, so überlegte ich, würden in der Lage sein, ihn zu lesen, und der dritte würde daher in seiner üblichen Feindseligkeit gegen den auch von ihm mit ernannten Schulmeister überstimmt werden. Ein Beispiel also für die Herrschaft des Geistes über die Materie. Es war bereits dunkel, nur schwaches Mondlicht sickerte durch die Zweige. Trotzdem hatte ich es nicht eilig, in meine Pension zu kommen. Ich nahm mir sogar die Zeit, mich auf einen umgestürzten Baumstamm zu setzen und eine Eidechsenfamilie zu beobachten, die sich auf dem Waldboden tummelte, reptilienhaft unbekümmert um Leiden und Siechtum, die in Brownville allgegenwärtig schienen.

Plötzlich hörte ich Stimmen, und zwar die erregte, zornbebende Stimme einer Frau und die volltönende, ruhige und gebieterische eines Mannes. Ich strengte meine Augen an und spähte in die dämmrigen Schatten des Gehölzes, konnte aber niemand sehen. Die Stimmen näherten sich, und da es sonst sehr still war, vermochte ich nun auch zu verstehen, was sie sagten.

»Was fällt dir ein, mir drohen zu wollen!« sagte der Mann kalt und verächtlich. »Du weißt genau, daß ihr machtlos seid. Versuch nicht, dich mir entgegenzustellen, oder, bei Gott! Ihr werdet es beide büßen!«

»Was willst du damit sagen? Du wirst uns doch nicht ermorden wollen?«

Darauf gab der Mann keine Antwort, oder zumindest konnte ich keine hören. In der Stille, die folgte, starrte ich angestrengt ins Dunkel, in der Hoffnung, die Sprecher zu entdecken. Ich fühlte, daß es sich um eine schwerwiegende Angelegenheit handelte und gewöhnliche Skrupel nicht angebracht waren. Die Frau schien ganz offenbar in Gefahr; immerhin hatte der Mann seine Mordabsicht nicht geleugnet. Das gab mir das Recht, ihr Gespräch weiter zu belauschen.

Nach einiger Zeit erblickte ich sie auf dem Weg, undeutlich im Mondlicht zwischen den Bäumen. Der Mann war groß und schlank und offenbar in Schwarz gekleidet; die Frau, soviel ich ausmachen konnte, in Grau. Sie schienen meine Gegenwart, da ich im Schatten saß, noch nicht bemerkt zu haben; trotzdem setzten sie ihr Gespräch jetzt so leise fort, daß ich nichts mehr verstehen konnte. Dann schien die Frau unvermittelt zu Boden zu sinken und die Hände in einer flehenden Geste aufzuheben, wie man sie sonst nur auf der Bühne sieht – doch ich bin heute nicht mehr ganz sicher, ob das, was ich in jenem Augenblick zu sehen glaubte, auch wirklich geschah. Der Mann richtete seinen Blick auf sie, und ich glaubte seine Augen aufblitzen zu sehen; ich hatte dabei den Eindruck, als würde er sich im nächsten Augenblick mir zuwenden. Ich weiß nicht, was mich plötzlich antrieb, aber ich sprang auf und trat rasch aus dem Schatten heraus. Im gleichen Augenblick waren die Gestalten verschwunden. Vergebens spähte ich zwischen den Baumstämmen und im Unterholz umher. Nur noch der Nachtwind raschelte in den Blättern; die Eidechsen hatten sich zur Ruhe begeben, der zunehmende Mond glitt bereits hinter einen dunklen Hügel im Westen.

Verwirrt machte ich mich auf den Heimweg, halb zweifelnd, ob ich außer den Eidechsen wirklich irgendein lebendes Wesen gehört oder gesehen hatte. Alles erschien mir seltsam und unheimlich. Es war, als habe sich unter den verschiedenen subjektiven und objektiven Vorgangen, die zusammen diesen Zwischenfall ergaben, irgendein ungewisses Element eingeschlichen, das dem Ganzen etwas Zweifelhaftes und Unwirkliches verlieh. Mir war nicht wohl dabei.

Am nächsten Morgen bemerkte ich ein neues Gesicht am Frühstückstisch. Mir gegenüber saß eine junge Frau, die ich nur flüchtig ansah, als ich Platz nahm. Erst als sie zu der hochmütigen Person, die sich herabließ, uns zu bedienen, etwas sagte, wurde ich durch ein Etwas in ihrer Stimme aufmerksam, das mich an den gestrigen Abend erinnerte. In diesem Augenblick betrat eine andere Dame, die um einige Jahre älter war, das Zimmer, setzte sich neben die erste und begrüßte sie mit einem sanften Morgengruß. Der Klang dieser zweiten Stimme ließ mich auffahren: Kein Zweifel, es war jene von gestern abend, an die die erste mich nur erinnert hatte. Die Dame aus dem Wald saß leibhaftig vor mir, in Fleisch und Blut!

Offenbar waren die beiden Schwestern. Ich fühlte mich unbehaglich in ihrer Gegenwart und fürchtete, als der stumme, unrühmliche Lauscher von gestern erkannt zu werden. Daher stürzte ich nur hastig eine Tasse Kaffee hinunter, den das Mädchen in ahnungsvoller Voraussicht lauwarm serviert hatte, und verließ den Tisch. Als ich aus dem Haus trat, hörte ich eine volle, kräftige Männerstimme eine Arie aus Rigoletto singen. Ich muß zugeben, daß der Gesang ungewöhnlich schön klang, und doch mißfiel mir etwas daran, ich wußte selbst nicht was. Eilig ging ich fort.

Später am Tag sah ich die ältere der beiden jungen Damen auf der Veranda stehen, zusammen mit einem schwarzgekleideten Mann – dem Mann, den zu sehen ich erwartet hatte. Den ganzen Tag war ich in Gedanken mit diesen Personen beschäftigt gewesen, und nun beschloß ich, soviel über sie zu erfahren, wie mir nur möglich war, ohne zu unlauteren Mitteln zu greifen.

Der Mann unterhielt sich ungezwungen und freundlich mit seiner Begleiterin, aber beim Klang meiner Schritte auf dem Kiesweg unterbrach er sich, wandte sich um und sah mir gerade ins Gesicht. Er war ein Mann in mittleren Jahren, dunkel und von auffallend gutem Aussehen. Seine Kleidung war korrekt, seine Haltung frei und sicher, sein Blick offen und ohne eine Spur von Rohheit. Und doch lag etwas darin, was mich abstieß und mit einer Mischung aus Abscheu und Grauen erfüllte – mit einem Gefühl jedenfalls, das ich nicht gern Furcht nennen möchte. Eine Sekunde später waren der Mann und die Frau verschwunden. Dieses plötzliche Verschwinden schien ihr spezifischer Trick zu sein. Freilich sah ich sie gleich darauf wieder, als ich durch das Haus ging: Sie waren nur durch eine Glastür ins Haus getreten.

Vorsichtig brachte ich bei meiner Pensionswirtin die Rede auf die neuen Gäste, und sie erzählte mir bereitwillig, was sie über sie wußte. Die beiden jungen Frauen waren tatsächlich Schwestern; sie hießen Pauline und Eva Maynard und stammten aus San Franzisko. Die ältere war Pauline. Der Mann, Richard Benning, war ihr Vormund und der beste Freund ihres verstorbenen Vaters. Er hatte sie nach Brownville gebracht in der Hoffnung, daß das Bergklima Eva guttun würde; man vermutete nämlich, daß Eva an der Auszehrung litte.

Diese einfachen Tatsachen verzierte meine Wirtin allerdings mit wortreichen Lobreden, denen ich entnahm, daß Mr. Benning willens und in der Lage wäre, für alles, was das Haus zu bieten hätte, gut zu bezahlen. Ihrer Meinung nach bewiesen seine Fürsorge für seine schönen Mündel sowie seine wirklich rührende Besorgnis um deren Wohl, daß er ein gutes Herz besaß. Mir allerdings wollte dieser Beweis nicht recht genügen, und im Stillen fällte ich das Urteil: »Nicht bewiesen!«

Gewiß benahm sich Mr. Benning sehr aufmerksam gegenüber seinen Mündeln. Bei meinen Wanderungen über Land begegnete ich ihnen recht oft – manchmal allein, manchmal in Gesellschaft anderer Hotelgäste. Mit Spaziergängen, Fischen, Schießen und anderen Vergnügungen vertrieben sie sich die Langeweile des Landlebens. Und obwohl ich sie so scharf beobachtete, wie es die Höflichkeit eben noch zuließ, konnte ich nichts entdecken, was die seltsamen Worte erklärte, die ich am ersten Abend im Wald zufällig gehört hatte. Ich schloß eine flüchtige Bekanntschaft mit den jungen Damen und konnte Blicke und sogar Grüße mit ihrem Begleiter wechseln, ohne an meinen anfänglichen Widerwillen zu denken.

Ein Monat verging, und ich hatte ganz aufgehört, mich für die Angelegenheiten dieser Leute zu interessieren; da trat ein Ereignis ein, das mir mein Erlebnis im Wald wieder lebhaft ins Gedächtnis rief.

Es war der Tod Paulines, des älteren Mädchens.

Die Schwestern hatten gemeinsam ein Zimmer im zweiten Stock des Hauses bewohnt. In der Morgendämmerung war Eva erwacht und hatte Pauline tot neben sich gefunden. Später, als das arme Mädchen weinend an der Leiche kniete, von teilnehmenden, wenn auch nicht gerade taktvollen Leuten umgeben, betrat Mr. Benning das Zimmer. Da erhob sich Eva von der Seite der Toten und ging langsam auf die Tür zu.

»Du warst es«, rief sie. »Das hast du getan – du – du – nur du!«

»Sie ist nicht bei Sinnen«, erwiderte er leise, und während sie sich vor ihm zurückzog, folgte er ihr Schritt für Schritt, die Augen fest auf sie gerichtet. In seinem Blick stand nichts mehr von Güte oder Mitleid. Schließlich blieb sie stehen; die Hand, die sie anklagend gegen ihn erhoben hatte, fiel schlaff herunter, ihre geweiteten Pupillen zogen sich sichtbar zusammen, der wilde Blick ihrer schönen Augen verschleierte sich, und ihre Lider sanken herab. Einen Augenblick stand sie reglos da, fast ebenso bleich wie die Tote. Der Mann ergriff ihre Hand und legte ihr sanft einen Arm um die Schultern, wie um sie zu stützen. Plötzlich brach sie in Tränen aus und klammerte sich an ihn wie ein Kind, das bei seiner Mutter Schutz sucht. Er lächelte – es war ein Lächeln, das mich höchst unangenehm berührte – und führte sie schweigend aus dem Zimmer.

Es folgte eine gerichtliche Untersuchung mit der üblichen Feststellung: Tod durch ein Herzleiden. Die Leiche wurde einbalsamiert und durch ein Leichenbestattungsunternehmen nach San Franzisko überführt, aber weder Eva noch Benning begleiteten sie. Einige Pensionsgäste nahmen daran Anstoß, und ein paar besonders Freimütige gingen so weit, dieses Verhalten sogar äußerst merkwürdig zu finden. Aber die gute Pensionswirtin warf sich in die Bresche und erklärte es mit dem schlechten Gesundheitszustand Evas. Es ist auch nicht bekannt geworden, daß die am meisten betroffenen und offenbar am wenigsten berührten Personen eine andere Erklärung abgegeben hätten.

Etwa eine Woche nach dem Todesfall trat ich eines Abends auf die Veranda hinaus, um ein Buch zu holen, das ich dort vergessen hatte. Im Schatten einiger Ranken, die das Mondlicht abhielten, sah ich Richard Benning stehen. Mit seiner Gegenwart hatte ich gerechnet, da ich kurz zuvor auch die leise, sanfte Stimme Eva Maynards vernommen hatte. Und da bemerkte ich auch sie. Sie stand vor ihm, eine Hand auf seine Schulter gelegt, den Blick, soviel ich sehen konnte, zu ihm erhoben. Er hielt ihre andere Hand und neigte den Kopf voller Würde und Anmut zu ihr. Diese Haltung war die eines Liebespaares, und wie ich da im Schatten stand und sie beobachtete, fühlte ich mich noch schuldiger als an jenem denkwürdigen Abend im Wald. Schon war ich im Begriff, mich zurückzuziehen, als das Mädchen zu sprechen begann. Und der Gegensatz zwischen ihren Worten und ihrer Haltung überraschte mich so, daß ich blieb – einfach weil ich vergaß fortzugehen.

»Du wirst mich töten«, sagte sie, »wie du Pauline getötet hast. Ich kenne deine Absichten, und ich kenne deine Macht. Ich bitte dich um nichts – nur darum, daß du die Tat schnell und ohne Aufschub vollbringst und mich dann in Frieden läßt.«

Er antwortete nicht. Er ließ nur ihre Hand los, entfernte ihre andere Hand von seiner Schulter, drehte sich um, stieg die Stufen zum Garten hinunter und verschwand im Gebüsch. Aber gleich darauf hörte ich, scheinbar aus großer Entfernung, seine wohlklingende Stimme ein wildes und fremdartiges Lied singen, das in meiner Phantasie die Vorstellung von einem fernen, seltsamen Land weckte, bevölkert von Wesen, die über magische Kräfte verfügten. Ich war wie gebannt von dem Gesang, aber als er verklang, faßte ich mich rasch und beschloß, die Gelegenheit zu nutzen. Ich trat also aus dem Schatten; das Mädchen wandte sich um und starrte mich an wie ein in die Enge getriebenes Tier. Sicher hatte mein plötzliches Auftauchen sie erschreckt.

»Miß Maynard«, sagte ich entschlossen, »ich bitte Sie, mir zu sagen, wer dieser Mann ist und welche Macht er über Sie hat. Vielleicht ist das unverschämt von mir – aber für leere Höflichkeiten ist nicht die Zeit. Wenn eine Frau in Gefahr ist, hat jeder Mann das Recht zu handeln!«

Sie hörte mir ohne sichtliche Bewegung zu, ja fast schien es mir, ohne Interesse. Als ich geendet hatte, schloß sie ihre großen blauen Augen wie in unsagbarer Müdigkeit.

»Sie können nichts tun«, sagte sie nur.

Ich ergriff ihren Arm und schüttelte sie behutsam, wie eine Schlafwandlerin.

»Sie müssen sich aufraffen«, redete ich ihr zu. »Etwas muß geschehen, und ich brauche Ihre Hilfe, wenn ich handeln soll. Sie sagten, dieser Mann habe Ihre Schwester getötet, und ich glaube Ihnen. Sie sagten auch, er wolle Sie töten – und ich glaube auch das.«

Sie hob nur stumm den Blick zu mir auf.

»Wollen Sie mir nicht alles sagen?« fragte ich sanft.

»Es gibt nichts zu sagen – nichts. Und wenn ich es könnte, so täte ich es nicht. Es liegt nichts daran. Wir werden nur noch zwei Tage hier sein. Dann gehen wir fort – weit, weit fort. Wenn Sie irgend etwas bemerkt haben, bitte ich Sie zu schweigen.«

»Aber das ist doch Wahnsinn!« Ich schlug einen schärferen Ton an, um ihre tödliche Apathie zu durchbrechen. »Sie haben ihn des Mordes beschuldigt. Wenn Sie mir die Sache nicht erklären, übergebe ich den Fall den Behörden!«

Das wirkte, aber anders, als ich gehofft hatte. Sie hob stolz den Kopf und sagte abweisend: »Mischen Sie sich nicht in Dinge, Sir, die Sie nichts angehen. Das ist meine Sache, nicht die Ihre, Mister Moran.«

»Diese Sache geht jedermann im Land und in der Welt an«, antwortete ich ebenso kalt. »Auch wenn Sie Ihre Schwester nicht liebten, können Sie mir nicht verbieten, um Sie besorgt zu sein.«

»Ich liebte meine Schwester; Gott weiß, daß ich sie liebte!« entgegnete sie heftig. »Aber mehr als sie, mehr als alles auf der Welt liebe ich *ihn!* Sie haben ein Geheimnis belauscht, aber Sie werden es nicht gegen ihn verwenden können. Ich würde alles leugnen. Ihr Wort gegen meines – Ihre Behörden werden Ihnen keinen Glauben schenken!«

Sie lächelte jetzt wie ein Engel, und, bei Gott! ich verliebte mich Hals über Kopf in sie. Ob sie mit dem unfehlbaren Instinkt ihres Geschlechts meine Gedanken erriet? Ihr ganzes Verhalten hatte sich plötzlich geändert.

»Kommen Sie«, sagte sie fast schmeichelnd. »Versprechen Sie mir, nicht wieder unhöflich zu sein.« Sie ergriff freundschaftlich meinen Arm. »Lassen Sie uns ein wenig auf und ab gehen. Er soll nichts erfahren – er wird die ganze Nacht fortbleiben.«

Wir spazierten im Mondschein auf der Veranda hin und her. Sie schien ihren kürzlichen Verlust ganz vergessen zu haben und schwatzte unbeschwert und mädchenhaft von den kleinen Nichtigkeiten des Lebens in Brownville. Ich blieb schweigsam, belastet von dem unbehaglichen Gefühl, in eine Intrige verwickelt zu sein. Es erschien mir ungeheuerlich, daß dieses reizende und scheinbar unschuldige Geschöpf den Mann hinterging, den es vor wenigen Augenblicken so grenzenlos zu lieben vorgegeben hatte.

Es gibt also doch etwas Neues unter dem Mond, dachte ich in meiner Unerfahrenheit. Und der Mond muß dazu gelächelt haben.

Bevor wir uns trennten, erhielt ich noch ihr Versprechen, mit mir am folgenden Nachmittag zur Alten Mühle zu gehen. Dies war eine der wenigen in Brownville vorhandenen und hoch geschätzten Altertümer, erbaut 1860.

»Wenn er nicht da ist«, setzte sie allerdings einschränkend hinzu, während ich notgedrungen ihre Hand lassen mußte.

Ich war hingerissen von ihrer Freundlichkeit. So reizend finden wir – wie ein kluger Franzose ganz richtig bemerkt hat –

die Untreue der Frauen, wenn wir der Anlaß und nicht das Opfer sind. In dieser Nacht vergaß mich der Engel des Schlafes bei der Zuteilung seiner Wohltaten.

In unserer Pension pflegte man früh zu Abend zu essen. Am nächsten Abend erschien Miß Maynard nicht am Tisch, aber nach der Mahlzeit kam sie zu mir auf die Veranda, in ein strenges Wanderkostüm gekleidet. Sie sprach kein Wort; aber offenbar war »Er« nicht da. Schweigend schlugen wir den Weg zur Alten Mühle ein. Sie schien sich schwach zu fühlen, denn sie griff zuweilen nach meinem Arm, um sich darauf zu stützen, ließ ihn dann aber nach einer Weile unvermittelt wieder los. Ihre Laune wechselte ständig; einen Augenblick konnte sie herzlich und unbeschwert lachen, im nächsten sang sie ein paar Takte einer traurigen Melodie mit solch melancholischem Ausdruck, daß ich mich abwenden mußte, um meine Bewegung zu verbergen. Ebenso sprunghaft war sie im Gespräch. Einmal plauderte sie von Nichtigkeiten, dann wieder stieß sie zu gedanklichen Abgründen vor, die mich schaudern machten. Kurz, sie faszinierte mich durch ihr schillerndes, unberechenbares Wesen, und mit jedem Schritt verstrickte ich mich tiefer in meine Gefühlsverwirrung.

An der Mühle bog sie in einen Pfad ein, der durch ein Stoppelfeld zu einem Flüßchen führte. Wir überquerten die einfache hölzerne Brücke und wanderten aufwärts zum sogenannten Adlerhorst, einer schroffen Felsklippe, die sich mehrere hundert Fuß hoch über das dichtbewaldete Tal erhob. Von hier aus hatten wir einen herrlichen Blick über die Hügel, die im Widerschein der untergehenden Sonne leuchteten. Während wir beobachteten, wie sich die Schatten immer weiter ausbreiteten, hörten wir Schritte, und gleich darauf gesellte sich Richard Benning zu uns.

»Ich habe Sie von der Straße aus gesehen«, bemerkte er beiläufig. »Darum kam ich herauf.«

Statt ihn an der Kehle zu packen und ihn in den Abgrund zu stoßen, stammelte ich irgendeine höfliche Lüge.

Die Wirkung seines plötzlichen Auftauchens auf das Mädchen war spontan und unmißverständlich. Ihre Züge leuchteten förmlich auf, und die Glut des Sonnenunterganges verblaßte gegen das Licht der Liebe, das aus ihren Augen strahlte.

»Ich bin so froh, daß du gekommen bist«, sagte sie und reichte ihm beide Hände. Und bei Gott! das war die reine Wahrheit.

Er ließ sich auf den Boden nieder und redete über die wilden

Blumen dieser Gegend, von denen er einige mitgebracht hatte. Mitten in seiner Rede unterbrach er sich plötzlich und richtete seinen Blick starr auf Eva, die an einem Baumstumpf lehnte und zerstreut mit einem Grashalm spielte. Sie sah jäh auf, als habe sie seinen Blick gefühlt; dann erhob sie sich, warf den Grashalm weg und wich zurück. Benning folgte ihr, ohne sie aus den Augen zu lassen; er hielt immer noch den Strauß wilder Blumen in der Hand. Eva öffnete den Mund, als wollte sie reden, sagte aber nichts. Heute erinnere ich mich klar an etwas, das mir damals in jenem Augenblick nur halb zu Bewußtsein kam: nämlich an den schrecklichen Gegensatz zwischen dem Lächeln auf ihren Lippen und dem nackten Entsetzen in ihren Augen, als sie dem festen und gebieterischen Blick des Mannes begegnete.

Ich weiß nicht, wie es geschah und wieso ich es nicht verhinderte. Ich weiß nur, daß die schöne Eva Maynard mit einem engelhaften Lächeln auf den Lippen und dem Ausdruck namenloser Angst in den schönen Augen von der Felsspalte sprang und in den Abgrund stürzte.

Wie und wann ich die Unglücksstelle erreichte, kann ich nicht sagen. Richard Benning war jedenfalls bereits dort. Er kniete neben dem schrecklichen Etwas, das einmal ein schönes junges Mädchen gewesen war.

»Sie ist tot«, sagte er kalt. »Ich werde in die Stadt gehen, um Hilfe zu holen. Seien Sie so freundlich, inzwischen hierzubleiben.«

Er erhob sich und wandte sich zum Gehen, hielt aber noch einmal inne.

»Sie haben zweifellos beobachtet, mein Freund, daß sie es von allein getan hat«, bemerkte er. »Ich habe nicht schnell genug reagiert, um es zu verhindern, und Sie – nun, Sie kannten ihren Seelenzustand nicht und konnten es nicht voraussehen.«

Seine Gelassenheit erbitterte mich.

»Sie sind ebensogut ihr Mörder, als ob Sie sie mit Ihren eigenen Händen erwürgt hätten!« schrie ich zornig.

Er aber zuckte nur die Achseln und wandte sich wortlos zum Gehen.

Sekunden später hörte ich aus dem tiefen Schatten des Waldes, wo er verschwunden war, seine schöne, volle Baritonstimme die Arie aus Rigoletto singend: ›La donna e mobile.‹

Ein harter Kampf

In einer Herbstnacht des Jahres 1861 saß ein Mann allein mitten in einem Wald in West-Virginia. Es war die Gegend um den Cheat Mountain, also eine der abgeschiedensten des Landes. Trotzdem befanden sich mehr als genug Menschen in der Nähe, denn keine Meile von dem Ort entfernt, an dem der Mann saß, hatte eine ganze Brigade der Unionsarmee ihr Lager aufgeschlagen. Und irgendwo, vielleicht noch sehr viel näher, stand auch der Feind, dessen Stärke und Position nicht bekannt war. Eben deshalb befand sich unser Mann an dieser einsamen Stelle: Er war junger Offizier der Unionsarmee und hatte die Aufgabe, den Schlaf seiner Kameraden zu bewachen. Er kommandierte eine Feldwache, die als Schützenlinie mehrere hundert Yards vor ihm Posten bezogen hatte. Alles war still. In vier Stunden, falls bis dahin nichts geschah, würden sie von einem frischen Kommando abgelöst werden. Bevor der junge Offizier seine Leute auf ihren Posten eingeteilt hatte, zeigte er seinen beiden Sergeanten noch den Ort, wo sie ihn notfalls finden würden.

Es war die Gabelung eines alten Holzweges, an dessen beiden Verlängerungen die Sergeanten selbst in einiger Entfernung Posten bezogen hatten. Bei einem plötzlichen Angriff des Feindes wollten die Männer sich auf den beiden Wegen zurückziehen und an der Gabelung zusammentreffen, um sich hier neu zu formieren. Man sieht, unser junger Offizier war ein Stratege; hätte Napoleon bei Waterloo ebenso klug geplant, so hätte er vielleicht die denkwürdige Schlacht gewonnen.

Leutnant Brainerd Byring war also ein tüchtiger und tapferer Offizier, wenn auch noch jung und verhältnismäßig unerfahren in der Kunst des Tötens. Gleich in den ersten Tagen des Krieges hatte er sich als einfacher Soldat anwerben lassen und war ganz ohne militärische Vorkenntnisse und nur auf Grund seiner Erziehung und seines einnehmenden Wesens umgehend zum Sergeanten gemacht worden. Bald darauf hatte er dann das Glück gehabt, seinen Hauptmann durch eine feindliche Kugel zu verlieren, und im Zug der nachfolgenden Beförderungen war er Leutnant geworden. Er hatte jetzt bereits verschiedene Schlachten mitgemacht, so die bei Philippi, Rich Mountain, Carrick's

Ford und Greenbrier, und hatte sich wacker gehalten. Der erregende Tumult einer Schlacht gefiel ihm; aber der Anblick der Toten mit ihren wächsernen Gesichtern, den leeren Augen und steifen Körpern, die entweder unnatürlich eingeschrumpft oder unnatürlich aufgedunsen schienen, war ihm in tiefster Seele zuwider. Er empfand den Toten gegenüber eine Art grundloser Antipathie, die weit mehr war als der natürliche körperliche Widerwille gegen Verstorbene, den wir alle kennen. Vielleicht war dieses Gefühl eine Folge seiner besonderen Empfindsamkeit oder seiner Liebe zum Schönen, die durch den Anblick derartiger Scheußlichkeiten verletzt wurde. Sobald er eine Leiche sah, stieg in ihm so etwas wie Haß auf. Was andere als die Würde des Todes achten, existierte für ihn nicht. Tod blieb ihm etwas Hassenswertes und Abscheuliches. Leutnant Byring war also tapferer, als irgend jemand wußte, denn niemand kannte sein Grauen vor der Konsequenz, der er täglich die Stirn bot.

Nachdem er seine Leute auf ihre Vorposten geschickt hatte, setzte er sich auf einen Baumstumpf und begann seine eigene Wache. Der Bequemlichkeit halber lockerte er sein Säbelgehenk und legte seinen schweren Revolver auf den Baumstumpf neben sich. Er war dabei ganz Ohr und horchte angespannt auf jeden Laut, der Gefahr bedeuten könnte, wie etwa einen Schrei, einen Schuß oder die eiligen Schritte seiner Leute. Aus dem riesigen Ozean von Mondlicht über ihm sickerte hier und dort ein Strahl durch die Baumkronen und bildete kleine weiße Lichtpfützen zwischen Stämmen und Unterholz. Aber diese Lichtfetzen blieben nur spärlich und unterstrichen noch die Dunkelheit seiner Umgebung, die seine Phantasie mit bizarren, bedrohlichen oder auch nur grotesken Gestalten bevölkerte.

Wer jemals eine Nacht allein im Zentrum eines großen Waldes verbracht hat, weiß, wie unheimlich und beklemmend seine Stille und Einsamkeit sein können, und wie selbst die vertrautesten Gegenstände einen fremdartigen Charakter annehmen. Die Bäume scheinen sich näher aneinander zu drängen, wie in Furcht. Es herrscht dort eine andere Stille als die des Tages; sie ist voll Wispern und Flüstern wie von Gespenstern längst Verstorbener. Aber auch lebendige Geräusche gibt es, wie man sie sonst nie und nirgends zu hören bekommt: die Schreie von Nachtvögeln, die ängstlichen Laute kleiner Tiere oder ein Rascheln im Laub, das ebensogut von einer kleinen Waldmaus wie von einem Panther auf Raubzug hervorgerufen sein könnte.

Geräusche ohne Namen, Schatten ohne Gestalt, scheinbare Bewegung regloser Dinge. O ihr Kinder der Sonne und des Gaslichts, wie wenig wißt ihr von der Welt, in der ihr lebt!

Obwohl er sich von bewaffneten und wachsamen Freunden umgeben wußte, fühlte Byring sich sehr einsam. Und er überließ sich dem feierlichen und geheimnisvollen Geist des Orts und der Zeit und vergaß die Wirklichkeit. Der Wald wuchs ins Grenzenlose; Menschen gab es nicht mehr, das Universum befand sich im Urzustand geheimnisvollen Dunkels, und er selbst war der einzige Frager nach dessen ewigen Geheimnis.

So tief war er in seine Gedanken versunken, daß er nicht merkte, wie die Zeit verstrich. Inzwischen hatten die unregelmäßigen Lichtflecken auf dem Waldboden ihre Lage und ihre Formen verändert, und in einem dieser Flecken, ganz in seiner Nähe, bemerkte er jetzt etwas, was er vorher im Dunkeln nicht hatte sehen können. Es lag noch halb im Schatten, aber er erkannte jetzt, daß es eine menschliche Gestalt war. Instinktiv griff er nach seinem Säbel und streckte die andere Hand nach seiner Pistole aus. Er war wieder in der Welt des Krieges und zum Morden berufen.

Die Gestalt jedoch rührte sich nicht. Da erhob er sich, die Pistole in der Hand, und trat auf sie zu. Sie lag auf dem Rücken, der obere Teil noch im Schatten, doch er erkannte jetzt, daß es ein Toter war. Schaudernd und mit einem Gefühl von Übelkeit und Widerwillen wandte er sich ab, setzte sich wieder auf seinen Baumstamm und zündete sich, alle militärische Vorsicht vergessend, eine Zigarette an. In der plötzlichen Finsternis nach dem Ausgehen des Streichholzes verspürte er eine unvernünftige Erleichterung, weil er den Gegenstand seiner Abneigung nicht mehr sehen konnte. Trotzdem vermochte er die Augen nicht von der Stelle abzuwenden, wo er den Toten wußte, und bald wurde dessen Gestalt wieder deutlicher. Sie schien etwas näher gekommen.

Byring drehte den Kopf weg und begann ein Lied zu summen, aber mitten im Takt brach er ab und schaute wieder auf die Leiche. Ihre Gegenwart war ihm lästig, obwohl es keinen stilleren Nachbarn geben konnte. Er versuchte sich über sein Gefühl klarzuwerden. Es war nicht Furcht, sondern eher die Scheu vor etwas Übernatürlichem – woran er ganz gewiß nicht glaubte.

»Diese Scheu ist mir angeboren«, sagte er zu sich selbst. »Sie ist nichts als ein Vorurteil, das die Menschheit freilich erst in tausend, vielleicht sogar erst in zehntausend Jahren überwunden haben wird. Und wo hatte es seinen Ursprung? Vielleicht schon in den Steppen Zentralasiens, der Wiege der Menschheit. Aber was wir als einen Aberglauben von unseren barbarischen Ahnen übernommen haben, muß ursprünglich einen vernünftigen Sinn gehabt haben. Aus Gründen, die uns heute verborgen sind, glaubten sie, daß jeder Leiche geheimnisvolle böse Kräfte eigen seien. Wahrscheinlich gehörte das zu ihrer barbarischen Religion und wurde von ihren Priestern ebenso gelehrt, wie die unsrigen heute die Unsterblichkeit der Seele predigen. Mit dem Vordringen der Arier über den Kaukasus und mit ihrer Ausbreitung über Europa schufen die neuen Lebensbedingungen auch neue Religionen. Der alte Glaube an die böse Macht der Toten wurde aus den Religionen verbannt; nur in uns vererbte er sich noch von Generation zu Generation. Der Schrecken ist uns in Fleisch und Blut übergegangen.«

Während er diese Gedanken ausspann, hatte er ihren eigentlichen Anlaß vergessen. Aber nun fiel sein Blick wieder auf die Leiche. Der Schatten war weiter zurückgewichen und hatte sie ganz ins Mondlicht gerückt. Er erkannte ein scharfes und im Mondlicht gespenstisch weißes Profil. Die Kleidung war grau, nämlich die Uniform eines Soldaten der Südstaaten. Die aufgeknöpfte Jacke war auseinandergefallen, so daß man das weiße Hemd sehen konnte. Die Brust schien unnatürlich hochgewölbt, der Leib dagegen stark eingesunken, so daß die letzten Rippenbögen scharf hervortraten. Die Arme waren ausgebreitet und das rechte Knie angezogen. Die ganze Haltung erschien Byring wie eine einstudierte Pose des Schrecklichen.

»Pah!« sagte er; »das war vielleicht ein Komödiant! Der verstand eindrucksvoll zu sterben!«

Wieder riß er seine Blicke von dem Anblick los und versuchte seine früheren Gedankengänge neu aufzunehmen.

»Vielleicht haben unsere zentralasiatischen Vorfahren ihre Toten nicht beerdigt. Das würde ihre Furcht vor den Leichnamen erklären, denn diese verursachten Seuchen und waren somit wirklich eine Gefahr. Man mied sie und lehrte die Kinder, davonzulaufen, wenn sie durch Zufall auf eine Leiche stießen. Ich glaube wirklich, es ist besser, wenn ich mich von dem Burschen dort etwas entferne!«

Dann jedoch erinnerte er sich, daß er seinen Leuten gesagt hatte, sie würden ihn hier finden; er konnte also seinen Posten nicht gut verlassen. Außerdem wurde es jetzt auch eine Frage seines Stolzes. Man würde vielleicht glauben, er hätte sich aus Furcht vor der Leiche davongemacht! Also setzte er sich wieder;

und um sich selbst seinen Mut zu beweisen, blickte er wieder zu dem Toten hinüber. Dessen rechter Arm lag jetzt im Dunkeln neben der Wurzel eines Lorbeerstrauches. Die Stellung des Toten hatte sich nicht verändert, was ihn etwas beruhigte – er wußte selbst nicht warum. Er sah auch nicht sofort wieder weg. Das Schreckliche, das wir nicht sehen wollen, übt eine seltsame Anziehungskraft aus.

Plötzlich wurde er sich eines Schmerzes in seiner rechten Hand bewußt. Er riß den Blick von dem Toten los, sah auf seine Hand und erkannte, daß er den Säbelknauf noch immer so krampfhaft umklammert hielt, daß es schmerzte. Zugleich wurde er sich bewußt, daß er in angespannter Haltung dasaß, wie ein sprungbereiter Gladiator, keuchend, mit zusammengebissenen Zähnen. Er gab sich einen Ruck, entspannte sich und lachte auf. Himmel, was war das? Welcher Teufel hatte dieses irre Gelächter ausgestoßen? Er sprang auf und sah sich um; denn er hatte sein eigenes Lachen nicht erkannt.

Jetzt konnte er sich nicht länger der schrecklichen Tatsache verschließen, daß er ein Feigling war. Nackte Angst hatte ihn ergriffen. Er wollte weglaufen, aber seine Füße gehorchten ihm nicht. Mit schlotternden Knien sank er auf seinen Baumstumpf zurück. Der Schweiß brach ihm aus; er konnte nicht einmal mehr schreien. Da hörte er deutlich hinter sich einen leisen Schritt wie von einem wilden Tier. Hatten sich nun bereits die unbeseelten Lebewesen mit den unbeseelten Toten verbündet? War es ein Tier? Oh, wenn er doch den Kopf drehen und sich vergewissern könnte! Aber er war nicht imstande, den Blick von dem starren, weißen Gesicht des Toten loszureißen.

Es muß hier wiederholt werden, daß Leutnant Byring ein tapferer und kluger Mann war. Aber kann man von irgendeinem Menschen erwarten, daß er es allein mit dem Grauen von Nacht und Einsamkeit, Stille und Tod aufnimmt, wenn die Geister seiner Ahnen ihm uralte Totengesänge ins Ohr wispern und ihm das Blut in den Adern gefrieren lassen? Vor dieser Ungeheuerlichkeit versagt jeder Mut.

Der Mann war plötzlich davon überzeugt, daß die Leiche sich bewegt hatte. Sie lag jetzt näher am Rand des Lichtfleckens, daran bestand kein Zweifel. Und sie hatte sogar die Arme bewegt; denn sieh nur! jetzt lagen sie beide im Schatten! Ein kalter Luftzug traf Byrings Gesicht; die Zweige über ihm hatten ächzend geschwankt. Ein scharf umrissener Schatten glitt über das Gesicht des Toten hinweg, ließ es dann hell aufleuchten, legte sich abermals darüber und überschattete es. Das grausige Ding bewegte sich offensichtlich!

In diesem Augenblick dröhnte ein einzelner Schuß von der Postenkette her durch die Stille. Es war der einsamste und zugleich lauteste Schuß, den je ein Mensch vernommen hat! Er zerschnitt die Einsamkeit, verscheuchte die Gespenster aus Zentralasien und gab dem Schreckgelähmten seinen männlichen Mut wieder. Mit einem Schrei, wie sich ein Raubvogel auf seine Beute stürzt, sprang er vorwärts. Es drängte ihn nach befreiendem Tun.

Schuß auf Schuß drang jetzt von der Vorpostenlinie herüber, dazwischen Rufe und verwirrende Laute, Hufschlag und Geschrei. Hinten im großen Lager erschollen Trompeten und Trommeln. Durchs Dickicht zu beiden Seiten der Wege brachen jetzt die Vorposten auf ihrem hastigen Rückzug; im Laufen feuerten sie aufs Geratewohl zurück. Sie sprangen befehlsgemäß seitlich ins Gebüsch in Deckung, als ein halbes Hundert Berittener vorbeisprengte, wild feuernd und mit den Säbeln um sich schlagend, vorbei an der Stelle, an der Byring gesessen hatte. Kaum waren sie verschwunden, krachten Gewehrschüsse durch die Nacht – sie waren auf die vorderste Stellung des Gegners gestoßen. Und gleich darauf kamen sie in wirrer Auflösung zurück. Hier und da war jetzt ein Sattel leer, manch zügelloses Pferd jagte verwundet, wiehernd und stampfend vor Angst und Schmerz vorüber. Doch dann war alles wieder vorbei. Es hatte sich nur um ein Vorpostengefecht gehandelt.

Die Lücken wurden mit frischen Soldaten aufgefüllt und die Namenslisten verlesen. Der Kommandant erschien mit seinem Stab mangelhaft bekleidet auf der Szene, stellte ein paar Fragen, machte sich wichtig und verschwand wieder. Die Brigade stand noch eine Stunde lang fluchend in Bereitschaft und begab sich dann wieder zur Ruhe.

Früh am nächsten Morgen suchte ein Arbeitskommando, unter Führung eines Captain und begleitet von einem Feldscher, nach Toten und Verwundeten. An der Weggabelung fanden sie zwei Leichen dicht nebeneinander – die eines Unionsoffizier und die eines Soldaten der Südstaaten. Der Offizier war durch einen Säbelstoß mitten ins Herz getötet worden. Zuvor aber hatte er seinem mutmaßlichen Gegner noch mindestens fünf furchtbare Wunden beigebracht. Der tote Offizier lag jetzt mit dem Gesicht in einer Blutlache, den Säbel immer noch in der Brust.

Sie drehten ihn um, und der Feldscher zog die Waffe heraus.

»Herrgott«, sagte der Captain, »das ist ja Byring!« Und mit einem Blick auf den anderen Toten, »die haben hart gekämpft!«

Der Feldscher untersuchte die Waffe. Es war ein Offizierssäbel der Unionsarmee und genau der gleiche, wie ihn auch Byring getragen hatte. In der Tat war es Byrings eigener Säbel. Die einzige andere Waffe, die sie fanden, war der nicht abgefeuerte Revolver im Gurt des toten Offiziers.

Der Feldscher legte den Säbel weg und beugte sich über den anderen Toten. Er war schrecklich zugerichtet, aber aus den Hieb- und Stichwunden war kein Blut getreten. Der Feldscher griff nach dem linken Fuß und versuchte das Bein des Toten zu strecken. Es widerstand seinen Bemühungen, und der Körper rollte auf die Seite. Die Toten wollen nicht in ihrer Ruhe gestört werden. Die Leiche protestierte mit einem schwachen, üblen Geruch. Wo sie gelegen hatte, krochen ein paar Maden und kündeten von tierischer Aktivität.

Der Feldscher sah den Captain an, und dieser erwiderte seinen Blick.

John Mortonsons Begräbnis

John Mortonson war tot. Er hatte seinen Text in der ›Menschlichen Tragödie‹ gesprochen und mußte jetzt von der Bühne abtreten.

Der Leichnam ruhte in einem schönen Mahagonisarg mit einer eingelassenen Glasscheibe über dem Gesicht. Alle Anordnungen für das Begräbnis waren so wohl getroffen, daß auch der Verblichene, hätte er sie gekannt, sie zweifellos gebilligt hätte. Sein Gesicht, so wie es sich unter der Glasscheibe zeigte, war nicht unangenehm anzusehen. Ein leichtes Lächeln stand darauf, und da der Tod schmerzlos gekommen war, hatte es sich nicht so verzerrt, daß es der Geschicklichkeit des Bestattungsunternehmers widerstanden hätte. Gegen zwei Uhr nachmittags sollten sich die Freunde versammeln, um ihre letzte Ehrerbietung einem Manne darzubringen, der keine Freunde und auch keine Ehrerbietung mehr brauchte. Die überlebenden Familienmitglieder erschienen im Abstand weniger Minuten immer wieder am Sarg und weinten über dem schweigsamen Gesicht unter dem Glas. Das half ihnen zwar nichts, und auch dem toten John Mortonson half es nichts mehr, aber in der Gegenwart des Todes schweigen Vernunft und Philosophie.

Als es auf zwei Uhr zuging, trafen die Freunde nacheinander ein, und nachdem sie den gramgebeugten Verwandten den Trost gespendet hatten, den die Umstände erforderten, setzten sie sich feierlich, im bekräftigten Bewußtsein ihrer eigenen Bedeutung für die Zeremonie der Beerdigung. Dann erschien der Pfarrer, in dessen strahlender Gegenwart die kleinen Lichter alle erloschen. Seinem Auftritt folgte derjenige der Witwe, die mit ihren Wehklagen den Raum erfüllte. Sie trat an den Sarg, und nachdem sie einen Augenblick lang ihr Gesicht gegen die kalte Glasscheibe gepreßt hatte, führte man sie behutsam zu einem Sitz neben ihrer Tochter. Mit gedämpfter und düsterer Stimme begann der Gottesmann dann seinen Nachruf auf den Toten. Seine Stimme hob und senkte sich, mengte sich mit dem Schluchzen, das zu wecken und zu nähren ihr Ziel war, schien anzuschwellen und zu verklingen wie das eintönige Rauschen der See. Der düstere Tag wurde während dieser Rede immer dunkler; ein Wolkenvorhang zog sich über den Himmel, und die ersten Regentropfen waren zu hören. Es schien, als ob die ganze Natur um John Mortonson weinte.

Nachdem der Pfarrer seinen Nachruf mit einem Gebet abgeschlossen hatte, sang man noch ein Lied, und dann nahmen die Sargträger Aufstellung. Während noch die letzten Töne des Liedes verklangen, stürzte die Witwe noch einmal zum Sarg, warf sich auf ihn und schluchzte hysterisch. Nach und nach überließ sie sich jedoch dem guten Zureden, faßte sich, und da der Pfarrer sie wegführen wollte, suchten ihre Blicke noch einmal das Gesicht des Toten unter der Glasscheibe. Da warf sie plötzlich die Arme empor und sank mit einem lauten Schrei bewußtlos zu Boden.

Die trauernden Familienmitglieder stürzten zum Sarg, ebenso die Freunde des Hauses, und gerade als die Uhr auf dem Sims feierlich drei schlug, starrten sie alle hinab auf das Gesicht des verblichenen John Mortonson.

Und dann wandten sie sich voller Widerwillen und Bestürzung ab. Nur ein Mann, der dem schrecklichen Anblick entsetzt zu entfliehen suchte, stieß dabei so heftig gegen den Sarg, daß er einen der schwächlichen Sargböcke umstieß. Der Sarg stürzte zu Boden, und die Glasscheibe zersplitterte beim Aufprall. Aus der Öffnung kroch John Mortonsons Katze, sprang träge auf den Boden, setzte sich dort und wischte sich ruhig mit der Vorderpfote über die rosige Nase. Dann schritt sie würdevoll aus dem Raum.

Das Geheimnis von Macargers Schlucht

Ungefähr neun Meilen in gerader Richtung nordwestlich von Indian Hill liegt Macargers Schlucht. Sie ist zwar nicht gerade eine richtige Schlucht, sondern eher eine Mulde zwischen bewaldeten, nicht sehr hohen Hügeln. Vom Ende der Schlucht bis zu ihrem Haupt – denn Schluchten haben ebenso wie Flüsse ihre eigene Anatomie – ist sie kaum länger als zwei Meilen, und auf ihrem Grund beträgt die Weite nur an einer einzigen Stelle mehr als ein Dutzend Yards. Zu beiden Seiten des kleinen Baches, der die Schlucht im Winter entwässert und schon im zeitigen Frühjahr trocken liegt, dehnt sich kaum noch ebener Grund; und die steilen Abhänge, die mit einem fast undurchdringlichen Dickicht von Manzanita und Chemisalbüschen bewachsen sind, werden durch nichts als die Weite des Wasserlaufes voneinander getrennt. Niemand außer einem gelegentlich vorbeikommenden, abenteuerlustigen Jäger aus der Nachbarschaft dringt je in Macargers Schlucht vor, und fünf Meilen weiter ist sie in der Gegend hier schon ganz unbekannt, selbst dem Namen nach. Innerhalb dieses Umkreises gibt es in jeder Richtung weit mehr auffallende topographische Orte ohne jeden Namen, doch würde man vergeblich versuchen, durch örtliche Umfragen den Ursprung des Namens von Macargers Schlucht zu ergründen.

Ziemlich genau in der Mitte zwischen Anfang und dem Ende von Macargers Schlucht wird der Abhang zur Rechten von einer anderen Schlucht gespalten. Diese zweite ist kürzer und trockener, und an der Stelle der Einmündung in die Hauptschlucht liegt ein ebenes Gebiet von zwei bis drei Acker Ausdehnung. Dort stand noch vor einigen Jahren eine alte Bretterhütte, die nur aus einem einzigen kleinen Raum bestand. Wie die verschiedenen Bauteile dieses Hauses, so armselig und einfach sie auch sein mochten, dort auf diesen fast unzugänglichen Platz gebracht wurden, ist ein Problem, dessen Lösung wohl nur Genugtuung brächte, aber sinnlos bliebe. Wahrscheinlich bildete das Bachbett eine Art Straße. Es ist auch sicher, daß die Schlucht seinerzeit sehr gründlich von Goldsuchern durchforscht wurde, die Mittel und Wege gekannt haben mußten, um wenigstens mit Packtieren voller Proviant und Werkzeugen hierherzukommen. Die Funde dieser Männer waren aber offensichtlich nicht so groß, um eine beträchtliche Investition zu rechtfertigen und Macargers Schlucht mit irgendeinem Zentrum der Zivilisation zu verbinden, wo sich eine Sägemühle befunden hätte. Aber immerhin, die Hütte stand noch da, wenigstens zum größten Teil. Ihr fehlte zwar eine Tür und ein Fensterrahmen, und der Schornstein aus Schlamm und Feldsteinen war zu einem unansehnlichen Haufen zusammengefallen und mit rankendem Unkraut überwuchert. Die bescheidene Einrichtung, die sich dort einmal in der Hütte befunden haben mochte, und viele der unteren Verschalungsbretter hatten den Lagerfeuern der verschiedenen Jäger als Brennstoff gedient, und ebenso wohl auch die Einfassung eines alten Brunnens, der in der Zeit, von der ich schreibe, nur noch eine ziemlich breite, aber nicht sehr tiefe Grube darstellte.

Im Sommer 1874 drang ich eines Nachmittags von dem schmalen Tal her, in das sich die Schlucht öffnet, in Macargers Schlucht vor, wobei ich dem trockenen Bachbett folgte. Ich war auf Wachteljagd und hatte meine Jagdtasche bereits mit etwa einem Dutzend dieser Vögel gefüllt, als ich die oben beschriebene Hütte erreichte, von deren Existenz ich bis dahin nichts gewußt hatte. Nachdem ich mir die Ruine ziemlich oberflächlich angesehen hatte, nahm ich meine Jagd wieder auf, und da ich dabei weiterhin guten Erfolg hatte, ging ich ihr bis zum Sonnenuntergang nach. Dann allerdings wurde mir plötzlich klar, daß ich mich sehr weit von jeder menschlichen Ansiedlung entfernt hatte; jedenfalls viel zu weit, um noch vor Nachtanbruch die nächste zu erreichen. In meiner Jagdtasche befand sich allerdings Proviant genug, und das alte Haus würde mir Schutz bieten, falls man in einer warmen und taulosen Nacht in den Vorbergen der Sierra Nevada überhaupt eines Schutzes bedarf, da man sehr bequem auf den Tannennadeln schlafen kann, ohne sich zudecken zu müssen. Ich liebe die Einsamkeit und liebe die Nacht; und so war mein Entschluß, hier draußen zu bleiben, bald gefaßt. Ehe es noch ganz dunkel geworden war, hatte ich mir bereits in einer Ecke des Raumes ein Lager aus Zweigen und Gras hergerichtet. Dann briet ich mir eine Wachtel an einem Feuer, das ich auf dem alten Herd entzündet hatte. Der Rauch entwich aus dem zerfallenen Schornstein, und während ich dieses einfache Mahl aus gebratenem Geflügel verzehrte und dazu die Reste einer Flasche Rotwein austrank, die mir den ganzen Nachmittag über das hier nicht vorhandene Wasser ersetzt hatte, empfand ich ein Gefühl der Behaglichkeit, das einem ein besseres Mahl und komfortablere Unterkunft durchaus nicht immer vermitteln.

Trotzdem fehlte mir noch etwas. Ich empfand zwar ein Gefühl der Behaglichkeit, nicht aber der Sicherheit. Und ich ertappte mich dabei, wie ich viel öfter auf die offene Tür und das leere Fenster starrte, als es mir berechtigt scheinen konnte. Draußen, vor diesen Öffnungen, lag alles schwarz, und, da meine Phantasie sich die äußere Welt ausmalte und mit unfreundlichen Wesen, natürlichen und übernatürlichen, belebte, konnte ich ein gewisses Gefühl der Spannung nicht unterdrücken. Die bedrohlichsten dieser Wesen waren, jeweils in ihrer Kategorie, der Grizzlybär, von dem ich wußte, daß er sich gelegentlich in dieser Gegend sehen ließ, und ein Geist, von dem nicht anzunehmen war, daß er sich hier sehen ließ. Unglücklicherweise respektieren unsere Empfindungen aber durchaus nicht immer die Gesetze der Wahrscheinlichkeit, und für mich wurden an jenem Abend das Mögliche und das Unmögliche gleicherweise beunruhigend.

Jedermann, der eine derartige Lage schon erfahren hat, wird dabei beobachtet haben, daß man den tatsächlichen und den eingebildeten Gefahren der Nacht im Freien mit weit weniger Anspannung begegnet als in einem Haus mit offener Tür. Ich jedenfalls empfand dies jetzt, als ich auf meinem Lager in einer Ecke des Raumes neben dem Schornstein lag und das Feuer ausgehen ließ. Meine Furcht, daß irgend etwas Drohendes und Böses gegenwärtig sei, wurde so stark, daß ich es nicht fertigbrachte, meine Blicke von der Türöffnung abzuwenden, obwohl diese in der immer schwärzer werdenden Dunkelheit immer undeutlicher zu erkennen war. Als dann das letzte kleine Flämmchen noch einmal aufflackerte und schließlich erlosch, griff ich nach meinem Gewehr, das ich neben mich gelegt hatte, und richtete es auf den jetzt gar nicht mehr erkennbaren Eingang. Mein Daumen lag auf einem der beiden Hähne und war bereit, ihn zu spannen; ich unterdrückte meinen Atem, meine Muskeln waren steif und angespannt. Einige Zeit später erst legte ich die Waffe mit einem Gefühl von Scham und Ärger wieder nieder. Was fürchtete ich denn, und weshalb? Ich, dem die Nacht ein

Vertrauteres Gesicht
als das der Menschen . . .

geboten hatte; ich, der ich mit jedem Zug der ererbten Überheblichkeit, von der keiner von uns ganz frei ist, auch der

Einsamkeit, der Dunkelheit und der Stille noch verlockendes Interesse und Reiz abgewonnen hatte! Ich begriff meine Torheit nicht mehr, und indem ich mich in allerlei Mutmaßungen stürzte und darüber die eigentliche Angelegenheit vergaß, fiel ich in Schlaf. Und dann begann ich zu träumen:

Ich befand mich plötzlich in einer großen Stadt, und in einem fremden Land – in einer Stadt, deren Bewohner zwar meinem Volk angehörten, obwohl sie geringfügige Unterschiede in Sprache und Kleidung aufwiesen; aber worin eigentlich diese Unterschiede bestanden, konnte ich nicht genau sagen. Mein Begriff davon blieb unklar. Die Stadt wurde beherrscht von einer großen Burg auf einem überragenden Berg, dessen Namen ich kannte, aber nicht aussprechen konnte. Ich ging dann durch viele Straßen, von denen manche breit und gerade waren und hohe, neue Gebäude zeigten, andere Gassen waren eng, düster und gewunden und zogen sich zwischen den Giebeln wunderlicher alter Häuser dahin, deren vorstehende Stockwerke mit Holzschnitzereien und Steinmetzarbeiten reich verziert waren und über meinem Kopf zusammenstießen.

Ich suchte nach jemand, den ich noch nie gesehen hatte, von dem ich jedoch wußte, daß ich ihn erkennen würde, wenn ich ihn nur fände. Mein Suchen war auch nicht ziellos und zufällig, sondern es folgte einer bestimmten Methode. Ohne Zögern wandte ich mich von einer Straße in die nächste und durchquerte dabei einen Irrgarten verschlungener Passagen ohne die geringste Furcht, mich zu verirren. Endlich blieb ich vor einer niedrigen Tür in einem einfachen Steinhaus stehen. Es mochte das Heim eines wohlhabenden Handwerkers bergen. Ohne anzuklopfen, trat ich ein. In dem spärlich möblierten Raum, der durch ein einziges Fenster mit kleinen, rhombusförmigen Scheiben Licht erhielt, saßen zwei Bewohner; und zwar ein Mann und eine Frau. Sie nahmen keinerlei Notiz von meinem Eindringen. Dieser seltsame Umstand erschien dem Traum entsprechend ganz natürlich. Die beiden unterhielten sich nicht; sie saßen jeder für sich, waren unbeschäftigt und wirkten mißmutig.

Die Frau war jung und recht kräftig; sie besaß schöne große Augen und eine gewisse ernste Schönheit. Meine Erinnerung an ihren Gesichtsausdruck ist zwar ungewöhnlich lebendig, aber Einzelheiten eines Gesichtes beobachtet man in Träumen nicht. Um die Schultern der Frau lag ein Wolltuch. Der Mann war älter und hatte ein dunkelhäutiges und böses Gesicht, das durch eine lange, von der linken Schläfe schräg abwärts bis zum schwarzen Schnurrbart verlaufende Narbe noch abstoßender wirkte. Allerdings schien es mir in meinem Traum, als ob diese Narbe für das Gesicht kein zusätzliches Mal darstellte – ich kann es nicht anders ausdrücken – sondern daß sie wirklich zu ihm zu gehören schien. Im gleichen Augenblick, da ich den Mann und die Frau gefunden hatte, wußte ich, daß sie Eheleute waren.

An das, was dann folgte, erinnere ich mich nur noch undeutlich. Alle Bilder wurden dann wirr und unzusammenhängend; und zwar kam das, wie ich jetzt glaube, durch auftauchende Bewußtseinsschimmer. Mir war, als ob zwei Bilder, nämlich die Szene meines Traumes sowie meine wirkliche Umgebung, miteinander verschmolzen und einander überlagerten, bis das erstere langsam verblaßte und schließlich ganz verschwand. Und dann lag ich plötzlich hellwach in der verwüsteten Hütte, war durchaus klar und ruhig und meiner Lage bewußt.

Alle meine unsinnige Furcht war jetzt geschwunden. Als ich die Augen aufschlug, sah ich, daß mein Feuer nicht völlig niedergebrannt war, sondern sich durch einen in die Glut gefallenen Ast wieder belebt hatte und erneut den Raum erleuchtete. Wahrscheinlich hatte ich nur wenige Minuten geschlafen, aber dieser alltägliche Traum hatte mich doch so stark beeindruckt, daß ich mich nicht länger schläfrig fühlte. Nach einer kleinen Weile stand ich also auf, schürte die Glut meines Feuers, zündete mir eine Pfeife an und dachte weiterhin in lächerlich methodischer Weise über meinen Traum nach.

Damals würde es mich in Verlegenheit gebracht haben, wenn ich hätte sagen sollen, inwiefern dieser Traum das Nachdenken verdiente. Gleich im ersten Moment ernsthafter Überlegung, die ich der Angelegenheit widmete, erkannte ich in der Stadt meines Traumes Edinburgh, wo ich bis dahin noch nie gewesen war. Falls der Traum also eine Erinnerung spiegelte, so nur eine Erinnerung an Abbilder und Schilderungen. Daß ich jedoch die Stadt erkannte, beeindruckte mich stark. Es war, als ob irgend etwas in meinem Geist wider meinen Willen und gegen alle Vernunft die Wichtigkeit all dieser Dinge behauptete. Und diese Kraft, was immer sie auch sein mochte, bemächtigte sich sogar meiner Sprache. »Sicher«, sagte ich laut, aber ganz ohne Willen, »müssen die McGregors aus Edinburgh hierhergekommen sein.«

Weder der Inhalt dieser Bemerkung noch die Tatsache, daß ich sie überhaupt aussprach, überraschte mich damals. Es schien mir ganz natürlich, daß ich den Namen meiner Traumbekannten und auch einiges von ihrer Geschichte wußte. Aber bald wurde mir die Absurdität all dessen bewußt: Ich lachte laut auf, klopfte die Asche aus meiner Pfeife und streckte mich dann wieder auf meinem Lager aus Gras und Zweigen aus. Da lag ich dann und starrte geistesabwesend in mein ersterbendes Feuer. Ich dachte auch nicht mehr an meinen Traum noch an meine Umgebung. Plötzlich duckte sich die letzte verbliebene Flamme für einen Augenblick, sprang dann aufwärts, löste sich von der Glut und erlosch in der Nacht. Die Dunkelheit war jetzt vollkommen.

In diesem Augenblick – fast noch ehe der letzte Lichtschein vor meinen Blicken erstorben war – ertönte ein dumpfes, totes Geräusch, als ob ein schwerer Körper auf den Fußboden stürze, wobei dieser unter mir erzitterte. Ich fuhr zu sitzender Haltung empor und griff neben mich, nach meinem Gewehr. Meine erste Vermutung war, daß irgendein wildes Tier durch das offene Fenster hereingesprungen sein mochte. Doch während das morsche Bauwerk noch immer von dem Aufprall bebte, vernahm ich das Geräusch von Schlägen, das Scharren von Füßen auf dem Fußboden, und dann – fast innerhalb der Reichweite meines Armes! – den schrillen Schrei einer Frau in Todesangst! Es war ein so schrecklicher Schrei, wie ich ihn niemals vorher gehört noch ihn mir vorzustellen vermocht hatte. Er zerrüttete meine Nervenkraft vollkommen. Einen Augenblick lang begriff ich nichts weiter als mein eigenes Entsetzen! Zum Glück fand meine Hand jetzt die Waffe, nach der sie getastet hatte, und die vertraute Berührung gab mir einen Rest meiner Fassung wieder. Ich sprang auf und versuchte mit meinen Blicken die Dunkelheit zu durchdringen. Die starken Geräusche hatten jetzt aufgehört, aber schrecklicher als diese war, was ich jetzt hörte, nämlich in anscheinend langen Zwischenräumen das schwache, aussetzende Stöhnen eines lebenden, aber sterbenden Wesens!

Als sich meine Augen endlich an das schwache Licht der Glut auf dem Herd gewöhnt hatten, erkannte ich zuerst die Umrisse von Tür und Fenster, die mir noch schwärzer erschienen als das Schwarz der Wände. Als nächstes vermochte ich dann die Linie des Zusammentreffens von Wand und Fußboden zu unterscheiden, und als letztes erkannte ich die Form und die volle Ausdehnung des Fußbodens von hinten nach vorn und von einer Seite zur anderen. Nichts sonst war auf dem Boden zu sehen, und auch das Schweigen wurde durch nichts mehr gebrochen.

Mit einer Hand, die zitterte, während die andere noch immer

das Gewehr gepackt hielt, schürte ich wieder mein Feuer und untersuchte dann genau meine Umgebung. Ich fand nirgends ein Zeichen, daß jemand die Hütte betreten hatte. Nur meine eigenen Spuren waren im Staub auf dem Fußboden zu erkennen, doch keine fremden. Ich zündete mir wieder eine Pfeife an, besorgte mir neues Brennmaterial, indem ich einige dünne Verschalungsbretter im Innern des Hauses abriß – ich wagte nicht, in die Dunkelheit vor die Tür zu treten – und verbrachte dann den Rest der Nacht mit Rauchen und Nachdenken. Ängstlich hütete ich dabei mein Feuer, denn nicht für zusätzliche Lebensjahre hätte ich die kleine Flamme wieder erlöschen lassen.

Einige Jahre später begegnete ich in Sacramento einem Mann namens Morgan, an den mir ein Freund aus San Franzisko ein Empfehlungsschreiben mitgegeben hatte. Als ich eines Abends mit ihm in seinem Heim speiste, sah ich verschiedene Trophäen an den Wänden, die darauf hinwiesen, daß er ein Liebhaber der Jagd sei. Das bewahrheitete sich auch, und als er einige seiner Abenteuer erzählte, erwähnte er auch, daß er sich einmal in der Gegend meines oben berichteten Erlebnisses aufgehalten habe.

»Mister Morgan«, unterbrach ich ihn, »kennen Sie dort oben einen Platz namens Macargers Schlucht?«

»Und ob ich den kenne«, erwiderte er. »Ich war es doch, der im letzten Jahr einen Artikel über die Auffindung des Skeletts für die Zeitungen schrieb!«

Das war mir völlig neu; die Artikel waren, wie es schien, veröffentlicht worden, als ich gerade im Osten des Landes weilte.

»Übrigens«, fuhr Morgan fort, »der Name der Schlucht ist arg verstümmelt worden. Er müßte eigentlich ›McGregors Schlucht‹ heißen. – Meine Liebe«, setzte er hinzu und wandte sich dabei an seine Frau, »Mister Elderson hat anscheinend seinen Wein verschüttet.«

Das war nicht ganz exakt ausgedrückt. Ich hatte ihn einfach fallenlassen, mitsamt dem Glas.

»In der Schlucht hat einmal eine alte Hütte gestanden«, nahm Morgan seinen Bericht wieder auf, nachdem die Spuren meines Erschreckens beseitigt waren, »aber kurz vor meiner Anwesenheit dort oben war sie umgeweht oder vielleicht auch fortgeblasen worden, denn ihre Trümmer lagen überall verstreut umher. Und der Fußboden war aufgerissen worden, Diele um Diele. Zwischen zweien der Bretter, die noch auf ihrem Platz lagen, entdeckten ich und meine Begleiter die Reste eines Wolltuchs, und als wir weiter nachforschten, fanden wir, daß es um die Schultern eines weiblichen Leichnams geschlungen war. Von dem freilich waren nur noch die mit Kleidungsresten und brauner, vertrockneter Haut bedeckten Knochen übrig. Aber wir wollen das Misses Morgan lieber ersparen«, setzte er mit einem Lächeln hinzu. Die Dame hatte übrigens eher Zeichen des Abscheus als des Mitleids zu erkennen gegeben.

»Ich muß allerdings noch hinzusetzen«, fuhr er fort, »daß der Schädel an verschiedenen Stellen zertrümmert war, wie von Schlägen mit einem stumpfen Instrument; und dieses Mordinstrument selbst, nämlich ein noch immer blutbefleckter Hackenstiel, lag unter der zweiten Diele.«

Mr. Morgan wandte sich an seine Frau. »Entschuldige, meine Liebe«, sagte er mit geheuchelter Feierlichkeit, »daß ich diese unschönen Einzelheiten anführe. Sie sind zweifellos die natürlichen, wenn auch bedauerlichen Hinweise auf einen Ehestreit, der sicher dem Ungehorsam der unglücklichen Frau entsprang.«

»Ich entschuldige dich«, entgegnete die Dame voller Haltung, »du hast mich schon so oft mit den gleichen Worten darum gebeten.«

Mir schien Mr. Morgan recht froh darüber zu sein, daß er mit seiner Geschichte fortfahren durfte.

»Aus diesen und anderen Umständen«, meinte er, »schloß die Leichenschaukommission daher, daß die verstorbene Janet McGregor durch Schläge zu Tode kam, die ihr von einer der Kommission unbekannten Person zugefügt worden waren. Es wurde jedoch erklärt, daß durch die Indizien ihr Mann, Thomas McGregor, als Schuldiger in stärksten Verdacht gekommen sei. Aber Thomas McGregor ist nie gefaßt worden, noch hat man je wieder etwas von ihm gehört. Es hatte sich übrigens herausgestellt, daß jenes Paar aus Edinburgh stammte, aber nicht – meine Liebe, hast du nicht bemerkt, daß sich auf Mr. Eldersons Knochenteller Wasser befindet?«

Ich hatte einen Hühnerknochen in meine Fingerschale gelegt.

»In einem kleinen Schränkchen im Haus hatte ich noch eine Fotografie von McGregor gefunden, aber auch diese führte nicht zu seiner Ergreifung.«

»Würden Sie mir das Bild zeigen?« bat ich.

Auf dem alten Foto erblickte ich einen dunklen Mann mit bösem Gesicht, das durch eine lange, von der Schläfe abwärts bis zum schwarzen Schnurrbart reichende Narbe entstellt wurde.

»Übrigens, Mister Elderson«, fragte mein freundlicher Gastgeber, »darf ich wissen, weshalb Sie nach Macargers Schlucht fragten?«

»Mir ist dort einmal ein Maulesel entlaufen«, erwiderte ich, »und dieses Pech hat mich – hat mich – sehr geärgert.«

»Meine Liebe«, sagte Mr. Morgan zu seiner Frau mit der mechanischen Betonung eines übersetzenden Dolmetschers, »wegen des Verlustes seines Maulesels hat Mr. Elderson jetzt Pfeffer in seinen Kaffee gegeben.«

Der Tod von Halpin Frayser

Denn der Tod schafft größeren Wandel, als hier aufgezeigt werden konnte. Während für gewöhnlich die Seele eines Verstorbenen bei passender Gelegenheit zurückkehrt und manchmal von den Lebenden gesehen wird – und zwar in der Gestalt des Körpers, dem sie früher innewohnte – geschieht es auch, daß der ursprüngliche Körper ohne Seele wandelt. Und von denen, die ihm dabei begegneten und hernach lebten und davon berichten konnten, wird bezeugt, daß ein solchermaßen auferstandener Leichnam weder natürliche Zuneigung noch eine Erinnerung daran besitzt, sondern nur noch Haß hegt. Auch ist bekannt, daß einige Seelen, die zu Lebzeiten freundlich waren, durch den Tod böse wurden. – *Hali*

I

In einer dunklen Nacht im Hochsommer hob ein Mann, der in einem Wald lag und in einen traumlosen Schlaf gesunken war, den Kopf. Er starrte ein paar Augenblicke in die Finsternis und sagte dann: »Catherine Larue.« Kein Wörtchen sprach er weiter, und er kannte auch den Grund nicht, weshalb er überhaupt so viel gesagt hatte.

Der Mann hieß Halpin Frayser. Früher hatte er in St. Helena gelebt, doch wo er jetzt wohnt, ist unbekannt, denn er ist tot. Wer es sich zur Gewohnheit gemacht hat, im Wald zu schlafen, mit nichts unter sich außer trockenem Laub und der feuchten Erde und nichts über sich als Äste, kann auf kein langes Leben hoffen. Und Frayser hatte bereits das Alter von zweiunddreißig Jahren erreicht. Es gibt Menschen, und zwar Millionen von ihnen und bei weitem die besten Menschen, die das für ein sehr hohes Alter halten; das sind die Kinder. Diejenigen, die die Seereise des Lebens von dem Hafen aus beobachten, von dem das Schiff abgelegt hat, glauben schon, es hätte das andere Ufer fast erreicht, auch wenn es erst ein Stückchen des Weges zurückgelegt hat. Es ist jedoch nicht sicher, daß Halpin Frayser starb, nur weil er sich der Unbill des Wetters ausgesetzt hatte.

Den ganzen Tag über hatte er sich in den Bergen westlich des Napa-Tales aufgehalten, und zwar auf der Jagd nach Tauben und anderem kleinen Getier, das in dieser Jahreszeit gejagt werden konnte. Am späten Nachmittag waren Wolken am Himmel aufgezogen, und er hatte die Richtung verloren; und obwohl er nur bergab zu gehen hatte – was stets der Weg in die Sicherheit ist, wenn man sich verlaufen hat –, behinderte ihn das Fehlen jeden Pfades so sehr, daß ihn die Nacht einholte, als er noch im Wald war. Da er das Dickicht der Bärentrauben und der anderen Büsche nicht zu durchdringen vermochte, und weil er völlig verwirrt war und ihn obendrein die Müdigkeit übermannte, hatte er sich am Fuß eines großen Erdbeerbaumes ausgestreckt, wo er in einen traumlosen Schlaf fiel. Stunden später, genau in der Mitte der Nacht, hatte einer von Gottes geheimnisvollen Boten, der dem unberechenbaren Heerschwarm seiner Begleiter vorausgeschwebt war, das weckende Wort in das Ohr des Schläfers geflüstert. Dieser richtete sich sogleich auf und nannte – weshalb wußte er nicht – einen Namen, den er nicht kannte.

Halpin Frayser war weder ein großer Philosoph noch ein Wissenschaftler. Der Umstand, daß er mitten in einem Wald aus tiefem Schlaf erwachte und einen Namen sprach, den er nicht im Gedächtnis trug und auch nie mit dem Verstand aufgenommen hatte, erweckte in ihm nicht jene erleuchtende Neugier, das Phänomen zu untersuchen. Er hielt es einfach nur für seltsam, und mit einem oberflächlichen, mechanischen Zittern, als entspreche er damit der dieser Jahreszeit angemessenen Tatsache, daß die Nacht kühl war, legte er sich wieder hin und schlief ein. Aber sein Schlaf blieb nicht länger traumlos.

Ihm träumte vielmehr, er wandere auf einer staubigen Straße entlang, die in der anbrechenden Dunkelheit eines Sommerabends weiß leuchtete. Woher sie kam und wohin sie führte, ja, weshalb er überhaupt den Fuß auf sie setzte, wußte er nicht, obwohl ihm alles ganz einfach und selbstverständlich erschien, so wie es in Träumen üblich ist. In jenem Land beunruhigen Überraschungen nicht, und die Urteilskraft schläft. Bald kam er an eine Weggabelung, von der Straße bog ein wenig benutzter Weg ab, der tatsächlich den Anschein erweckte, als sei er längst vergessen, und deshalb mutmaßte Halpin Frayser, er führe zu etwas Bösem. Dennoch schlug er, von einem gebieterischen Zwang gelenkt, zielstrebig diese Richtung ein.

Als er zügig weitermarschierte, wurde ihm bewußt, daß dieser Weg von unsichtbaren Wesen bevölkert wurde, die er sich nicht deutlich vorstellen konnte. Aus den Bäumen zu beiden Seiten hörte er Wortfetzen eines unverständlichen Geflüsters in einer fremden Sprache, die er aber dennoch teilweise verstand. Sie schienen ihm abgehackte Aussprüche einer ungeheuren Verschwörung zu sein, die sich gegen seinen Leib und seine Seele richtete.

Die Nacht war schon längst angebrochen, aber dennoch wurde der endlose Wald, durch den er wanderte, noch immer von einem fahlen Schimmer erhellt, der von keiner bestimmten Quelle herrührte, denn die geheimnisvolle Beleuchtung warf keine Schatten. Eine flache Pfütze, die sich in der Rinne einer alten Wagenspur angesammelt hatte, warf einen karmesinroten Reflex in sein Auge. Er beugte sich über sie und tauchte seine Hand hinein. Sie befleckte seine Finger; es war Blut! Und Blut, so sah er jetzt, umgab ihn auf allen Seiten. Das Unkraut, das am Wegrand wucherte, trug auf seinen großen, breiten Blättern Kleckse und Spritzer. Die Stämme der Bäume schimmerten karmesinrot befleckt, und von ihrem Blattwerk tropfte das Blut wie Tau herab.

All dies beobachtete er mit einem Entsetzen, das nicht unvereinbar mit der Erfüllung einer natürlichen Erwartung zu sein schien. Ihm kam das alles vor wie die Sühne eines Verbrechens, an das er sich nicht mehr recht erinnern konnte, obwohl er sich einer Schuld bewußt war. Zu den Gefahren und Geheimnissen seiner Umgebung bildete dieses Bewußtsein einen zusätzlichen Schrecken. Vergeblich versuchte er, sich an den Augenblick seiner Missetat zu erinnern, indem er in Gedanken sein Leben zurückverfolgte. Szenen und Begebenheiten tauchten wild durcheinandergewürfelt vor seinem geistigen Auge auf; ein Bild überdeckte das andere, oder alle vermischten sich in heilloser Verwirrung und Verschwommenheit; aber nirgends fand er eine Spur dessen, was er suchte. Dieser Fehlschlag verstärkte sein Grauen; er fühlte sich wie jemand, der in der Dunkelheit gemordet hat, ohne zu wissen, wen und warum. Seine Lage war entsetzlich. Das geheimnisvolle Licht leuchtete still und drohend; die schädlichen Pflanzen, die Bäume, die wir in stillschweigender Übereinkunft mit melancholischen oder unheilvollen Eigenschaften bedenken, verschworen sich in seiner Vorstellung ganz offensichtlich gegen den Frieden seiner Seele. Über seinem Kopf und aus allen Richtungen erklang deutlich vernehmbares und bestürzendes Gelächter, und er sah Wesen, die keinesfalls von dieser Erde stammten. – Endlich konnte er es nicht länger ertragen. In unmenschlicher Anstrengung versuchte er, den bösen Zauber zu brechen, der seine Fähigkeiten zum Schweigen und zur Untätigkeit verbannte; und er begann mit aller Kraft seiner Lungen zu schreien. Seine Stimme wurde, wie es schien, in eine unendliche Vielzahl ungewöhnlicher Laute zerhackt; sie verzerrte sich zu unverständlichem Geplapper und Gestotter, das sich in den Weiten des Waldes verlor und erstarb. Dann war wieder alles wie zuvor. Aber er hatte mit seinem Widerstand einen Anfang gemacht, und das ermutigte ihn. Laut sagte er vor sich hin:

»Ich will mich nicht ungehört unterwerfen! Vielleicht wandern auf dieser fluchbeladenen Straße auch Wesen, die nicht böse sind. Ihnen will ich einen Bericht und einen Appell hinterlassen. Ich werde meine Fehler und die Verfolgungen erzählen, die ich erdulden muß – ich, ein reuiger und harmloser Poet!« Halpin Frayser war wirklich ein Poet und auch ein Büßer – freilich nur im Traum.

Als er aus seinem Anzug ein in rotem Leder gebundenes Notizbuch zog, dessen Seiten zur Hälfte noch leer waren, stellte er fest, daß er keinen Bleistift besaß. So brach er einen Zweig von einem Busch, tauchte ihn in eine Blutlache und schrieb mit flinker Hand. Doch hatte er kaum das Papier mit der Spitze des Zweiges berührt, da erscholl in unermeßlicher Ferne ein tiefes, dröhnendes Gelächter. Es schwoll beständig an und schien immer näher zu kommen. Ganz in seiner Nähe schwoll dieses Lachen zu einem unirdischen Schrei an und verebbte dann wellenförmig, als habe sich das fluchbeladene Wesen, das diese Laute ausstieß, zum Rand der Welt zurückgezogen – dorthin, woher es gekommen war. Aber der Mann spürte, daß dies eine Täuschung war, und daß es noch in seiner Nähe lauerte und sich nicht von der Stelle bewegt hatte.

Langsam ergriff ein seltsames Gefühl Besitz von seinem Körper wie von seinem Geist. Er konnte nicht sagen, welcher – oder ob überhaupt einer – seiner Sinne beeinflußt wurde. Ihm erschien es eher wie ein Bewußtsein, und zwar wie die eigenartige, geistige Gewißheit vom Vorhandensein eines überwältigenden Etwas. Irgendein übernatürliches Übel, das anders war als die unsichtbaren Wesen, die ihn umgaben, und ihnen an Macht überlegen, befand sich in seiner Nähe. Er wußte, daß Es dieses gräßliche Lachen ausgestoßen hatte. Und jetzt schien Es sich ihm zu nähern; aus welcher Richtung Es kam, konnte er nicht sagen; er wagte auch keine Vermutung. All sein früherer Schrecken war jetzt vergessen oder verschmolz einfach mit dem überwältigenden Grauen, das ihn jetzt gefangenhielt. Außerdem beschäftigte ihn nur noch ein Gedanke: den schriftlichen Appell an die guten Geister zu vollenden, die ihn auf ihrer Reise durch diesen vom Spuk heimgesuchten Wald eines Tages vielleicht retten könnten, sollte ihm der Segen seiner Vernichtung verwehrt bleiben. Er schrieb mit ungeheurer Geschwindigkeit; aus dem Zweig zwischen seinen Fingern rann Blut, ohne daß er erneut eingetaucht hätte; doch mitten in einem Satz verweigerten ihm die Hände den Dienst; seine Arme sanken schlaff herunter, und das Buch fiel auf die Erde. Zu kraftlos, um sich zu bewegen oder zu schreien, starrte er plötzlich in das klar erkennbare Gesicht seiner Mutter und in deren leere, tote Augen, da sie, in weiße Leichentücher gehüllt, stumm vor ihm stand!

2

In seiner Jugend hatte Halpin Frayser mit seinen Eltern in Nashville im Staate Tennessee gelebt. Die Fraysers waren wohlhabende Leute und nahmen in der Gesellschaft, die alle Verwüstungen des Bürgerkrieges überstanden hatte, eine angesehene Stellung ein. Ihren Kindern kamen die sozialen Privilegien und alle Bildungsmöglichkeiten dieser Zeit und dieses Landes zugute, und aus der günstigen Verbindung ihrer sozialen Stellung mit einer guten Erziehung hatten sie angenehme Manieren und einen geschulten Verstand erworben. Halpin freilich war als das jüngste und nicht allzu robuste Kind vielleicht ein wenig verzogen. Er bekam den doppelten Nachteil einer zu großen Aufmerksamkeit seitens der Mutter und einer Vernachlässigung seitens des Vaters zu spüren. Frayser père war noch dazu etwas, was zu werden kein im Süden lebender Mann von Bedeutung unterlassen kann, nämlich Politiker. Sein Land – oder vielmehr sein Wahlkreis und Distrikt – stellten so große Anforderungen an die ihm gehörige Zeit und seine Kraft, daß er seiner Familie nur ein vom Donnern der politischen Führer und ihrem Geschrei fast taubes Ohr leihen konnte.

Der junge Halpin blieb verträumt, träge und romantisch; er neigte mehr zur Literatur als zur Jurisprudenz, also dem Beruf, den man ihn erlernen ließ. Diejenigen seiner Verwandten, die sich zum modernen Glauben an die Vererbungslehre bekannten, verstanden sehr gut, daß in ihm einige Züge vom Charakter des erst kürzlich verstorbenen Myron Bayne, eines Urgroßvaters mütterlicherseits, wieder zum Vorschein kamen. Dieser Bayne war zu seinen Lebzeiten oft genug vom Mond bestrahlt worden, um ein Dichter von nicht geringer Bedeutung für die Kolonien zu werden. Din Frayser, der späterhin nicht der stolze Besitzer einer kostbaren Kopie seiner vererbten »Poetischen Werke« war – gedruckt auf Kosten der Familie, und schon seit langem vom feindseligen Markt zurückgezogen – blieb wahrlich ein seltener Frayser. Aber wenn auch niemand gezielt darauf hingewiesen hatte, so war es doch nur zu ersichtlich, daß eine durchaus unbegründete Abneigung bestand, den großen Verstorbenen in der Person seines geistigen Nachfolgers zu ehren. Ziemlich häufig nämlich wurde Halpin als ein intellektuelles schwarzes Schaf herabgewürdigt, das seiner Herde jeden Augenblick Schaden bereiten könnte, indem es nur im Versmaß blöken würde. Die Fraysers aus Tennessee waren praktische Leute, zwar nicht im landläufigen Sinne praktisch, indem sie schmutzige Beschimpfungen erduldet hätten, vielmehr äußerte sich ihr praktischer Sinn darin, daß sie alle jene Qualitäten zutiefst verachteten, die für einen Mann unpassend sind, der die gesunde Berufung zur Politik verspürt.

Um jedoch dem jungen Halpin Gerechtigkeit zukommen zu lassen, muß man erwähnen, daß er von der göttlichen Gabe der Dichtkunst nicht viel mitbekommen hatte, während in ihm die meisten geistigen und moralischen Eigenschaften getreulich wiedererstanden waren, die von der Geschichte und der Familienchronik dem berühmten Dichter zugeschrieben wurden. Man hatte Halpin aber noch niemals die Muse umwerben sehen, und er hätte auch beileibe keine einzige Strophe zustande gebracht, mit der er sich vor einem Kritiker hätte sehen lassen können. Dennoch konnte man natürlich nie wissen, ob nicht die schlummernde Gabe irgendwann erwachen und er in die Saiten der Leier greifen würde.

Auf jeden Fall war der junge Mann bis dahin ein ziemlich unbeschriebenes Blatt gewesen. Zwischen ihm und seiner Mutter bestand eine innige Zuneigung, denn insgeheim war die Dame selbst eine treue Anhängerin des großen verstorbenen Myron Bayne. Allerdings hatte sie mit dem Takt, der allgemein und zu Recht an ihrem Geschlecht bewundert wird – den hartnäckigen Verleumdern zum Trotz, die erklären, Takt sei im Grunde nur Schläue – stets sorgfältig darauf geachtet, ihre Schwäche vor den Augen anderer zu verbergen. Ausgenommen war nur er, der ihre Neigung teilte. Ihr beiderseitiges Schuldbewußtsein in dieser Hinsicht knüpfte ein zusätzliches Band zwischen ihnen. Hatte seine Mutter ihn in seiner Kindheit verzogen, so hatte er auch gewiß seinen Teil dazu beigetragen. Als er soweit Mann geworden war, wie es ein Südstaatler erreichen kann, den es nicht kümmert, wie eine Wahl ausgeht, wurde die Bindung an seine Mutter mit jedem Jahr fester und zärtlicher. Er hatte sie übrigens seit frühester Kindheit nur immer Katy genannt. In diesen beiden romantischen Naturen offenbarte sich auf bemerkenswerte Weise ein vernachlässigtes Phänomen, nämlich die Vorherrschaft des Geschlechtlichen in allen Beziehungen der Menschen, wodurch selbst das Verhältnis zwischen Blutsverwandten gestärkt, besänftigt und verschönt wird. Die beiden schienen fast unzertrennlich, und von Fremden, die sie beobachteten, wurden sie nicht selten für Verliebte gehalten.

Eines Tages trat Halpin Frayser in das Zimmer seiner Mutter, küßte sie auf die Stirn, spielte einen Augenblick mit einer Locke ihres dunklen Haars, die den Haarnadeln entschlüpft war, und sagte, wobei er sich offensichtlich anstrengte ruhig zu bleiben:

»Würde es dir viel ausmachen, Katy, wenn ich für ein paar Wochen nach Kalifornien ginge?«

Es war kaum notwendig, daß Katys Lippen eine Frage beantworteten, auf die ihre verräterischen Wangen bereits die Antwort gaben. Ganz offensichtlich machte es ihr sehr viel aus; und wie zur Bekräftigung traten Tränen in ihre großen braunen Augen.

»Mein Sohn«, sagte sie und blickte mit unendlicher Zärtlichkeit zu seinem Gesicht auf, »ich hätte wissen müssen, daß so etwas kommt. Ich lag heute die zweite Hälfte der Nacht wach und weinte ständig, weil mir während der ersten Hälfte Großvater Bayne im Traum erschienen war. Er stand neben seinem Porträt, war jung und schön wie damals und zeigte auf dein Bild, das an derselben Wand hing. Als ich darauf schaute, erkannte ich aber deine Gesichtszüge nicht; denn du warst mit einem Tuch bedeckt, wie wir es über die Toten breiten. Dein Vater lachte mich aus, aber du und ich, mein Lieber, wir wissen, daß solche Zeichen einem nicht umsonst gesandt werden. Und unter dem Tuch erkannte ich an deinem Hals die Würgemale von Händen. Verzeih, aber wir beide haben voreinander keine Geheimnisse und verschweigen uns solche Dinge nicht! Vielleicht findest du eine andere Deutung, vielleicht bedeutete der Traum auch nur, daß du nicht nach Kalifornien reisen wirst. Oder nimmst du mich mit?«

Man muß zugeben, daß diese unbefangene Deutung des Traumes im Licht nachträglich eingetretener Ereignisse dem logischen Verstand ihres Sohnes nicht ganz einleuchtete. Zumindest für den Augenblick war er der Überzeugung, daß der Traum ein einfacheres und unmittelbareres, vielleicht auch weniger tragisches Unglück ankündigte als eine Reise zum Pazifischen Ozean. Halpin Frayser hätte eher gefürchtet, daß er am heimatlichen Herd erwürgt würde.

»In Kalifornien gibt es doch Heilquellen?« nahm Mrs. Frayser den Faden wieder auf, noch ehe er Gelegenheit hatte, ihr die richtige Deutung des Traumes zu erläutern. »Orte, wo man sein Rheuma oder seine Neuralgie kurieren kann? Sieh mal, meine Finger sind so steif; ich bin sicher, daß sie mir im Schlaf große Schmerzen bereitet haben.«

Sie streckte ihm die Hände entgegen, damit er sie untersuchen konnte. Welche Diagnose der junge Mann im Fall seiner Mutter fand, sie ihr aber mit einem Lächeln verschwieg, das kann der Chronist nicht sagen; aber er möchte behaupten, daß Finger, die so wenig steif aussahen und noch weniger Anzeichen selbst leisester Schmerzen verrieten, höchst selten von einem Arzt untersucht worden sind – selbst nicht an der Hand der schönsten Patientin, die sich eine neue Umgebung verschreiben lassen wollte.

Das Ergebnis der Unterhaltung dieser beiden seltsamen Menschen, die die gleichen merkwürdigen Vorstellungen von Pflichterfüllung besaßen, war, daß der eine nach Kalifornien reiste, wie es die Interessen seines Klienten erforderten, während sie mit einem Wunsch zurückblieb, von dem ihr Mann nicht die leiseste Ahnung hatte.

Während Halpin Fraysers Aufenthalt in San Franzisko spazierte er in einer dunklen Nacht am Ufer des Meeres entlang, und in dieser Nacht wurde er – mit einer Plötzlichkeit, die ihn überraschte und gänzlich aus der Fassung brachte – zum Seemann. Er wurde, wie es heißt, ›shangheit‹; man schleppte ihn auf ein stattliches Schiff, und schließlich segelte er zu fernen Ländern. Aber sein Unglück fand damit kein Ende, denn das Schiff strandete an einer Insel der Südsee, und erst sechs Jahre später wurden die Überlebenden von einem verwegenen Handelsschoner nach San Franzisko zurückgebracht.

Obwohl Halpin Frayser nun völlig verarmt war, hatte er doch den gleichen stolzen Sinn behalten wie in jenen Jahren, die ihm nun schon eine Ewigkeit zurückzuliegen schienen. Von Fremden wollte er keine Hilfe annehmen. Er wohnte im Hause eines der mit ihm geretteten Schiffbrüchigen, in der Nähe der Stadt St. Helena, und erwartete täglich Nachricht und Geld von seiner Familie. In jener Zeit war es, daß er auf die Jagd gegangen, im Wald eingeschlafen war und geträumt hatte.

3

Die Erscheinung, die dem Träumer in dem Spukwald begegnete – dieses Wesen, seiner Mutter ähnlich und doch so anders als sie –, war grauenerregend! Es weckte weder Liebe noch Sehnsucht in seinem Herzen; es rief keine angenehmen Erinnerungen an eine glückliche Vergangenheit wach, flößte ihm auch keine einzige, wie auch immer geartete Empfindung ein; alle edleren Gefühle wurden von seiner Angst erstickt. Er versuchte, sich umzudrehen und vor dem Gespenst zu fliehen, aber seine Beine waren schwer wie Blei; er war unfähig, auch nur die Füße vom Boden zu lösen. Die Arme hingen ihm willenlos an den Seiten herunter; einzig die Augen blieben seinem Willen unterworfen. Aber er wagte nicht, die Blicke von den glanzlosen Augen des Gespenstes abzuwenden, denn er wußte, daß es nicht etwa eine Seele ohne Körper war, sondern zu den schrecklichsten aller Wesen gehörte, die diesen Wald heimsuchten: Es war ein Körper ohne Seele! In ihren leeren, starren Blicken lagen weder Liebe noch Mitleid, noch Intelligenz – nichts, was man um Gnade hätte anflehen können. Ein Appell an sie wird nichts nützen, dachte er in absurder Umkehrung einer für seinen Beruf typischen Redensart; dieser Gedanke machte seine Lage jedoch nur noch schrecklicher, ebenso wie die Glut einer Zigarre den Schrecken einer Gruft vergrößert.

Für einen Moment, der so lang schien, daß die Welt grau vor Alter und Sünde zu werden drohte, verschwand der von Gespenstern heimgesuchte Wald mit all seinen Bildern und Geräuschen aus Halpin Fraysers Bewußtsein, nachdem er sein Ziel in der gräßlichsten Steigerung aller Schrecken erreicht hatte. Die Erscheinung aber stand nur noch einen Schritt von ihm entfernt und starrte ihn mit der gefühllosen Bösartigkeit eines wilden Tieres an; und dann warf sie ihre Arme vor und stürzte sich mit schrecklicher Wildheit auf ihn! Dieser Angriff löste seine Starre, ohne ihm jedoch seine Willenskraft zurückzugeben. Sein Verstand war noch immer gebannt, aber sein kräftiger Körper und seine flinken Gliedmaßen, die ein blindes, gefühlloses Eigenleben führten, trotzten ihrem Angriff. Für einen kurzen

Augenblick schien er diesen ungleichen Kampf zwischen einem toten Wesen und seinem atmenden Organismus wie ein Außenstehender zu verfolgen – solche Vorstellungen erlebt man im Traum. Dann erlangte er seine Persönlichkeit so jählings wieder, als sei er mit einem mächtigen Satz in seinen Körper gesprungen, und sein bisher automatisch kämpfendes Ich besaß wieder einen lenkenden Willen, der ebenso wachsam und wild war wie der seines gräßlichen Gegners.

Doch welcher Sterbliche kann seine Kraft mit dem Geschöpf seines Traumes messen? Die Phantasie, die den Feind vorgaukelt, ist bereits besiegt; das Ergebnis des Kampfes ist zugleich seine Ursache. Trotz seiner Gegenwehr, trotz seiner Kraft und Anstrengung, die sich an einem Nichts zu verwenden schienen, spürte er, wie sich kalte Finger um seinen Hals schlossen. Auf die Erde geschleudert, sah er das tote und verzerrte Gesicht eine Handbreit über seinem Kopf, und dann versank alles in Finsternis. Ein Geräusch wie von fernen Trommeln, ein Gemurmel unzähliger Stimmen, ein spitzer, weit entfernter Schrei, der allen andern Schweigen gebot – und Halpin Frayser träumte, er sei tot.

4

Der warmen, klaren Nacht folgte ein nebelfeuchter Morgen. Bereits am Spätnachmittag des vorangegangenen Tages hatte man den Hauch einer Dunstwolke beobachtet – eine bloße Verdichtung der Atmosphäre, den Geist einer Wolke –, die an der westlichen Seite des Mount St. Helena hing, hoch oben an den dürren Hängen dicht unterhalb des Gipfels. Sie war so dünn, so durchsichtig, und ähnelte so sehr einer sichtbar gewordenen Ahnung, daß man gesagt hätte: »Schauen Sie schnell dorthin! Einen Augenblick noch, dann wird sie verschwunden sein.«

Doch kurz darauf war sie schon sichtlich größer und dichter geworden. Während sie sich mit einem Ende an den Berg klammerte, reichte das andere Ende weiter und weiter in die Luftschichten über den tieferliegenden Hängen hinein. Zugleich dehnte sie sich nach Norden und Süden aus und verschmolz – offenbar in voller Absicht – mit kleineren Nebelfeldern, die auf gleicher Höhe aus dem Gestein zu dringen schienen. Und so wuchs und wuchs das Nebelfeld, bis endlich der Gipfel unsichtbar war und selbst das Tal von einer undurchdringlichen grauen Dunstglocke überdacht wurde. Über Calistoga, am Ende des Tales und unterhalb des Berges gelegen, senkte sich daher eine sternenlose Nacht, und ihr folgte ein Morgen ohne Sonne. Der Nebel rückte ins Tal vor und hatte sich nach Süden ausgebreitet. Er verschluckte eine Ranch nach der anderen, bis er selbst die neun Meilen entfernte Stadt St. Helena ausgelöscht zu haben schien. Der Staub der Straße hatte sich gelegt; die Bäume trieften vor Nässe, und die Vögel hatten sich in ihren Schlupfwinkeln verborgen. Selbst das Licht der Morgensonne war fahl und gespenstisch; es besaß weder Farbe noch Leuchtkraft.

Beim ersten Lichtschein des anbrechenden Tages verließen zwei Männer St. Helena. Sie folgten der Straße talaufwärts in Richtung Calistoga und trugen jeder ein Gewehr über die Schulter gehängt. Daher hätte jeder geglaubt, sie seien auf der Jagd nach Vögeln oder Wild. Doch der eine war der Hilfssheriff aus Napa, und der zweite war ein Detektiv aus San Franzisko; sie hießen Holker und Jaralson, und ihr Beruf war es, Menschen zu jagen.

»Wie weit ist es noch?« fragte Holker. Bei jedem Schritt wirbelten ihre Füße den weißen Staub auf, der unter der feuchten Oberfläche der Straße lag.

»Bis zur Weißen Kirche? Nur noch eine halbe Meile«, antwortete der andere. »Übrigens«, fügte er hinzu, »das Gebäude ist weder weiß noch ist es eine Kirche; es ist ein verlassenes Schulhaus, grau vor Alter und außerdem sehr heruntergekommen. Als es noch weiß war, hielt man darin bisweilen Gottesdienst ab, und damals lag daneben auch ein Friedhof, der jeden Dichter entzückt hätte. Kannst du dir denken, weshalb ich dich gerufen habe und dir sagte, du solltest bewaffnet kommen?«

»Mit Fragen habe ich dich noch nie belästigt. Bisher warst du immer sehr mitteilsam, sobald du die Zeit für gekommen hieltest. Aber wenn ich eine Vermutung äußern darf: Du möchtest, daß ich dir behilflich bin, einen Leichnam des Friedhofs zu verhaften.«

»Erinnerst du dich an Branscom?« fragte Jaralson, wobei er den Scherz seines Kameraden mit der Mißachtung bedachte, die er verdiente.

»Der Bursche, der seiner Frau die Kehle durchschnitt? Daran muß ich mich ja wohl erinnern; ich mußte die Arbeit einer ganzen Woche an ihn verschwenden, und der ganze Ärger hat mich noch einiges gekostet. Auf seine Ergreifung waren fünfhundert Dollar ausgesetzt, aber kein Mensch bekam ihn je wieder zu Gesicht. Du willst doch nicht etwa sagen . . .«

»Doch, das will ich. Er hat sich die ganze Zeit über direkt unter euren Nasen aufgehalten. Nachts treibt er sich auf dem alten Friedhof neben der Weißen Kirche herum.«

»Der Teufel! Dort liegt seine Frau begraben.«

»Aber ihr Burschen hättet doch Verstand genug haben müssen, um zu ahnen, daß er irgendwann einmal zu ihrem Grab zurückkehren würde.« – »Von dem Ort konnte niemand annehmen, daß er dort auftauchen würde.«

»Aber alle anderen Schlupfwinkel hattet ihr durchsucht! Ich jedenfalls habe aus euren Fehlern gelernt, und deshalb lauerte ich ihm dort auf.«

»Und du hast ihn entdeckt?«

»Verflucht noch mal, er entdeckte *mich*. Der Schuft kam mir mit der Waffe zuvor – ließ mich die Hände in die Luft recken und machte mir Beine. Ich muß Gott danken, daß er mich nicht durchsuchte. Oh, der Bursche ist tüchtig. Ich glaube, die Hälfte der Belohnung genügt mir völlig, solltest du in Geldnot sein.«

Holker lachte gutgelaunt und erklärte, seine Gläubiger seien noch nie zudringlicher gewesen.

»Ich wollte dich lediglich in die Umstände einweihen, um mit dir einen Plan entwickeln zu können«, erklärte der Detektiv. »Jedenfalls hielt ich es für besser, bewaffnet zu sein, auch wenn es noch hell ist.« – »Der Mann muß verrückt sein«, sagte der Hilfssheriff. »Auf seine Ergreifung und Verurteilung ist eine Belohnung ausgesetzt. Sollte er aber verrückt sein, wird er nicht verurteilt.«

Mr. Holker war von diesem möglichen Fehlschlag der Justiz so bestürzt, daß er unwillkürlich mitten auf der Straße stehenblieb und gleich darauf nur noch mit vermindertem Eifer weiterging.

»Er machte fast diesen Eindruck«, gab Jaralson zu. »Ich muß gestehen, ich habe nie einen schlechter rasierten, ungeschoreneren, ungekämmteren – kurz gesagt, nie einen elenderen Menschen getroffen, ausgenommen jene, die zur alten und ehrwürdigen Zunft der Landstreicher gehörten. Aber ich habe mich nun einmal an seine Fersen geheftet und kann mich nicht dazu durchringen, von ihm abzulassen. Auf jeden Fall erwartet uns Ruhm in der Sache. Außer uns weiß keine einzige Seele, daß er sich diesseits des Mondgebirges aufhält.«

»Na schön«, erwiderte Holker; »wir werden uns dort einmal

umsehen.« Und dann setzte er die Worte hinzu, die einst eine beliebte Inschrift für Grabsteine waren: »›Wo auch du in Kürze ruhen wirst‹ . . . wenn nämlich der alte Branscom dich und deine unerträgliche Zudringlichkeit satt kriegen sollte. Übrigens hörte ich neulich, Branscom sei gar nicht sein wahrer Name.«

»Und wie lautet der?«

»Ich kann mich nicht daran erinnern. Ich hatte bereits alles Interesse an dem armen Kerl verloren, und der Name setzte sich nicht in meinem Gedächtnis fest. Er klang so ähnlich wie Pardee. Die Frau, der er so geschmacklos die Kehle durchgeschnitten hat, war Witwe, als er sie kennenlernte. Sie war nach Kalifornien gekommen, um ihre Verwandten zu besuchen. Es gibt wirklich Leute, die so etwas noch manchmal tun. Aber das weißt du ja.« – »Natürlich.«

»Wenn du den richtigen Namen nicht kanntest – durch welche glückliche Eingebung hast du dann das richtige Grab entdeckt? Der Mann, der *mir* ihren Namen verriet, meinte nämlich, in das Kreuz habe man ihren wahren Namen geschnitzt.«

»Ich kenne ihr Grab gar nicht.« Jaralson gab offensichtlich nur sehr widerwillig zu, daß ihm ein so wichtiger Punkt seines Planes noch unbekannt war. »Ich habe einfach ganz allgemein den Friedhof im Auge behalten. Ein Teil unserer Aufgabe heute morgen wird sein, ihr Grab zu identifizieren. Dort ist die Weiße Kirche.«

Bisher hatten sich zu beiden Seiten des Weges Felder hingezogen, aber jetzt erhob sich zu ihrer Linken ein Wald aus Eichen, Erdbeerbäumen und riesigen Fichten, deren gewaltige Stämme im Nebel verschwammen und sich gespenstisch auflösten. An manchen Stellen wuchs das Unterholz sehr dicht, aber nirgends war es undurchdringlich. Im ersten Augenblick konnte Holker das Gebäude nicht erkennen, aber als sie in den Wald drangen, tauchten plötzlich seine undeutlichen Umrisse aus dem Dunst auf. Es schien riesengroß und sehr weit entfernt zu sein; doch standen sie schon nach wenigen Schritten dicht vor ihm, und Holker erkannte, daß es dunkel vor Feuchtigkeit und von unbedeutender Größe war. Es sah aus wie alle Landschulen. Seine Architektur erinnerte an eine Kiste; es ruhte auf einem Steinfundament, das Dach war von Moos überwuchert, und wo sich Fenster befinden sollten, gähnten leere Höhlen, denn die Scheiben und Jalousien waren längst verschwunden. Das Haus war verfallen, aber noch keine Ruine – jedenfalls ein typisch kalifornischer Ersatz für das, was im Ausland den Lesern von

Reisebüchern als »Monument der Vergangenheit« vorgestellt wird. Ohne dem uninteressanten Bau noch einen einzigen Blick zu schenken, zwängte sich Jaralson durch das dahinter wuchernde, tropfnasse Dickicht. »Ich werde dir zeigen, wo er mich überraschte«, sagte er. »Dies ist der Friedhof.«

Hier und dort befanden sich zwischen den Büschen kleine Einzäunungen, die mehrere Gräber oder manchmal auch nur ein einzelnes Grab umschlossen. Man erkannte sie als Gräber an den verwitterten Grabsteinen oder an den morschen Bretterkreuzen, die schief und winklig am Kopf- oder Fußende aufragten; einige waren auch umgestürzt. Oder man erkannte die Grabstellen daran, daß sie von längst verfallenen Holzzäunen eingefaßt waren; manchmal, wenn auch seltener, verrieten sich die Grabhügel durch den Kies, der durch die verwelkten Blätter schimmerte. Oftmals aber deutete auch gar nichts mehr auf den Platz hin, an dem die Reste eines armen Sterblichen ruhten. Sie, die einst einen »großen Kreis trauernder Freunde« hinterlassen hatten, waren nun von allen ihren Freunden vergessen worden, und nichts als eine kleine Vertiefung in der Erde, die vielleicht dauerhafter sein dürfte als der Kummer in den Herzen ihrer trauernden Freunde, kündete noch von ihnen. Die Wege, falls es je welche gegeben hatte, waren längst verschwunden. Bäume von beträchtlicher Größe wuchsen unterdessen aus den Gräbern, ihre Wurzeln oder Äste hatten die Umzäunungen umgeworfen. Über der ganzen Szenerie lag ein Hauch von Verlassenheit und Verfall, wie er zu keinem Ort besser paßte als zu diesem Dorf der vergessenen Toten.

Als sich die beiden Männer durch das Gestrüpp der jungen Bäume einen Weg bahnten, blieb der wagemutige Jaralson, der vorangegangen war, plötzlich stehen, hob das Gewehr bis in Brusthöhe und stieß einen leisen Warnruf aus. Er stand regungslos und hielt den Blick auf irgend etwas vor ihm gerichtet. Sein Gefährte, der nichts sehen konnte, denn sein Blickfeld wurde von Büschen verdeckt, folgte dem Beispiel Jaralsons, so gut er konnte. Auch er verharrte regungslos und war auf alles gefaßt. Einen Augenblick später schlich Jaralson vorsichtig weiter, und sein Gefährte folgte ihm.

Unter den Zweigen einer riesigen Fichte lag der Leichnam eines Mannes. Als sie wortlos herantraten, richtete sich ihre Aufmerksamkeit sofort auf alle jene Einzelheiten, die als erste unser Interesse wecken; also auf das Gesicht, auf die Haltung und die Kleidung, aus denen man eine erste Antwort auf die unausgesprochene Frage unserer teilnahmsvollen Neugier erhoffte.

Der Mann lag auf dem Rücken, die Beine weit gespreizt. Einen Arm hielt er nach oben über den Kopf gereckt, den anderen zur Seite gestreckt; aber dieser war so unnatürlich geknickt, daß die Hand dicht neben dem Hals lag. Beide Hände waren zur Faust geballt. Die ganze Haltung drückte eine verzweifelte, jedoch offensichtlich unwirksame Abwehr aus – wogegen aber?

In der Nähe lag eine Flinte und eine Jagdtasche, durch deren Maschen man das Gefieder geschossener Vögel erkannte. Überall rundum waren Spuren eines erbitterten Kampfes zu entdecken: Kleine Zweige der Gifteiche lagen abgebrochen und ihrer Blätter und Rinde beraubt umher; neben den Beinen der Leiche hatten fremde Füße die welken und verfaulten Blätter zu kleinen Haufen und Wällen aufgetürmt; und neben ihren Hüften erkannte man unverkennbar die Eindrücke menschlicher Knie.

Die Art des Kampfes ließ ein einziger Blick auf die Kehle und das Gesicht des Toten erraten. Diese waren nämlich dunkelrot, ja fast schwarz angelaufen, während Brust und Hände bleich schimmerten. Mit den Schultern ruhte er auf einem niedrigen Erdwall, sein Kopf war in einem unnatürlichen Winkel verrenkt, und die weitaufgerissenen Augen starrten leer in die den Füßen entgegengesetzte Richtung. Aus dem geöffneten, schaumgefüllten Mund hing eine schwarze, geschwollene Zunge. Seine Kehle wies schreckliche Würgemale auf, und zwar nicht nur Fingerabdrücke, sondern Quetschungen und Fleischwunden, wie sie von zwei starken Händen herrühren mußten, die sich in das nachgebende Fleisch gebohrt und ihren furchtbaren Würgegriff noch lange nach Eintritt des Todes beigehalten hatten. Brust, Kehle und Gesicht waren feucht; seine Kleidung troff vor Nässe, und Wassertropfen, die sich aus dem fallenden Nebel gebildet hatten, hingen an seinen Haaren und seinem Schnurrbart.

All dies erkannten die beiden Männer fast auf den ersten Blick. Dann sagte Holker:

»Armer Teufel! Er hatte einen schweren Kampf.«

Jaralson jedoch machte sich an eine peinlich genaue Untersuchung des umliegenden Waldes, wobei er die gespannte Schrotflinte fest in beiden Händen hielt, den Finger am Abzug. »Das Werk eines Verrückten«, erklärte er und ließ die Bäume dabei nicht aus den Augen. »Der Täter heißt Branscom-Pardee.«

Etwas, das von den rundum aufgewirbelten Blättern zum Teil

verdeckt wurde, erregte jetzt Holkers Aufmerksamkeit. Es war ein in rotes Leder gebundenes Notizbuch. Er hob es auf und blätterte es durch. Es enthielt leere Seiten für Notizen, und auf dem ersten Blatt stand der Name Halpin Frayser. Die nächsten Seiten trugen in roter Schrift – eilig hingekritzelt und kaum lesbar – einige Verse. Holker las sie laut vor, während sein Gefährte weiterhin die trüben, grauen Grenzen ihrer kleinen Welt im Auge behielt und aus jedem Wassertropfen, der von den mit Feuchtigkeit überladenen Zweigen fiel, weitere Gründe für ihre Besorgnis herauszuhören meinte. Die Verse lauteten:

Geschlagen in geheimnisvollen Bann, stand ich
im Dunkel eines Zauberwaldes,
Wo Myrthen und Zypressen ihre Zweige
verwoben in bedeutungsvoller, unheilschwerer Bruderschaft.

Die stille Weide flüstert' mit der Eibe dort,
Tödlicher Nachtschatten wuchert und die Raute
und bildeten mit Immortellen selbstgewebte,
gräßliche Grabtücher. Furchtbare Nesseln wuchsen da.

Kein Vogel sang, die Bienen schwiegen,
kein Lufthauch ließ die Blätter zittern,
Der Wind schlief totengleich; allein
das Schweigen atmete unter den Bäumen dort.

Verschwörerische Geister flüsterten im Dämmerlicht
von den Geheimnissen der Gräber;
von Bäumen tropfte Blut, ja ihre Blätter gar
schimmerten blutrot im Hexenlicht.

Da schrie ich laut! – Doch ungebrochen lastete
der Bann auf Herzen mir und Hirn,
und mutlos, seelenlos, hoffnungslos, verloren,
stritt ich wider des kommenden Unheils Ahnung.
Endlich das blicklose . . .

Holker hörte auf zu lesen; denn es gab nichts mehr zu lesen. Das Manuskript brach mitten im Satz ab.

»Das klingt nach Bayne«, sagte Jaralson, der auf seine Art so etwas wie gebildet war. Seine Wachsamkeit hatte nachgelassen, er blickte auf den Toten hinunter.

»Wer ist Bayne?« fragte Holker ziemlich gleichgültig.

»Myron Bayne, ein Bursche, der in den Gründerjahren der

Nation lebte – vor über einem Jahrhundert. Er schrieb furchtbar trübseliges Zeug; ich besitze seine Gesammelten Werke. Dieses Gedicht ist nicht darunter; sicher wurde es versehentlich ausgelassen.« – »Es ist furchtbar kalt«, sagte Holker. »Verlassen wir diesen Ort; wir müssen den Leichenbestatter aus Napa herschicken.«

Jaralson sagte nichts dazu, sondern machte nur eine zustimmende Geste. Als er an der kleinen Erhebung vorbeiging, auf der Kopf und Schultern des Toten ruhten, stieß sein Fuß unter dem vermoderten Laub gegen etwas Hartes, und er machte sich die Mühe, es mit einem Tritt hervorzuholen. Es war ein umgestürztes Grabkreuz, das den kaum noch zu entziffernden Namen Catherine Larue trug.

»Larue! Larue!« rief Holker mit plötzlicher Lebhaftigkeit aus, »das ist doch Branscoms wirklicher Name – nicht Pardee. Du meine Güte, wie mir jetzt alles wieder einfällt! – der Name der von ihm ermordeten Witwe war Frayser!«

»Hier ist etwas verflucht geheimnisvoll«, sagte der Detektiv Jaralson. »Ich hasse so etwas.«

Aus dem Nebel drang ein Lachen. – Es klang scheinbar aus weiter Ferne herüber, ein tiefes, krampfhaftes, gefühlloses Lachen, das nicht mehr Freude ausdrückte als das Heulen einer Hyäne, die nachts durch die Steppe streift. Es schwoll allmählich an, wurde lauter und lauter, klarer, deutlicher und gräßlicher, bis es fast innerhalb des kleinen Kreises ihres Gesichtsfeldes zu erklingen schien. Dieses Lachen war so unnatürlich, so unmenschlich und teuflisch, daß es sogar diese abgebrühten Menschenjäger mit unbeschreiblichem Entsetzen erfüllte. Sie griffen nicht zu ihren Waffen, sie dachten nicht einmal daran; das Grauen dieses schrecklichen Lautes gehörte nicht zu der Art, der man mit Waffen begegnen könnte. Doch ebenso, wie es aus der Stille gekommen war, verebbte es wieder. Nach einem letzten, wie ein Schrei gellenden Gelächter, das beinahe neben ihren Ohren ausgestoßen zu werden schien, verklang es wieder, bis die ersterbenden Laute in der Stille unermeßlicher Entfernung verhallten.

John Bartines Uhr

Bericht eines Arztes

Die genaue Zeit wollen Sie wissen? Du lieber Himmel! Weshalb bestehen Sie darauf? Man könnte meinen – aber was soll's – es ist Schlafenszeit – genügt Ihnen das nicht? Also bitte, wenn Sie Ihre Uhr stellen müssen, nehmen Sie meine und sehen Sie selbst nach der Zeit!«

Und damit löste er seine Uhr – eine ungeheuer schwere, altmodische Taschenuhr – von der Kette und reichte sie mir. Dann drehte er sich um, ging quer durch das Zimmer zu einem Bücherregal und betrachtete sich dort die Bücherrücken. Seine Aufregung und offensichtliche Erregung verblüfften mich; denn sie erschienen mir grundlos. Nachdem ich also meine Uhr nach der seinen gestellt hatte, ging ich zu ihm hinüber und sagte: »Ich danke Ihnen.«

Er nahm seine Uhr entgegen und befestigte sie wieder an ihrer Kette, doch dabei beobachtete ich, daß seine Hände zitterten. Mit einem Takt, auf den ich sehr stolz war, schlenderte ich daher, scheinbar absichtslos, zur Anrichte und goß mir etwas Brandy mit Wasser ein. Dann bat ich um Entschuldigung für meine Gedankenlosigkeit und fragte ihn, ob er auch etwas trinken wolle. Doch ging ich gleich darauf zurück zu meinem Platz am Feuer und überließ es ihm, sich zu bedienen, ganz wie es sich zwischen uns eingespielt hatte. Er goß sich etwas ein und kam dann zu mir ans Feuer. Er war jetzt wieder so ruhig wie stets.

Dieser seltsame kleine Zwischenfall ereignete sich in meiner Wohnung, wo John Bartine an diesem Tag mit mir den Abend verbrachte. Wir hatten gemeinsam im Klub gegessen, waren dann in einem Wagen nach Hause gefahren, und alles war in der üblichen, höchst prosaischen Alltäglichkeit abgelaufen. Weshalb also John Bartine die natürliche und feststehende Ordnung der Dinge umwerfen wollte und sich diesmal mit einem Gefühlsausbruch in Szene setzte – anscheinend nur seiner eigenen Unterhaltung zuliebe –, konnte ich in keiner Weise verstehen. Ich dachte immer angestrengter darüber nach, wobei sein glänzendes Unterhaltungstalent meine Unaufmerksamkeit nicht zu besiegen vermochte, und ich wurde darüber immer neugieriger. Natürlich war es mir nicht schwer, mich zu überreden, daß meine Neugier nur die Sorge um den Freund sei. Ich zerstörte einen der schönsten Sätze seines unbeachteten Monologs, indem ich ihn ohne weitere Umstände einfach unterbrach.

»John Bartine«, begann ich, »Sie müssen versuchen, mir zu vergeben, wenn ich mich irre; aber ohne Genaueres zu wissen als jetzt, kann ich Ihnen nicht das Recht zugestehen sich aufzublasen, wenn man Sie nach der Zeit fragt. Und ich muß Ihnen sagen, daß es durchaus nicht der üblichen Handlungsweise entspricht, wenn Sie in geheimnisvoller Weise zögern, auf Ihre Uhr zu sehen, oder wenn Sie in meiner Gegenwart ohne offensichtlichen Grund seltsame Gefühlsausbrüche erleiden, deren Ursache Sie mir verbergen. Freilich gehen sie mich auch nichts an.«

Auf diese spöttische Rede erwiderte Bartine zunächst kein Wort, sondern setzte sich nur und starrte nachdenklich ins Feuer. Da ich fürchtete, ihn beleidigt zu haben, wollte ich mich entschuldigen und ihn bitten, die ganze Angelegenheit zu vergessen. Doch da sah er mir ruhig in die Augen und entgegnete:

»Mein Lieber, die Leichtfertigkeit Ihres Benehmens täuscht mich keinesfalls über die kaum verhüllte Unverschämtheit Ihrer Forderung hinweg. Zum Glück hatte ich mich allerdings schon entschlossen, Ihnen zu erzählen, was Sie jetzt wissen wollen, und keine Offenbarung Ihrer Unwürdigkeit, es zu hören, soll meinen Entschluß ändern. Seien Sie so gut, mir Ihre Aufmerksamkeit zu schenken, und dann sollen Sie alles über diese Sache hören.

»Diese Uhr«, fuhr er fort, »war schon drei Generationen lang im Besitz meiner Familie, ehe sie mir zufiel. Ihr ursprünglicher Besitzer, für den sie gearbeitet wurde, war mein Urgroßvater, Bramwell Olcott Bartine, ein wohlhabender Farmer in der Kolonie Virginia und ein so überzeugter Tory, wie nur je einer nachts wachlag, um neue Verwünschungen auf das Haupt von Mister Washington zu schleudern und sich neue Methoden auszudenken, dem guten König George zu helfen und dessen Sache zu begünstigen. Eines Tages nun hatte dieser würdige Ehrenmann das tiefe Mißgeschick, seiner Seite einen Dienst von größter Bedeutung leisten zu können, was von denen, die darunter leiden mußten, als nicht gesetzmäßig angesehen wurde. Es ist ohne Belang, worum es sich handelte, aber zu den unwichtigen Folgen der Sache zählte auch die Verhaftung meines ausgezeichneten Vorfahren, der eines Nachts von einer Gruppe Aufständischer des Mister Washington in seinem Haus festgenommen wurde. Man erlaubte ihm noch, seiner weinenden

Familie Lebewohl zu sagen, und dann wurde er fortgeführt, in die Nacht hinaus, die ihn auf ewig verschluckte. Nicht der kleinste Hinweis auf sein Schicksal wurde jemals gefunden. Und nach dem Krieg führten weder die eifrigsten Nachforschungen noch das Aussetzen einer großen Belohnung dazu, irgend etwas von seinen Häschern oder eine Einzelheit hinsichtlich seines Verschwindens aufzudecken. Er blieb verschwunden, und das war alles.«

Ein Zug in Bartines Benehmen, der nicht in seinen Worten mitklang – ich wußte kaum, was es war – veranlaßte mich zu fragen: »Was halten Sie von der Sache? Ich meine von ihrer Rechtlichkeit?«

»Meine Ansicht?« brach er aus und schlug seine geballten Fäuste auf den Tisch, als ob er mit allerlei Lumpenpack in einer Kneipe würfelte. »Meine Ansicht von der Sache ist, daß es sich um einen ganz typischen, feigen Mord dieses verdammten Verräters Washington und seiner Lumpenrebellen handelte!«

Einige Minuten lang schwiegen wir. Bartine suchte sich zu fassen, und ich wartete. Dann fragte ich:

»War das die ganze Geschichte?«

»Nein, da war noch etwas. Ein paar Wochen nach der Wegführung meines Urgroßvaters fand man seine Uhr vor der Eingangstür seines Hauses liegen. Sie war in einen Bogen Briefpapier gewickelt, auf dem der Name von Rupert Bartine, seines einzigen Sohnes und meines Großvaters, geschrieben stand. Das ist die Uhr, die ich bei mir trage!«

Bartine machte eine Pause. Seine auch sonst unruhigen schwarzen Augen starrten in das Herdfeuer; ein Fünkchen roten Lichtes glimmte in ihnen: Die Spiegelung der glühenden Kohlen. Er schien mich völlig vergessen zu haben. Als plötzlich die Zweige eines Baumes draußen vor dem Fenster vom Wind aufgewühlt wurden und fast zur gleichen Zeit ein Regenschauer gegen die Scheiben rauschte, wurde Bartine wieder in die Gegenwart gerissen. Ein Unwetter hatte sich erhoben, angekündigt zunächst von einem einzelnen Windstoß, aber nach wenigen Augenblicken schon hörten wir deutlich das stetige Prasseln des Regens auf dem Pflaster. Ich weiß kaum, weshalb ich jetzt dieses Moment erwähne. Es schien mir aber eine bestimmte Bedeutung und eine Beziehung zu haben, die ich heute nicht mehr erklären kann. Zumindest ergab sich dadurch zusätzlich ein Element des Ernstes, ja fast der Feierlichkeit. Dann schloß Bartine seine Erzählung:

»Ich empfinde dieser Uhr gegenüber ein seltsames Gefühl – fast wie eine Art Zuneigung. Ich trage sie gern bei mir, obwohl ich sie andererseits ihres Gewichtes wegen und teils aus einem Grund, den ich jetzt erklären will, nur selten mit mir führe. Der Grund ist aber dieser: Jeden Abend, wenn ich sie bei mir habe, verspüre ich den unerklärlichen Wunsch, sie zu öffnen und nachzusehen, wie spät es ist, selbst wenn es nicht den geringsten Grund für mich gibt, die Zeit zu wissen. Wenn ich aber dann diesem Wunsch nachgebe, dann erfüllt mich im Moment, da meine Blicke auf das Zifferblatt fallen, eine merkwürdige Spannung – ein Gefühl lauernden Unheils. Das wird um so unerträglicher, je weiter es auf elf Uhr zugeht – und zwar auf dieser Uhr; ungeachtet dessen, wie spät es wirklich sein mag. Nachdem die Zeiger dieser Uhr dann die elfte Stunde angezeigt haben, ist die Spannung verschwunden, und ich fühle mich wieder völlig ruhig. Danach kann ich das Ding so oft ansehen, wie ich nur will, ohne mehr innere Erregung zu spüren als Sie, wenn Sie auf Ihre Uhr sehen. Natürlich habe ich mich bemüht, abends vor elf nicht auf die Uhr zu sehen; und gewöhnlich konnte auch nichts mich dazu verleiten. Deshalb hat Ihr Drängen heute abend mich etwas erregt. Ich fühlte mich genauso, wie sich meiner Meinung nach ein Opiumesser fühlen mag, wenn seine eigene Gier nach seiner speziellen und besonderen Art der Hölle noch durch Gelegenheit und Zuspruch anderer verstärkt wird.

Das ist also meine Geschichte, und ich habe sie nur Ihrer verdammten Wissenschaft wegen erzählt. Aber wenn Sie mich von heute an noch irgendwann abends diese verflixte Uhr tragen sehen, und Sie haben dann noch die Dreistigkeit, mich nach der Zeit zu fragen, dann müssen Sie leider die Unbequemlichkeit auf sich nehmen, sich von mir zusammenschlagen zu lassen!«

Sein Humor amüsierte mich. Ich konnte daran erkennen, daß er sich bereits wieder etwas aufgeregt hatte, während er mir von seinem Wahn erzählte. Sein abschließendes Lächeln wirkte jedoch ganz entrückt, und seine Augen zeigten noch einen anderen Ausdruck als ihre alte Ruhelosigkeit. Seine Blicke huschten mit anscheinender Ziellosigkeit im Raum umher und hatten, wie ich bemerkte, einen wilden Ausdruck angenommen, wie er bei gewissen Fällen von Wahnsinn beobachtet wird. Vielleicht bildete ich mir das auch nur ein, aber auf jeden Fall war ich jetzt überzeugt, daß mein Freund von einer sehr merkwürdigen und interessanten Wahnidee besessen war. Ohne, wie ich glaube, die geringste Minderung meiner herzlichen Zuneigung zu ihm begann ich ihn als einen Patienten zu betrachten, der eine Fülle von Studienmöglichkeiten bot. Weshalb auch nicht? Hatte er mir nicht um der Wissenschaft willen seine Wahnvorstellungen geschildert? Oh, der arme Bursche tat mehr für die Wissenschaft, als er selbst wußte: Nicht nur seine Geschichte, sondern er selbst wurde mir zum Studienobjekt. Natürlich hätte ich ihn heilen müssen, wenn ich gekonnt hätte. Aber vorher wollte ich noch ein kleines psychologisches Experiment anstellen – oder vielmehr würde das Experiment selbst wohl einen Schritt zu seiner Heilung darstellen.

»Das ist sehr offen und freundschaftlich von Ihnen, Bartine«, sagte ich herzlich, »und ich bin sehr stolz auf Ihr Vertrauen. Natürlich klingt alles sehr merkwürdig. Würden Sie mir die Uhr noch einmal zeigen?«

Er löste sie mitsamt der Kette von seiner Weste und gab sie mir, ohne dabei ein Wort zu sagen. Das Gehäuse war aus sehr dickem, schwerem Gold und einzigartig graviert. Nachdem ich das Zifferblatt eingehend untersucht und festgestellt hatte, daß die Zeiger auf kurz vor zwölf standen, öffnete ich die Rückseite der Uhr und sah überrascht ein inneres Gehäuse aus Elfenbein, auf das ein Miniaturporträt in jener exquisiten und zarten Manier gemalt war, wie man sie während des 18. Jahrhunderts liebte.

»Was denn, mein Gott!« rief ich aus, denn ich empfand ein starkes künstlerisches Entzücken darüber – »Das sind ja Sie! Wie um alle Welt konnten Sie das machen lassen? Ich glaubte, Miniaturmalerei auf Elfenbein sei eine vergessene Kunst!«

»Das dort bin nicht ich«, erwiderte er und lächelte düster. »Es ist mein ausgezeichneter Urgroßvater, der selige Herr Bramwell Olcott Bartine aus Virginia. Auf dem Bild dort ist er noch jung – etwa in meinem Alter, wirklich. Es heißt, er soll mir ähnlich gesehen haben. Finden Sie das auch?«

»Ähnlich? Das will ich meinen! Abgesehen vom Kostüm, von dem ich glaubte, Sie hätten es nur als Kompliment für die Kunst angelegt, und abgesehen vom fehlenden Schnurrbart entspricht dieses Porträt hier in jedem Zug, in jeder Linie und im Ausdruck völlig Ihnen!«

Weiter wurde nichts zwischen uns gesprochen. Bartine nahm sich ein Buch vom Tisch und begann zu lesen; ich aber hörte dem nicht endenwollenden Plätschern des Regens auf der Straße zu. Gelegentlich erklangen eilige Schritte auf den Gehsteigen, und einmal schien ein langsamerer, schwerer Schritt an meiner Tür zu zögern – ein Polizist, dachte ich, der sich wohl im Torweg unterstellen wollte. Die Zweige der Bäume klopften bedeutungsschwer an die Fensterscheiben, als ob sie um Eintritt bäten. All dessen erinnere ich mich noch nach Jahren eines weiseren und ernsteren Lebens.

Da ich mich unbeobachtet wußte, nahm ich den altmodischen Schlüssel, der an der Kette hing, und drehte schnell die Zeiger der Uhr um eine volle Stunde zurück. Dann klappte ich das Gehäuse zu, reichte Bartine sein Eigentum zurück und sah, wie er es wieder an der Weste befestigte.

»Ich glaube, Sie sagten«, begann ich in scheinbarer Gleichgültigkeit, »daß Sie der Anblick des Zifferblatts nach elf Uhr nicht mehr aufregt. Da es jetzt schon fast zwölf Uhr ist«, dabei sah er auf meine eigene Uhr, »könnten Sie jetzt doch vielleicht, wenn Sie mein Drängen nach dem Wahrheitsbeweis nicht ärgert, auf Ihre Uhr sehen!«

Er lächelte gutmütig, zog die Uhr wieder vor, klappte sie auf und sprang unmittelbar danach auf mit einem Schrei, den zu vergessen mir der Himmel noch nicht gewährt hat! Seine Augen, deren Schwärze durch die Blässe seines Gesichts erschreckend betont wurden, starrten auf die Uhr, die er mit beiden Händen gepackt hielt. Einige Zeit lang blieb er in dieser Haltung, ohne einen Ton von sich zu geben; und dann sagte er mit einer Stimme, die ich nie als die seine erkannt hätte:

»Verdammt! Es ist zwei Minuten vor elf!«

Ich war natürlich nicht ganz unvorbereitet auf einen solchen Ausbruch, und ohne aufzustehen, erwiderte ich ziemlich ruhig:

»Ich bitte um Entschuldigung; ich muß mich wohl auf Ihrer Uhr in der Zeit geirrt haben, als ich meine Uhr nach Ihrer stellte.«

Mit einem scharfen Schnappen klappte er sie zu und schob die Uhr in die Tasche zurück. Dann sah er mich an und versuchte zu lächeln, doch seine Unterlippe zitterte, und er schien nicht in der Lage zu sein, den Mund zu schließen. Auch seine Hände zitterten; zu Fäusten geballt steckte er sie in die Taschen seines Überrocks. Sein mutiger Geist bemühte sich offensichtlich, den feigen Körper zu beherrschen. Die Anstrengung war aber zu groß; er begann von einer Seite zur anderen zu schwanken, wie in einem Schwindelanfall, und ehe ich von meinem Stuhl aufspringen und ihn stützen konnte, gaben seine Knie nach. Er schlug nach vorn und stürzte schwer auf das Gesicht. Ich sprang zu ihm, um ihn aufzuheben; aber an dem Tag, da John Bartine wieder aufsteht, werden wir alle auferstehen.

Die nachträgliche Untersuchung ergab nichts; jedes Organ

war normal und gesund. Aber als der Leichnam für die Beerdigung vorbereitet wurde, sah man, daß sich ein schwacher dunkler Ring um seinen Hals gebildet hatte; jedenfalls versicherten mir das verschiedene Personen, die es gesehen haben wollten. Aus eigenem Wissen kann ich allerdings nicht bestätigen, daß es wirklich so war.

Ich will auch dem Gesetz der Vererbung keine Grenzen setzen. Ich weiß nicht, ob in der Welt der Geister ein Gefühl oder eine Empfindung das Herz, in dem sie wohnten, überleben und sich in einem verwandten, aber um Generationen späteren Leben neue Wohnstätte suchen. Wenn ich jedoch das Schicksal von Bramwell Olcott Bartine erraten sollte, so würde ich annehmen, daß er um elf Uhr abends gehängt wurde und daß man ihm vorher noch ein paar Stunden gewährt hatte, damit er sich auf den Übertritt ins Jenseits vorbereite.

Was John Bartine betrifft, meinen Freund, meinen Patienten für fünf Minuten und – der Himmel möge mir verzeihen! – mein Opfer für die Ewigkeit, so ist nichts weiter zu berichten. Er wurde begraben, und seine Uhr mit ihm; dafür hatte ich gesorgt. Möge Gott seiner Seele im Paradies Ruhe schenken und auch der Seele seines Vorfahren aus Virginia – falls dies überhaupt zwei verschiedene Seelen waren.

Das vernagelte Fenster

Im Jahr 1830 erstreckte sich noch wenige Meilen von dem Ort entfernt, wo jetzt die große Stadt Cincinnati liegt, ein ungeheuer weiter und fast unberührter Wald. Das ganze Gebiet war damals nur dünn von Grenzern besiedelt; von jenen unsteten Charakteren also, die, sowie sie notdürftig bewohnbare Heimstätten aus der Wildnis herausgehauen und einen unteren Grad von Wohlstand erlangt hatten, den wir heutzutage Dürftigkeit nennen würden, auch schon wieder durch irgendeinen geheimnisvollen Zwang ihrer Natur aufgescheucht wurden, um weiter westwärts zu wandern und dort neue Gefahren und Entbehrungen auf sich zu nehmen, nur um wieder den gleichen dürftigen Wohlstand zu erringen, den sie vorher freiwillig aufgegeben hatten. Viele von ihnen hatten die oben erwähnte Gegend bereits wieder verlassen, um an noch abgelegeneren Stellen zu siedeln. Aber unter denen, die blieben, war einer, der zu den ersten Ansiedlern gehört hatte. Er lebte allein in einem Blockhaus, das auf allen Seiten von dichtem Wald umgeben war. Von dessen Düsterkeit und Schweigen schien der Mann selbst ein Teil zu sein, denn niemand hatte ihn jemals lächeln sehen oder mehr Worte als unbedingt nötig sprechen hören.

Seine einfachen Bedürfnisse deckte er, indem er die Felle wilder Tiere in der Stadt am Fluß verkaufte oder eintauschte. Auf dem Land um seine Hütte, das er völlig unangefochten hätte in Besitz nehmen können, baute er nicht das geringste an. Zwar erkannte man noch Anzeichen für eine gewisse »Kultur« – ein paar Acker rund um das Haus herum waren einmal gerodet worden; aber die verrotteten Baumstümpfe wurden jetzt halb überwuchert von neuem Grün, das man anscheinend geduldet hatte, um die durch die Axt angerichteten Verwüstungen auszugleichen. Offensichtlich hatte die Lust dieses Mannes zum Ackerbau nur mit schwacher Flamme gebrannt und war unter Asche erstickt.

Das kleine Blockhaus mit seinem Schornstein aus Ästen und seinem Dach aus verzogenen Schindeln, die von querlaufenden Stangen belastet wurden, war lehmverschmiert, besaß nur eine einzige Tür und ihr gerade gegenüber ein einziges Fenster. Das letztere jedoch hatte der Bewohner mit Brettern vernagelt. Niemand konnte sich mehr an die Zeit erinnern, da dies noch nicht so gewesen war. Und niemand wußte auch, weshalb das Fenster auf diese Weise verschlossen war. Sicher nicht deshalb, weil der Bewohner Licht und Luft gehaßt hätte, denn an den seltenen Gelegenheiten, da ein Jäger an jenem einsamen Fleck vorüberkam, sah man den Einsiedler gewöhnlich, wie er sich auf seiner Türschwelle sonnte – falls der Himmel ihm gerade Sonnenschein bot. Ich glaube, daß es nur wenige heute noch lebende Personen gibt, die jemals das Geheimnis jenes Fensters erfuhren. Aber ich gehöre zu ihnen, wie Sie sehen werden.

Der alte Mann soll Murlock geheißen haben. Er schien damals schon siebzig Jahre alt zu sein, war aber in Wirklichkeit erst etwa fünfzig. Etwas anderes als die Jahre hatten ihn altern lassen. Sein Haar und sein langer, voller Bart schimmerten weiß, seine grauen, glanzlosen Augen waren eingesunken, sein Gesicht einzigartig von Runzeln überzogen, die zu zwei sich kreuzenden Systemen zu gehören schienen. Seine Gestalt war groß und hager, die Schultern gekrümmt – er trug an einer schweren Last. Ich selbst habe ihn freilich niemals gesehen; all diese Einzelheiten erfuhr ich von meinem Großvater, von dem ich auch die Geschichte des Mannes hörte, als ich noch jung war. Mein Großvater hatte ihn gekannt, da er in jenen frühen Tagen in seiner Nähe wohnte.

Eines Tages dann wurde Murlock tot in seiner Hütte aufgefunden. Es war weder die Zeit noch der Ort für Leichenbeschauer oder Zeitungsanzeigen, und ich denke, man kam überein, daß er aus natürlichen Ursachen gestorben sei. Andernfalls hätte man es mir erzählt, und ich würde mich daran erinnern. Ich weiß nur noch, daß man den Leichnam, wahrscheinlich aus einem Sinn für Schicklichkeit heraus, neben seiner Hütte begrub, und zwar neben dem Grab seiner Frau, die ihm so viele Jahre vorausgegangen war, daß man in der örtlichen Überlieferung kaum noch einen Hinweis auf ihre Existenz fand. Damit endete das letzte Kapitel dieser wahren Geschichte; es bliebe höchstens noch die Tatsache zu erwähnen, daß ich einige Jahre später in Begleitung eines gleichfalls unerschrockenen Burschen bis zu jenem Platz vordrang und mich nahe genug an die verfallene Hütte wagte, um einen Stein dagegen zu werfen. Dann rannten wir davon und flüchteten vor dem Geist, der, wie jeder aufgeweckte Junge wußte, den Platz unsicher machte. Es gibt allerdings noch ein früheres Kapitel; nämlich jenes, das mir mein Großvater berichtete:

Als Murlock seine Hütte baute und sich mit seiner Axt energisch einen Platz aus der Wildnis heraushaute – das Gewehr blieb währenddessen das einzige Mittel zur Sicherung des Lebensunterhalts – da war er noch jung, stark und voller Hoffnungen. In der weiter im Osten gelegenen Gegend, aus der er kam, hatte er dem Brauch entsprechend eine junge Frau geheiratet, die in jeder Weise seine ehrliche Ergebenheit verdiente und alle Gefahren und Entbehrungen willigen Geistes und leichten Herzens mit ihm teilte. Ihr Name ist nicht mehr überliefert; vom Zauber ihres Geistes und ihrer Person schweigen die Berichte ebenfalls, und dem Zweifler steht es frei, daran zu zweifeln, aber Gott bewahre mich davor, es ihm gleich zu tun! Von der Zuneigung dieser beiden Menschen und ihrem gemeinsamen Glück zeugt jeder zusätzliche Tag im Witwerdasein dieses Mannes im Übermaß; denn was sonst außer dem Magnetismus einer glücklichen Erinnerung konnte diesen waghalsigen Geist an einen Ort wie diesen gefesselt haben?

Eines Tages kehrte Murlock von der Jagd aus einem entfernteren Teil des Waldes zurück und traf sein Weib mit Fieber krank darniederliegend und nicht bei Bewußtsein. Im Umkreis von Meilen gab es weder einen Arzt noch Nachbarn; auch war die Frau nicht in der Verfassung, allein gelassen zu werden, damit er Hilfe heranholen könne. So nahm er die Aufgabe auf sich, sie allein wieder gesund zu pflegen. Doch am Ende des dritten Tages fiel sie abermals in Bewußtlosigkeit und glitt so hinüber, ohne anscheinend noch einmal einen Schimmer von Klarheit erlangt zu haben.

Nach dem, was wir über eine Natur wie die seine wissen, können wir es unternehmen, einige Details in die Umrisse einzusetzen, die von meinem Großvater gezeichnet wurden. Als Murlock sich überzeugt hatte, daß seine Frau tot sei, besaß er noch Fassung genug sich zu erinnern, daß die Tote für das Begräbnis vorbereitet werden müsse. Bei der Ausübung dieser heiligen Pflicht unterliefen ihm freilich immer wieder Fehler. Gewisse Dinge tat er unordentlich, und andere, die er korrekt ausführte, wiederholte er immer und immer wieder. Seine Unachtsamkeiten bei der Durchführung einer einfachen und ganz gewöhnlichen Tätigkeit erstaunten ihn. Es erging ihm wie einem Betrunkenen, der sich über die Aufhebung vertrauter Naturgesetze wundert. Murlock war auch überrascht, daß er nicht weinte. Er war überrascht und ein wenig beschämt; sicher fand er es herzlos, nicht um die Tote zu weinen. »Morgen«, sagte er laut vor sich hin, »morgen werde ich den Sarg machen und das Grab ausheben müssen, und wenn ich sie nicht länger sehen kann, dann erst werde ich sie vermissen! Jetzt aber – sie ist tot, natürlich, aber es ist alles in Ordnung – es muß doch irgendwie in Ordnung sein. Die Dinge können nicht so schlimm sein, wie sie einem erscheinen.«

Im schwächer werdenden Licht stand er über den Leichnam gebeugt, kämmte das Haar und legte letzte Hand an die einfache Toilette. Er tat alles mechanisch und mit seelenloser Sorgfalt. Und immer noch regierte in seinem Bewußtsein die undeutliche Überzeugung, daß alles gut sei – daß er sie wiederbekäme wie vorher, und daß sich alles aufklären würde. Er besaß noch keine Erfahrung im Trauern; sein Fähigkeit dazu war nicht durch die entsprechenden Gelegenheiten geübt worden. Sein Herz konnte nicht alles fassen und seine Vorstellungskraft nicht alles begreifen. Er wußte auch noch nicht, wie hart er getroffen war; dieses Wissen sollte ihm erst später kommen und ihn dann nie wieder verlassen. Das Leid ist ein Künstler; seine Wirkungen sind unterschiedlich wie die Instrumente, auf denen es die Klagelieder für die Toten spielt. Manchen entringt es die schärfsten und schrillsten Töne, anderen wieder nur tiefe und schwere Akkorde, die pulsend widerhallen wie der langsame Schlag einer fernen Trommel. Manche Naturen verwirrt es, und manche stumpft es ab. Manche trifft es wie ein Pfeil und regt alle ihre Gefühle zu rascherem Leben an; auf andere bricht es herein wie der Schlag eines Knüppels, der beim Treffen lähmt. Wir können annehmen, daß Murlock zu diesen letzteren gehörte, denn – und hier sind wir auf festerem Grund als auf dem der Vermutung – kaum hatte er sein frommes Werk vollendet, da ließ er sich auf einen Stuhl neben dem Tisch sinken, auf dem die Leiche lag. Während er noch feststellte, wie hell ihr Profil in der immer dunkler werdenden Dämmerung schimmerte, legte er seine Arme auf die Tischkante und ließ sein Gesicht darauf sinken. Immer noch war er ohne Tränen, nur unsagbar müde. In diesem Augenblick drang durch das offene Fenster ein langgezogener, klagender Laut wie der Schrei eines in den fernen Tiefen des dunkelnden Waldes verirrten Kindes. Der Mann rührte sich nicht. Wieder und diesmal näher als vorher ertönte dieser unirdische Schrei und drang in sein schwindendes Bewußtsein. Vielleicht war es ein wildes Tier, vielleicht auch nur ein Traum. Murlock nämlich schlief.

Es war schon einige Stunden später, wie es ihm anschließend erschien, als dieser ungetreue Totenwächter erwachte. Er hob den Kopf von den Armen und lauschte angespannt – weshalb wußte er selbst nicht. Wie er da in der schwarzen Dunkelheit neben der Toten saß; erinnerte er sich plötzlich an alles Geschehene ohne Erschrecken. Er strengte seine Augen an, um etwas zu sehen – doch wußte er nicht was. Seine Sinne waren hellwach, sein Atem stockte, ja selbst sein Blut hatte aufgehört zu pulsieren, als ob es das Schweigen verstärken wolle. Wer – oder was hatte ihn geweckt, und wo war es?

Plötzlich erbebte der Tisch unter seinen Armen, und im gleichen Moment hörte er – oder glaubte zu hören – einen leichten, sanften Schritt – dann wieder einen – Geräusche wie von nackten Füßen auf dem Fußboden!

Sein Entsetzen war so groß, daß er nicht mehr die Kraft besaß zu schreien oder sich zu bewegen. Notgedrungen wartete er – wartete dort in der Dunkelheit, wie ihm schien, jahrhundertelang, angefüllt mit einer Furcht, wie man sie erfahren und doch überleben kann, nur um von ihr zu berichten. Vergeblich versuchte er, den Namen der toten Frau auszusprechen; vergeblich wollte er seine Hand über den Tisch ausstrecken und fühlen, ob sie noch da sei. Seine Kehle war ohne Kraft, seine Arme und Hände schienen ihm aus Blei. Und dann geschah etwas Gräßliches. Ein schwerer Körper schien sich mit solcher Kraft gegen den Tisch zu werfen, daß dieser gegen seine Brust rammte und ihn fast zu Boden stieß. Im gleichen Augenblick hörte und spürte er, wie etwas auf den Fußboden stürzte, und zwar mit einem so kräftigen Aufprall, daß das ganze Haus erzitterte. Und dann folgte ein Scharren und ein wildes Durcheinander von Geräuschen, das unmöglich zu beschreiben ist. Murlock war aufgesprungen. Durch ihr Übermaß hatte die Furcht alle Macht über ihn verloren. Er warf seine Hände auf den Tisch, doch dort lag nichts mehr!

Es gibt einen Punkt, an dem sich Schrecken in Wahnsinn verwandelt; Wahnsinn aber treibt zur wilden Tat. Ohne bestimmte Absicht und ohne einen anderen Beweggrund als den eigensinnigen Drang eines Verrückten, sprang Murlock zur Wand, riß sein geladenes Gewehr herunter und feuerte es ab, ohne ein Ziel zu haben. Im Pulverblitz, der den Raum hell erleuchtete, erblickte er einen riesigen Panther, der seine Fänge in den Hals der toten Frau geschlagen hatte und sie zum Fenster zerrte! Danach war die Dunkelheit schwärzer als zuvor, und es herrschte wieder Schweigen. Als Murlock das Bewußtsein wiedererlangte, stand die Sonne hoch am Himmel, und der Wald hallte von Vogelstimmen wider.

Der Leichnam lag in der Nähe des Fensters, wo die Bestie ihn zurückgelassen hatte, als Blitz und Knall des Gewehrs sie verjagte. Die Kleidung war in Unordnung, das lange Haar zerzaust, und die Glieder lagen unnatürlich verrenkt. Aus der schrecklich zerrissenen Kehle war eine Blutlache geflossen und hatte sich ausgebreitet. Sie war noch nicht ganz geronnen. Das Band, mit dem Murlock ihre Handgelenke umwunden hatte, war zerrissen, die Hände fest verkrampft. Zwischen ihren Zähnen aber steckte ein Stück vom Ohr des Tieres.

Eine Mittelzehe des rechten Fußes

I

Es ist allgemein bekannt, daß es in dem alten Manton-Haus spukt. In der ganzen Gegend gibt es wohl keinen vernünftigen, unvoreingenommenen Menschen, der an dieser Tatsache zweifelt. Nur unverbesserliche Skeptiker können sich einer so offensichtlichen Wahrheit verschließen.

Zweierlei Beweise gibt es für das Vorhandensein von Gespenstern in diesem Haus; nämlich die Aussagen glaubwürdiger und unparteiischer Augenzeugen, und dann das Haus selbst. Erstere mögen aus diesem oder jenem Grund abgelehnt werden; aber was jeder selbst beobachten kann, muß doch wohl Beweiskraft haben.

Seit mehr als zehn Jahren wird das Manton-Haus von keinem Sterblichen mehr bewohnt und verfällt mit all seinen Nebengebäuden von Jahr zu Jahr mehr. So bietet es schon von außen einen trostlosen und gespenstischen Anblick. Es steht an der einsamsten Stelle der Landstraße zwischen Marshall und Harriston, umgeben von den Resten einer morschen Umzäunung und wild wucherndem Gestrüpp. In den meisten Fenstern stecken nur noch Scherben der ursprünglichen Glasscheiben, als Zeichen des Unwillens der männlichen Jugend dieser Gegend über das unbewohnte Wohnhaus. Das Gebäude ist zweistöckig und fast quadratisch; die einzige Haustür befindet sich in der Vorderfront, zwischen brettervernagelten Fenstern. Durch die ungeschützten Fenster des Obergeschosses haben Licht und Regen freien Zugang. Gras und Unkraut wuchern aus Mauerspalten. Kurz, das Gebäude sieht genauso aus, wie man sich gemeinhin ein Gespensterhaus vorstellt. Zweifellos hat zu den Gerüchten über die übernatürlichen Vorgänge in diesem Haus nicht unwesentlich ein tragisches Ereignis beigetragen, das sich vor etwa zehn Jahren an diesem Ort begab, als nämlich der damalige Besitzer und letzter Bewohner, Mr. Manton, eines Nachts seiner Frau und seinen beiden kleinen Kindern die Kehlen durchschnitt und noch in derselben Nacht aus der Gegend verschwand.

An diesem Haus fuhr an einem Sommerabend ein Wagen mit vier Männern vor. Drei von ihnen stiegen sofort aus, und einer davon band das Gespann an dem letzten Pfosten fest, der von dem alten Zaun übriggeblieben war. Der vierte Mann blieb im Wagen sitzen.

»Kommen Sie«, sagte derjenige, der die Pferde angebunden hatte, während die beiden anderen bereits auf die Haustür zugingen. »Wir sind am Ziel.«

Doch der Mann im Wagen rührte sich noch immer nicht. »Bei Gott!« knirschte er. »Das ist eine Falle! Und Sie sind mit im Komplott!«

Der andere zuckte die Schultern, und in seiner Stimme schwang so etwas wie Verachtung mit. »Erinnern Sie sich bitte, daß die Wahl des Ortes mit Ihrem Einverständnis der Gegenseite überlassen wurde. Wenn Sie sich allerdings vor Gespenstern fürchten . . .«

»Ich fürchte mich vor nichts und niemand!« Damit sprang der Mann aus dem Wagen und folgte mit einem Fluch den andern.

Mit einiger Mühe öffnete man die Haustür, deren Schloß und Angeln verrostet waren. Dann traten alle ein. Drinnen war es dunkel, doch einer der Männer hatte eine Kerze und Streichhölzer mitgebracht und machte Licht. Dann öffnete er eine Tür zur Rechten, die in ein großes, leeres Zimmer führte. Dicker Staub bedeckte den Boden und dämpfte ihre Schritte. Von der Decke hingen Spinnweben wie zerfetzte Spitzenschleier herab und wehten leise im Luftzug. Der Raum hatte zwei nebeneinanderliegende Fenster, durch die man aber nichts weiter sehen konnte als die groben Bretter, mit denen sie von außen vernagelt waren. Es gab keine Feuerstelle und keine Möbel; außer dem Staub und den Spinnweben waren die vier Männer die einzigen Objekte, die nicht zum Gebäude gehörten.

Merkwürdig genug nahmen sie sich im flackernden Licht der Kerze aus, wie sie da in dem leeren Zimmer standen. Derjenige, der als letzter und nur widerwillig den Wagen verlassen hatte, stach durch seine auffallende Erscheinung besonders hervor. Er war groß und kräftig, ja athletisch gebaut, mit mächtigem Brustkasten und breiten Schultern, und er sah aus, als ob er über Riesenkräfte verfügte. Der harte Ausdruck seines Gesichts ließ auch keinen Zweifel daran, daß er von diesen Kräften durchaus Gebrauch zu machen pflegte. Er war glatt rasiert und sein ergrauendes Haar kraus und kurz geschnitten. Seine niedrige Stirn hatten Falten durchfurcht; die tief eingesunkenen, zu kleinen Augen blickten unstet und waren von unbestimmbarer Farbe. Zusammengewachsene Brauen, ein grausam geschnittener

Mund und breite Kinnbacken gaben ihm ein düsteres und brutales Aussehen. Die Nase mochte hingehen, denn von Nasen erwartet man nicht viel; doch seine bleiche Gesichtsfarbe verstärkte nur den abstoßenden Gesamteindruck. Der Mann war so bleich, daß er fast blutleer wirkte.

An den andern drei Männern war nichts Auffälliges zu bemerken. Es waren Leute, die man trifft und gleich wieder vergißt. Zwischen dem oben beschriebenen und dem vierten, der sich etwas abseits hielt, gab es offenbar keine freundschaftlichen Gefühle. Sie vermieden es sogar, einander anzusehen.

»Gentlemen«, sagte der Mann mit der Kerze und den Schlüsseln, »ich glaube, wir können anfangen. Sind Sie bereit, Mr. Rosser?«

Der etwas abseits stehende Mann trat vor und verbeugte sich lächelnd. »Und Sie, Mr. Grossmith?«

Der große Mann verbeugte sich finster.

»Dann wollen Sie bitte Ihre Überkleidung ablegen.«

Ihre Hüte, Jacken, Westen und Halstücher hatten sie schnell abgelegt und durch die offene Tür in den Flur hinausgeworfen. Der Mann mit der Kerze nickte. Daraufhin brachte jener, welcher vorhin Mr. Grossmith zum Verlassen des Wagens aufgefordert hatte, zwei lange, mörderisch aussehende Jagdmesser zum Vorschein, die er aus ihren Lederscheiden zog.

»Sie sind genau gleich«, erklärte er und bot jedem der Kontrahenten eines davon an. Zu dieser Zeit hätte wohl auch der schwerfälligste Beobachter begriffen, worum es sich bei dieser nächtlichen Zusammenkunft handelte: Es sollte ein Duell auf Leben und Tod ausgefochten werden.

Jeder der beiden Kontrahenten ergriff ein Messer, untersuchte es sorgfältig und prüfte die Stärke von Klinge und Griff über dem angewinkelten Knie. Dann wurde jeder vom gegnerischen Sekundanten durchsucht.

»Wenn es Ihnen beliebt, Mr. Grossmith«, sagte der Mann mit der Kerze, »so stellen Sie sich jetzt bitte in jener Ecke dort auf.« Er wies nach der Ecke, die am weitesten von der Tür entfernt war.

Mr. Grossmith zog sich in die angewiesene Ecke zurück, nachdem sein Sekundant ihn mit einem Handschlag, aber ohne jede Herzlichkeit verabschiedet hatte. Sein Gegner bezog Stellung in der Ecke zunächst der Tür. Die beiden Sekundanten stellten sich neben der Tür auf.

In diesem Augenblick wurde die Kerze plötzlich ausgelöscht,

so daß tiefe Dunkelheit herrschte. Ob dies ein Luftzug von der offenen Tür her oder eine absichtliche Bewegung verursacht hatte – die Wirkung war jedenfalls erschreckend.

»Gentlemen«, sagte eine Stimme, die unter den veränderten Umständen seltsam fremd und bedrohlich klang, »Gentlemen, rühren Sie sich nicht von der Stelle, bis Sie das Zufallen der Haustür hören.«

Dann waren eilige Schritte zu vernehmen, das Schließen der Zimmertür, Schritte im Flur, und schließlich fiel die Haustür krachend ins Schloß, daß das ganze Haus erzitterte.

Wenige Minuten später begegnete ein Bauernjunge einem leichten Wagen, der mit halsbrecherischer Geschwindigkeit in Richtung auf das Städtchen Marshall fuhr. Der Junge berichtete, er habe hinter den beiden dunklen Gestalten auf dem Kutschbock eine dritte, stehende Gestalt bemerkt, die sich über die beiden andern beugte und sie offenbar mit eisernem Griff, aus dem sie sich vergeblich zu befreien suchten, am Genick festhielt. Diese dritte Gestalt erschien ganz in Weiß gekleidet und war zweifellos auf den Wagen gesprungen, als dieser an dem Geisterhaus vorbeifuhr. Da der Junge sich schon früherer Erfahrungen mit übernatürlichen Erscheinungen rühmen konnte, hatte sein Wort natürlich besonderes Gewicht. Die Geschichte erschien sogar im Lokalblatt, begleitet von einer Aufforderung an die oben erwähnten Herren, sich zu melden und ihre natürlichen Erlebnisse im Lokalblatt zu schildern. Unnütz zu sagen, daß die Aufforderung unbeantwortet blieb.

2

Die Ereignisse, die zu diesem Duell im Dunkeln geführt hatten, sind schnell berichtet. Eines Abends saßen drei junge Männer in einer ruhigen Ecke des einzigen Hotels von Marshall, rauchten und unterhielten sich über dies und jenes. Die drei Männer hießen King, Rosser und Sancher. An einem anderen Tisch, aber in Hörweite, saß ein vierter, etwas älterer Mann, der ihnen fremd war. Sie wußten nur, daß er an diesem Nachmittag mit der Postkutsche angekommen war und sich unter dem Namen Grossmith in die Gästeliste des Hotels eingetragen hatte. Seit seiner Ankunft hatte er mit keinem Menschen gesprochen, außer mit dem Hotelangestellten, und mied in auffallender Weise jeden

Umgang mit andern Gästen. Seine eigene Gesellschaft schien ihm vollauf zu genügen, was in Anbetracht seiner wenig einnehmenden Persönlichkeit als ein Zeichen von zweifelhaftem Geschmack angesehen werden mußte.

»Ich hasse jede Art von Mißbildung bei einer Frau«, erklärte King gerade. »Gleichgültig, ob es sich um eine angeborene oder erworbene Mißbildung handelt. Ich bin nämlich der Meinung, daß jeder körperliche Makel auch einen seelischen oder geistigen Defekt mit sich bringt.«

»Das heißt also«, erwiderte Rosser ernst, »daß Sie niemals eine Frau heiraten würden, die des moralischen Vorzugs einer Nase ermangelt?«

»Wenn Sie so wollen – ja«, war die Antwort. »Aber im Ernst, ich habe einmal eine reizende junge Dame sitzengelassen, weil ich zufällig erfuhr, daß ihr eine Zehe amputiert worden war. Sie können mein Verhalten grausam nennen. Aber ich weiß, ich wäre mit ihr niemals glücklich geworden und hätte auch sie unglücklich gemacht.«

»So aber«, warf Sancher ein, »hat sie einen Herrn mit großzügigeren Ansichten geheiratet und endete mit durchschnittener Kehle.«

»Ah, Sie wissen, auf wen ich anspielte! Ja, sie heiratete Manton. Ob er großzügiger dachte, weiß ich nicht. Aber ich halte es durchaus für möglich, daß er ihr nur deshalb die Kehle durchschnitt, weil er es nicht verwinden konnte, daß ihr die mittlere Zehe des rechten Fußes fehlte.«

»Seht euch mal den Kerl dort drüben an!« sagte Rosser leise und schickte einen Blick zu dem Fremden hinüber.

Der Kerl verfolgte offenbar mit großer Aufmerksamkeit ihr Gespräch.

»Das ist eine Unverschämtheit!« murmelte King. »Was sollen wir tun?«

»Da gibt es nur eines!« meinte Rosser und erhob sich. Dann wandte er sich an den Fremden. »Sir, ich muß Sie auffordern, Ihren Stuhl zu nehmen und sich ans andere Ende der Veranda zu setzen. Offenbar ist die Gegenwart von Gentlemen eine völlig ungewohnte Situation für Sie!«

Der Fremde sprang auf und trat mit geballten Fäusten und zornbleichem Gesicht auf seinen Beleidiger zu. Auch die beiden andern waren aufgestanden. Sancher trat zwischen die Streitenden.

»Sie waren voreilig und ungerecht«, sagte er zu Rosser.

»Dieser Herr hat nichts getan, was eine solche Sprache rechtfertigen würde!«

Aber Rosser war nicht bereit, auch nur ein Wort zurückzunehmen. Nach der Sitte des Landes und der Zeit blieb also nur eine einzige Lösung möglich.

»Ich verlange Genugtuung, wie sie einem Gentleman zusteht«, sagte der Fremde, der sich etwas beruhigt hatte. »Da ich keinen Menschen in dieser Gegend kenne, wären Sie vielleicht, Sir«, und er verneigte sich gegen Sancher, »so freundlich, mein Sekundant zu sein und mich in dieser Angelegenheit zu vertreten?«

Sancher übernahm die Verpflichtung, wenn auch widerwillig, denn er empfand ebensowenig Sympathie für den Fremden wie seine Gefährten.

King hatte während dieses ganzen Wortwechsels kein Auge von dem Fremden gelassen und kein einziges Wort gesprochen. Mit einem Nicken gab er sein Einverständnis, als Rosser ihn darum bat, sein Sekundant zu sein. Das Treffen wurde für den folgenden Abend festgesetzt; und die näheren Umstände kennen wir bereits.

Ein Duell mit Messern in einem dunklen Raum war damals im Südwesten gar nicht so ungewöhnlich. Wie dünn die Decke von »Ritterlichkeit« war, unter der sich die Brutalität eines Sittenkodex versteckte, der solche Begegnungen möglich machte, werden wir noch sehen.

3

In der strahlenden Mittagssonne hatte das alte Manton-Haus nichts von einem Spukhaus an sich. Es schien irdisch und ganz von dieser Welt zu sein. Der Sonnenschein liebkoste es zärtlich, ungeachtet seines schlechten Rufs. Gras und Unkraut wucherten in fröhlicher Lebensfülle; in den Bäumen zwitscherten die Vögel, und selbst die glaslosen Fenster des Obergeschosses sahen hell und freundlich aus. Über den steinigen Feldern flirrte die Hitze, und alles bot ein Bild lebendiger Heiterkeit, wie sie mit den düsteren Schatten des Übernatürlichen unvereinbar ist.

So bot sich Manton-Haus dem Sheriff Adam und seinen beiden Begleitern dar, die aus Marshall gekommen waren, um es in Augenschein zu nehmen. Einer der Männer war Mr. King, der

Stellvertreter des Sheriffs; der andere ein Bruder der verstorbenen Mrs. Manton, ein Mann namens Brewer. Nach dem Gesetz untersteht ein Besitztum, dessen Eigentümer tot oder verschollen ist, bis zur Klärung der Erbfolge dem Sheriff. Sein heutiger Besuch stand im Zusammenhang mit einem gerichtlich geltend gemachten Erbanspruch des Mr. Brewer. Es war ein reiner Zufall, daß dieser Besuch am Tag nach jener Nacht stattfand, in der Mr. King das Haus zu einem ganz andern Zweck aufgeschlossen hatte. King war nicht aus freiem Antrieb hier; er hatte vielmehr die Anweisung, seinen Vorgesetzten zu begleiten, und hielt es für geraten, diesem Befehl nachzukommen.

Der Sheriff war etwas überrascht, als er die Tür nicht versperrt fand. Auf dem Fußboden im Flur stieß man auf einen Haufen Kleidungsstücke: Dort lagen zwei Hüte, zwei Jacken, ebenso viele Westen und Halstücher. Alles war in gutem Zustand und nur leicht von dem Staub des Fußbodens beschmutzt. Auch Mr. Brewer zeigte sich überrascht; nur Mr. Kings Gefühle sind nicht bekannt.

Mit neuem und noch verstärktem Interesse entriegelte und öffnete der Sheriff die Tür zur rechten, und die drei Männer traten ein. Auf den ersten Blick schien das Zimmer leer; doch als ihre Augen sich an das Dämmerlicht gewöhnt hatten, sahen sie in der entferntesten Ecke eine menschliche Figur. Es war ein Mann, der in der Ecke kauerte. Etwas in seiner Haltung ließ die Eindringlinge schon an der Schwelle stocken. Der Mann hockte auf einem Knie, hatte den Kopf zwischen die Schultern gezogen, die Hände wie Klauen verkrampft schützend vors Gesicht gepreßt, den Mund wie zum Schreien geöffnet und einen Ausdruck namenlosen Entsetzens in den starren, unglaublich weitaufgerissenen Augen. Der Mann war tot. Außer einem Jagdmesser, das offensichtlich seiner Hand entfallen war, konnten sie nichts weiter in dem Zimmer entdecken.

Der dicke Staub, der auf dem Boden lag, war nahe der Tür und entlang der Türwand von einem Gewirr von Fußspuren aufgewirbelt. Der tote Mann hatte auch eine deutliche Spur hinterlassen, als er von der Tür bis in seine Ecke gegangen war.

Instinktiv hielten sich die drei Männer an diese Spur, als sie sich der Leiche näherten. Der Sheriff griff nach einem Arm des Toten, der bereits steif wie Holz war und unter dem Griff des Sheriffs ruckte.

Bleich vor Erregung starrte Brewer in das verzerrte Gesicht des Toten und rief: »Gott im Himmel – das ist ja Manton!«

»Sie haben recht«, murmelte King. »Ich kannte Manton. Damals trug er allerdings einen Vollbart und längeres Haar. Aber das ist er!«

Er hätte hinzufügen können: »Ich erkannte ihn schon im Hotel. Ich sagte es Rosser und Sancher, und daraufhin spielten wir ihm diesen furchtbaren Streich. Als Rosser uns auf den Fersen aus diesem dunklen Zimmer folgte, vergaß er in der Aufregung seinen Rock und mußte in Hemdsärmeln mit uns fahren. Wir wußten die ganze Zeit, mit wem wir es zu tun hatten. Wir erkannten ihn, diesen Mörder und Feigling!«

Aber Mr. King hütete sich, dergleichen zu sagen. Er, der mehr wußte als die andern, versuchte für sich allein, das Geheimnis von Mantons Tod zu enträtseln. Daß er offenbar kein einziges Mal seine Ecke verlassen hatte; daß seine Haltung weder auf Angriff noch auf Verteidigung hindeutete; daß er sein Messer hatte fallenlassen; daß er offenbar vor Entsetzen über irgendeinen Anblick gestorben war – alle diese Umstände konnte auch Mr. King nicht begreifen.

Während er sich abmühte, die Situation zu erfassen, fiel sein Blick von ungefähr auf etwas, das ihn trotz des Tageslichts und der Gegenwart lebendiger Gefährten mit kaltem Grauen erfüllte. Im Staub der vielen Jahre, der den Fußboden bedeckte, zeichneten sich deutlich dreifache Fußspuren ab, die von der Tür her quer durchs Zimmer bis zu Mantons Ecke führten. Es waren die Spuren nackter Füße. Die beiden äußeren stammten offenbar von zwei kleinen Kindern, die in der Mitte von einer Frau. Von der Stelle, an der sie endeten, gab es keine Umkehr; alle Fußabdrücke wiesen in dieselbe Richtung.

Im selben Augenblick bemerkte auch Brewer die Spuren. Schreckensbleich beugte er sich hinunter und wies mit beiden Händen auf den letzten Abdruck des rechten Frauenfußes.

»Da! Seht doch!« schrie er fassungslos. »Die Mittelzehe fehlt – es war Gertrude!«

Gertrude aber war die ermordete Mrs. Manton, die Schwester von Mr. Brewer.

Eine Begebenheit an der Owl-Creek-Brücke

1

Auf einer Eisenbahnbrücke im nördlichen Alabama stand ein Mann und blickte hinunter in das zwanzig Fuß unter ihm schnell dahinschießende Wasser. Die Hände dieses Mannes lagen auf dem Rücken und waren an den Handgelenken mit einem Strick zusammengebunden. Eine Seilschlinge lag eng um seinen Hals. Dieses Seil war an einem dicken Querbalken über seinem Kopf befestigt, und das freie Tauende fiel bis zu seinen Knien herab. Einige Bretter hatte man lose über die Schwellen gelegt, auf denen die Schienen der Bahnlinie ruhten, und bildeten ein Podest für ihn und seine Henker – zwei Soldaten der Nordstaaten-Armee. Diese befehligte ein Sergeant, der im Zivilleben vielleicht Hilfssheriff gewesen sein mochte. Ein Stück weiter, aber noch auf derselben behelfsmäßigen Plattform, wartete ein Offizier mit umgeschnalltem Degen und in der Uniform seines Ranges. Er war Hauptmann. An jedem Ende der Brücke stand ein Posten und hielt sein Gewehr präsentiert, das heißt, es wurde senkrecht vor der linken Schulter gehalten, wobei der Hahn auf dem steif vor die Brust gelegten Unterarm ruhte. Dies ist eine förmliche und unnatürliche Stellung, die dazu zwingt, den Körper starr aufrecht zu halten. Zur Pflicht dieser Männer schien es nicht zu gehören, sich um das zu kümmern, was auf der Mitte der Brücke vor sich ging. Sie bewachten die Endpunkte des Plankensteges, der über die Brücke gelegt war.

Jenseits des ersten Wachtpostens war kein Mensch weiter zu sehen. Die Eisenbahnlinie lief dahinter noch etwa hundert Yards weit in einen Wald hinein, beschrieb dann eine Kurve und entschwand dem Blick. Zweifellos stand weiter draußen noch ein Vorposten. Am hiesigen Ufer des Flusses erstreckte sich offenes Land. Hier stieg eine sanfte Böschung an, die von einer Palisade aus senkrecht eingerammten Baumstämmen gekrönt wurde. In ihr befanden sich Schießscharten für Gewehre und eine Luke; aus dieser ragte die Mündung einer ehernen Kanone, die offenbar die Brücke beherrschte. Halbwegs auf dem Abhang zwischen Brücke und Palisade standen die Zuschauer der Zeremonie, eine Kompanie Infanterie in Rührt-euch-Stellung. Sie hatten die Gewehrkolben auf den Erdboden gesetzt, die Läufe leicht rückwärts an die rechte Schulter gelehnt und die Hände über den Schäften gekreuzt. Rechts neben der Truppe stand ein Leutnant. Die Spitze des Degens hatte er aufgestützt, und seine linke Hand ruhte auf der rechten. Mit Ausnahme der vier Männer auf der Brückenmitte bewegte sich niemand. Steinern und bewegungslos starrte die Kompanie zur Brücke.

Der Hauptmann stand schweigend mit übereinandergeschlagenen Armen und beobachtete das Werk seiner Untergebenen, doch rührte er sich nicht. Der Tod ist eben eine Respektsperson, die, ist sie einmal angekündigt, mit förmlichen Achtungserweisen empfangen werden will, selbst von denen, die äußerst vertraut mit ihm sind. Im Kodex der militärischen Etikette aber sind die Formen der Ehrerbietung nur Schweigen und Starre.

Der Mann, der hier gehängt werden sollte, schien etwa fünfunddreißig Jahre alt und ein Zivilist zu sein, seiner Kleidung nach zu urteilen, die jene eines Pflanzers war. Seine Gesichtszüge wirkten angenehm. Er hatte eine gerade Nase, einen festen Mund, eine breite Stirn, über der sein langes, dunkles Haar glatt zurückgekämmt war und hinter den Ohren bis auf den Kragen seines gutsitzenden Überrocks fiel. Er trug ferner Schnurrbart und Kinnbart, aber keinen Backenbart. Seine Augen waren groß und dunkelgrau und zeigten einen freundlichen Ausdruck, den man bei einem Mann, dessen Hals in einer Hanfschlinge steckte, kaum erwartet hätte. Offensichtlich war das kein gewöhnlicher Mörder. Das liberale Militärgesetz hat nämlich Vorsorge getroffen, daß sehr viele Arten von Personen gehängt werden können, und auch Ehrenmänner sind da keineswegs ausgeschlossen.

Alle Vorbereitungen waren nun getroffen. Die beiden Soldaten traten zur Seite, und jeder zog das Brett fort, auf dem er gestanden hatte. Der Sergeant wandte sich zum Hauptmann, grüßte und trat unmittelbar neben jenen Offizier, der seinerseits einen Schritt zur Seite trat. Durch diese Vorgänge standen nun der verurteilte Mann und der Sergeant auf den jeweiligen Enden desselben Brettes, das auf drei Querträgern der Brücke ruhte. Jenes Brettende, auf dem der Zivilist stand, erreichte fast, jedoch nicht ganz, einen vierten Querträger. Bisher war das Brett durch das Gewicht des Hauptmanns auf seinem Platz gehalten worden; jetzt hielt es das Gewicht des Sergeanten in seiner Lage. Auf ein Zeichen des Hauptmanns hin würde der Sergeant zur Seite treten, das Brett würde abkippen und der verurteilte Mann zwischen zwei Trägern in die Tiefe stürzen.

Diese Anordnung empfahl sich der Einsicht des Verurteilten als einfach und wirkungsvoll. Sein Gesicht hatte man nicht bedeckt und die Augen nicht verbunden. Einen Moment blickte er auf seinen unsicheren Standort hinab, dann ließ er seinen Blick zu den quirlenden Wassern des Flusses wandern, die unter seinen Füßen rasend schnell dahinschossen. Ein Stück tanzenden Treibholzes erregte seine Aufmerksamkeit. Seine Blicke folgten ihm den Strom entlang. Wie langsam schien er sich zu bewegen! Was war das für ein träger Strom!

Er schloß die Augen und versuchte, seine Gedanken auf Frau und Kinder zu konzentrieren. Das Wasser, das von der aufgehenden Sonne in Gold verwandelt wurde, die wallenden Nebel an den Ufern ein Stück flußabwärts, die Palisadenanlage, die Soldaten und das Treibholz – alles hatte ihn abgelenkt. Und jetzt drang eine neue Störung in sein Bewußtsein. Durch die Gedanken an seine Lieben klang ein Ton, den er weder überhören noch begreifen konnte. Es war ein scharfer, deutlicher, metallischer Schlag, wie der Streich eines Schmiedehammers auf den Amboß; genauso klang es. Der Verurteilte fragte sich, was das sei, und ob der Klang aus unmeßbarer Weite oder aus der Nähe käme – es schien beides zu sein. Der Rhythmus dieser Schläge war regelmäßig, aber so langsam wie das Läuten einer Totenglocke. Mit Ungeduld und – er wußte nicht weshalb – auch mit gespannter Angst erwartete Farquhar jeden Schlag. Die Pausen des Schweigens schienen ihm immer länger; und die Verzögerungen machten ihn fast toll. Je seltener die Schläge aber erklangen, desto mehr nahmen sie an Stärke und Grelle zu. Sie verletzten sein Ohr wie ein Messerstoß; er fürchtete, er würde schreien müssen. Was er hörte, war das Ticken seiner Uhr.

Er öffnete die Augen und sah wieder das Wasser unter sich. »Wenn ich meine Hände befreien könnte«, dachte er, »würde ich auch die Schlinge abwerfen und in den Strom springen können. Durch Tauchen würde ich ihren Kugeln entgehen, und wenn ich kräftig schwämme, könnte ich das jenseitige Ufer erreichen. Dann entkäme ich in den Wald und würde mein Heim erreichen. Mein Haus liegt Gott sei Dank noch vor ihren Linien; meine Frau und meine Kinder leben noch jenseits der Vorposten dieser Eindringlinge.«

Während diese Gedanken, die hier in Worten ausgedrückt werden mußten, im Gehirn des verurteilten Mannes wie ein Blitz aufzuckten und kaum gedacht wurden, nickte der Hauptmann dem Sergeanten zu. Der Sergeant trat zur Seite.

2

Peyton Farquhar war ein wohlhabender Pflanzer aus einer alten und geachteten Familie in Alabama. Da er selbst Sklaven besaß und wie die anderen Sklavenhalter auch Politik betrieb, war er natürlich ein geborener Sezessionist und der Sache des Südens glühend ergeben. Gewisse Umstände dringlicher Art, die hier aber nicht dargelegt zu werden brauchen, hatten ihn abgehalten, Soldat zu werden und Dienst bei der tapferen Südstaaten-Armee zu nehmen, die den unglücklichen, mit dem Fall von Corinth endenden Feldzug führte. Farquhar litt sehr unter dem unrühmlichen Zwang. Er sehnte sich so sehr danach, seine Kräfte einzusetzen, das bedeutungsvollere Leben eines Soldaten zu führen und Gelegenheit zu finden, sich auszuzeichnen. Diese Gelegenheit, das fühlte er, würde kommen, wie sie für alle im Krieg einmal kommt. In der Zwischenzeit tat er, was er konnte. Kein Dienst war ihm zu bescheiden, wenn es galt, der Sache des Südens zu dienen; kein Abenteuer wurde ihm zu gefährlich, wenn es nur vereinbar blieb mit dem Charakter eines Zivilisten, der im Herzen Soldat war und in gutem Glauben und ohne allzu viele Fähigkeiten in gewissem Grad dem unbemäntelten und schandbaren Machtanspruch zustimmte, wonach sowohl in der Liebe wie auch im Krieg alles erlaubt sei.

Eines Abends, als Farquhar und seine Frau auf einer einfachen Bank vor dem Tor zu ihrer Besitzung saßen, ritt ein grau gekleideter Soldat heran und bat um einen Schluck Wasser. Mrs. Farquhar war nur zu glücklich darüber, ihn persönlich mit ihren eigenen zarten, weißen Händen bedienen zu dürfen. Während sie das Wasser holte, trat ihr Mann an den staubbedeckten Reiter heran und fragte eifrig nach Neuigkeiten von der Front.

»Die Yankees setzen die Eisenbahnlinie wieder instand«, antwortete der Mann, »und sie bereiten sich auf weiteren Vormarsch vor. Sie haben schon die Owl-Creek-Brücke erreicht und sie wieder in Ordnung gebracht, und auf dem Nordufer haben sie eine Palisade gebaut. Der Kommandant erließ auch einen Befehl, der überall angeschlagen ist. Darin wird erklärt, daß jeder Zivilist, den man dabei faßt, wie er sich an den Schienen, den Brücken, Tunnels oder Zügen zu schaffen macht, kurzerhand gehängt wird. Ich habe den Befehl selbst gesehen.«

»Wie weit ist es bis zur Owl-Creek-Brücke?« fragte Farquhar.

»Etwa dreißig Meilen.«

»Und auf dieser Seite des Flusses stehen keine Truppen?«

»Nur eine Feldwache. Sie ist eine halbe Meile auf den Schienen vorgeschoben. Und ein einzelner Posten steht am diesseitigen Ende der Brücke.«

»Angenommen, ein Mann – ein Zivilist, der begierig aufs Hängen ist – würde die Feldwache umgehen und vielleicht den Posten überwinden«, fragte Farquhar lächelnd, »was könnte der ausrichten?«

Der Soldat dachte nach. »Als ich vor einem Monat dort vorbeikam«, entgegnete er dann, »bemerkte ich, daß die Flut vom letzten Winter eine große Menge Treibholz gegen den hölzernen Pfeiler an der hiesigen Seite der Brücke angetrieben hat. Das Holz muß jetzt trocken sein und würde brennen wie Zunder.«

Die Lady brachte nun das Wasser. Der Soldat trank, dankte ihr förmlich, verneigte sich vor ihrem Mann und ritt dann davon. Eine Stunde später, nach Anbruch der Nacht, kam er noch einmal an der Farm vorbei und ritt nordwärts in die Richtung, aus der er gekommen war. Es handelte sich um einen Kundschafter der Nordstaaten-Armee.

3

Als Peyton Farquhar zwischen den Brückenträgern hinunterstürzte, verlor er sofort das Bewußtsein und ähnelte einem bereits toten Mann. Aus diesem Zustand wurde er – und zwar Ewigkeiten später, wie ihm schien – durch die Qual eines starken Drucks um seine Kehle gerissen. Diesem folgte das Gefühl des Erstickens. Heftige, scharfe Krämpfe schienen von seinem Hals abwärts durch jede Faser seines Körpers und seiner Glieder zu schießen. Diese Schmerzen zuckten wie auf festgelegten Bahnen mit vielen Verzweigungen entlang und schienen in ununterscheidbar schneller Regelmäßigkeit einander zu folgen. Sie waren wie Ströme pulsierenden Feuers, das den Mann auf eine unerträgliche Temperatur erhitzte. Lediglich in seinem Kopf empfand er nichts weiter als das Gefühl von Völle und Blutandrang. Doch alle diese Empfindungen wurden nicht von Gedanken begleitet. Der intellektuelle Teil seiner Natur war bereits ausgelöscht; er hatte nur noch Kraft zu fühlen, und dieses Fühlen bedeutete Qual. Doch gleich darauf wurde er sich einer Bewegung bewußt. Eingehüllt in eine leuchtende

Wolke, deren feuriges Herz er war, ohne materielle Substanz, so schwang er durch unvorstellbare Schwingungsbögen wie ein ungeheures Pendel.

Und dann schoß das Licht über ihm mit schrecklicher Plötzlichkeit und mit lautem Klatschen nach oben davon. Ein fürchterliches Brüllen dröhnte in seinen Ohren auf, und alles wurde kalt und dunkel. Die Kraft zu denken kam wieder; und er erkannte, daß das Seil gerissen und er in den Fluß gestürzt war. Er verspürte dabei keine zusätzliche Atemnot; die Schlinge um seinen Hals würgte ihn ohnehin bereits und hielt das Wasser seinen Lungen fern. Am Grund eines Flusses den Tod durch Erwürgen zu sterben, diese Vorstellung erschien ihm lächerlich. Er öffnete die Augen in der Finsternis und entdeckte über sich einen Lichtschein, aber wie fern, wie unerreichbar schimmerte er! Und Farquhar sank noch immer, denn das Licht wurde schwächer und schwächer, bis es nur noch ein Fünkchen war. Aber dann begann es zu wachsen, wurde wieder heller, und er erkannte, daß er zur Oberfläche emporstieg. Er erkannte es widerwillig, denn er fühlte sich jetzt sehr wohl. »Gehängt und ertränkt zu werden«, dachte er, »ist nicht so schlimm; aber ich möchte nicht erschossen werden, das wäre ungerecht.«

Er wurde sich keiner Anstrengung bewußt, aber ein scharfer Schmerz in seinem Handgelenk zeigte ihm, daß er instinktiv versuchte, seine Hände freizubekommen. Diesem Kampf widmete er die gleiche Aufmerksamkeit, mit der ein Müßiggänger die Kunststücke eines Taschenspielers beobachten mochte; nämlich ohne Interesse an dem Ergebnis. Was für eine herrliche Anstrengung war das! Was für eine großartige, übermenschliche Kraft zeigte sich da! Ah, das war eine schöne Bemühung! Bravo! Und jetzt fiel das Seil ab; seine Arme teilten sich und griffen nach oben, er erkannte seine Hände im wachsenden Licht undeutlich zu beiden Seiten. Mit neuem Interesse beobachtete er, wie sich zuerst die eine und dann die andere Hand auf die Schlinge um seinen Hals stürzte. Sie rissen sie los und schleuderten sie machtvoll beiseite. Die wellenförmigen Bewegungen des Seils ähnelten denen einer Wasserschlange. »Legt sie mir doch wieder um, legt sie wieder um!« Diese Worte glaubte er seinen Händen zuzuschreien, denn der Lockerung der Schlinge folgte die gräßlichste Qual, die er je empfunden hatte. Sein Hals schmerzte fürchterlich, sein Gehirn stand wie in Flammen, und sein Herz, das nur noch schwach gezuckt hatte, tat einen großen Satz und versuchte, ihm aus dem Mund herauszuspringen. Sein ganzer Körper wurde von einer unerträglichen Pein gemartert und gequält. Seine ungehorsamen Hände aber schenkten dem Befehl keine Beachtung. Sie zerteilten machtvoll das Wasser, mit schnellen, abwärtsgerichteten Bewegungen, und zwangen ihn zur Oberfläche. Er fühlte, wie sein Kopf auftauchte; seine Augen wurden vom Sonnenlicht geblendet. Seine Brust dehnte sich krampfhaft aus, und in der letzten Steigerung seiner Qual zum schlimmsten Schmerz sogen seine Lungen einen großen Schluck Luft ein, den er gleich darauf wieder in einem Schrei ausstieß.

Er befand sich jetzt im vollen Besitz seiner physischen Sinne, ja diese Sinne schienen sogar übernatürlich wach und geschärft. Irgend etwas in dem schrecklichen Aufruhr seines organischen Systems hatte sie so geschärft und verfeinert, daß sie jetzt Dinge wahrnahmen, die er nie zuvor bemerkt hatte. Er spürte jetzt die kleinsten Wellen an seinem Gesicht und hörte dabei die verschiedenen Laute, wenn sie ihn trafen. Er blickte zum Wald am Flußufer hinüber und erkannte dort die einzelnen Bäume, die Blätter und sogar die Äderung jedes Blattes; ja er sah selbst die Insekten darauf; die Heuschrecken, die glänzenden Fliegen und die grauen Spinnen, die ihre Netze von Zweig zu Zweig spannten. Er bemerkte die Regenbogenfarben in all den Tautropfen von einer Million Grashalmen. Das Summen der Mücken, die über den Wirbeln des Flusses tanzten, das Flirren der Libellenflügel, die Ruderschläge der Wasserspinnen, deren Beine wie Ruder waren, die das Boot angehoben hatten – all das wurde ihm zu hörbarer Musik. Und als ein Fisch unter seinen Augen vorbeiglitt, hörte er das Rauschen seines Körpers, wie er das Wasser zerteilte.

Nachdem Farquhar zur Oberfläche gekommen war, hatte er stromabwärts geblickt; im nächsten Augenblick aber schien sich die sichtbare Welt langsam um ihn zu drehen, und er war der Angelpunkt dieser Bewegung. Er erblickte jetzt die Brücke, die Befestigung, die Soldaten auf der Brücke, den Hauptmann, den Sergeanten und die beiden Soldaten, seine Henker. Sie standen als Silhouetten vor dem blauen Himmel, und sie riefen, gestikulierten und zeigten auf ihn. Der Hauptmann hatte seine Pistole gezogen, schoß aber nicht; die anderen waren unbewaffnet. Ihre Bewegungen wirkten grotesk und gräßlich, ihre Gestalten riesig.

Plötzlich jedoch hörte Farquhar einen scharfen Knall, und etwas peitschte kaum ein paar Zoll von seinem Kopf entfernt ins Wasser und übersprühte sein Gesicht mit Spritzern. Dann hörte er einen zweiten Knall, und jetzt sah er, daß einer der Posten das Gewehr angelegt hatte. Eine leichte Wolke blauen Rauches stieg aus der Mündung. Der Mann im Wasser sah in das Auge des Mannes auf der Brücke, der über das Visier am Gewehr in sein eigenes starrte. Farquhar erkannte, daß jener Posten graue Augen hatte, und erinnerte sich gelesen zu haben, daß graue Augen die schärfsten seien und daß alle berühmten Scharfschützen diese Augenfarbe aufwiesen. Trotzdem hatte dieser ihn verfehlt.

Ein Gegenwirbel packte Farquhar und drehte ihn weiter herum; er blickte jetzt wieder in den Wald auf dem jenseitigen Ufer, der Befestigung gegenüber. Der Klang einer klaren, hohen Stimme stieg jetzt in einem monotonen Singsang hinter ihm auf und drang mit einer Deutlichkeit zu ihm herüber, die alle anderen Töne verdrängte, selbst das Schlagen der kleinen Wellen in seinen Ohren. Obwohl Farquhar kein Soldat war, hatte er doch oft genug Feldlager aufgesucht, um die schreckliche Bedeutung dieser entschlossenen, langgedehnten, ausklingenden Melodie zu kennen. Der Leutnant am Ufer wollte jetzt an der Morgenarbeit teilnehmen. Kalt und erbarmungslos, mit einer gleichmäßigen, ruhigen Intonation, die auch in den Männern völlige Ruhe voraussetzte und erzwang, und in genau bemessenen Zeitabständen fielen diese grausamen Worte:

»Kompanie Achtung! . . . Legt an! . . . Faßt Ziel! . . . Fertig! . . . Feuer!«

Doch Farquhar tauchte. Er tauchte so tief er konnte. Das Wasser dröhnte in seinen Ohren wie der Donner der Niagarafälle, und doch hörte er darüber noch den gedämpften Donner der Salve. Als er dann wieder zur Oberfläche emporstieg, traf er auf leuchtende Metallstücke, die eigenartig abgeplattet waren und langsam zu Boden schaukelten. Einige von ihnen sanken ihm auf Gesicht und Hände, rutschten dann ab und sanken weiter. Eines blieb ihm zwischen Hals und Kragen stecken; es war unangenehm warm, und er holte es heraus.

Als er wieder zur Oberfläche auftauchte und nach Atem rang, bemerkte er, daß er offenbar lange unter Wasser geblieben war. Er befand sich jetzt bedeutend weiter stromabwärts und damit der Sicherheit näher. Die Soldaten waren allerdings mit dem Nachladen fast fertig; ihre metallenen Ladestöcke blitzten alle zusammen im Sonnenschein auf, als sie aus den Läufen gezogen, in der Luft umgedreht und in ihre Hüllen zurückgestoßen wurden. Die beiden Posten feuerten wieder unabhängig von der Kompanie und ohne Wirkung.

Der gejagte Mann sah all dies über seine Schulter. Er schwamm jetzt kräftig mit dem Strom. Sein Gehirn arbeitete ebenso kraftvoll wie seine Arme und Beine; er dachte mit der Geschwindigkeit des Blitzes.

»Der Offizier«, überlegte er, »wird diesen Fehler eines Zuchtmeisters nicht ein zweites Mal begehen. Einer Salve auszuweichen ist ebenso leicht wie einem einzelnen Schuß. Aber wahrscheinlich hat er ihnen jetzt schon den Befehl erteilt, nach eigenem Ermessen zu feuern. Gott steh mir bei, ihnen allen kann ich nicht entgehen!«

Einem entsetzlichen Aufklatschen etwa zwei Yards von ihm entfernt folgte ein lauter, dahinrollender und ersterbender Laut, der durch die Luft zur Befestigungsanlage zurückzuhallen schien und in einer Explosion endete, die selbst den Fluß bis in seine Tiefen aufwühlte. Eine aufsteigende Wassersäule stand über Farquhar, stürzte auf ihn herab, blendete und erstickte ihn fast. Die Kanone hatte jetzt in das Spiel eingegriffen. Als er den Kopf von der Erschütterung durch das aufgewühlte Wasser frei geschüttelt hatte, hörte er, wie das abgeprallte Geschoß durch die Luft weiterzischte, und einen Augenblick später zerschlug und zerschmetterte es die Äste im jenseitigen Wald.

»Das werden sie nicht wiederholen«, dachte er. »Das nächstemal werden sie eine Schrapnelladung benutzen. Ich muß die Kanone im Auge behalten; ihr Mündungsrauch wird mich rechtzeitig warnen. Der Schall kommt zu spät an, er hinkt hinter dem Geschoß her. Das ist mir eine gute Kanone!«

Plötzlich fühlte er sich um und umgedreht; er wirbelte wie ein Kreisel herum. Das Wasser, die Ufer, der Wald, die nun so ferne Brücke, die Befestigungsanlage und die Männer – alles war ineinander gemischt und zerflossen. Die Gegenstände wurden nur noch durch ihre Farben bezeichnet. Kreisförmige horizontale Farbstreifen, das war alles, was er noch sah. Er war in einem Strudel gefangen und wurde mit einer Geschwindigkeit stromabwärts und im Kreis herumgewirbelt, die ihn schwindlig und krank machte. Doch wenige Augenblicke später schleuderte ihn der Strudel auf den Kies am Fuß des linken Ufers, also des südlichen Ufers, und zwar hinter einer vorspringenden Landzunge, die ihn vor seinen Feinden verbarg. Die plötzlich zum Stillstand gekommene Bewegung und die Tatsache, daß er sich eine Hand am Kies aufschlug, brachten ihn wieder zu sich, und er weinte vor Freude. Er grub seine Finger in den Sand, warf Händevoll davon hinter sich und segnete ihn laut. Der Sand erschien ihm wie Diamanten, wie Rubine und Smaragde; er konnte sich nichts Schöneres vorstellen, dem der Sand nicht ähnelte. Die Bäume am Ufer waren wie riesige Gartenpflanzen; er bemerkte eine bestimmte Regelmäßigkeit in ihrer Anordnung und sog tief den Duft ihrer Blüten ein. Ein seltsames, rosiges Licht leuchtete zwischen ihren Stämmen auf, und der Wind rief in ihren Zweigen eine Musik hervor wie von Äolsharfen. Farquhar hegte nicht mehr den Wunsch, seine Flucht zu vollenden. Er war es zufrieden, an diesem entzückenden Ort bleiben zu dürfen, bis man ihn wieder griffe.

Das Zischen und Prasseln eines Schrappnellschusses in den Zweigen hoch über seinem Kopf riß ihn aus seinem Traum. Der enttäuschte Kanonier hatte ihm blindlings noch ein Lebewohl nachgefeuert. Farquhar sprang auf, stürmte die ansteigende Uferböschung hinan und rannte in den Wald hinein.

Den ganzen Tag lang marschierte er und bestimmte seine Richtung dabei nach dem Sonnenstand. Der Wald schien ihm endlos zu sein; nirgends entdeckte Farquhar eine Lichtung darinnen, ja nicht einmal einen Holzfällerweg. Er hatte nie gewußt, daß er in einer so wilden Gegend lebte. Und in dieser Entdeckung lag etwas Unheimliches.

Bei Anbruch der Nacht war er müde, hatte wunde Füße, und ihn hungerte. Doch der Gedanke an Frau und Kinder trieb ihn voran. Endlich stieß er auf eine Straße, die ihn, wie er wußte, in seine gewünschte Richtung führte. Sie war so breit und gerade wie eine Straße in der Stadt, und doch schien sie nicht befahren zu werden. Keine Felder lagen neben dieser Straße, und nirgends traf er auf Siedlungen. Nicht einmal ein Hundebellen verriet menschliche Behausungen. Die schwarzen Baumstämme bildeten zu beiden Seiten gerade Mauern, die am Horizont in einem Punkt zusammenliefen, wie ein Diagramm in einer Unterrichtsstunde für Perspektive. Als er durch diese Waldesschlucht aufwärtsblickte, leuchteten über ihm große goldene Sterne, die fremdartig aussahen und zu unbekannten Sternbildern gruppiert waren. Und Farquhar wußte, daß diese Anordnung eine geheime und bösartige Bedeutung besaß. Der Wald zu beiden Seiten war voller merkwürdiger Laute, unter denen er – einmal, zweimal, und dann wieder – deutlich ein Flüstern in unbekannter Sprache vernehmen konnte.

Sein Hals schmerzte, und als er die Hand dahin führte, fand er, daß sein Hals schrecklich angeschwollen war. Er begriff, daß er dort, wo ihn das Seil gequetscht hatte, einen schwarzen Ring aufwies. Auch seine Augen fühlten sich angeschwollen an; er konnte sie nicht mehr schließen. Seine Zunge aber war vor Durst aufgequollen. Er kühlte ihre Fieberhitze, indem er sie zwischen den Zähnen hindurch in die frische Luft streckte. Die unbenutzte Straße hatte bereits sanfter Rasen überzogen – Farquhar konnte den Weg nicht mehr unter seinen Füßen spüren!

Zweifellos war er trotz seiner Qualen während des Marschierens eingeschlafen, denn jetzt sieht er plötzlich eine andere Szene vor sich – vielleich ist er auch nur aus einem Fieberwahn erwacht. Er steht am Tor seines Anwesens. Alles ist so, wie er es verlassen hat; alles liegt hell und schön in der Morgensonne. Er muß also die ganze Nacht marschiert sein. Als er das Tor aufstößt und den breiten weißen Weg hinaufgeht, sieht er Frauenkleider ihm entgegenflattern; es ist seine Frau, die frisch und kühl und süß aussieht; sie kommt von der Veranda herunter und fliegt ihm entgegen. Am Fuß der Treppe bleibt sie wartend stehen, mit einem Lächeln unaussprechlicher Freude und in einer Haltung von unvergleichlicher Grazie und Würde. Ah, wie schön sie ist! Mit ausgestreckten Armen springt er vorwärts. Doch gerade, als er sie umarmen will, spürt er einen betäubenden Schlag hinten im Nacken. Ein blendendes weißes Licht löscht alles um ihn herum aus, von einem Donner wie von einem Kanonenschuß begleitet – und dann ist alles dunkel und still.

Peyton Farquhar war tot. Sein Körper schwang leise mit gebrochenem Hals unter den Balken der Owl-Creek-Brücke hin und her.

Nachwort

Ambrose Gwinnett Bierce, geboren am 24. Juli 1842 in Meigs County in Ohio als das jüngste von neun Kindern eines kleinen Farmers, wurde hineingestellt in die Jahrzehnte wilder, überschäumender Expansion und der Konsolidierung jener ehemaligen englischen Kolonie, die sich aus einem Hinterwäldlergebiet voller Indianer und eifernder, puritanischer Sektierer gerade während der Lebenszeit dieses Ambrose Bierce zu »god's own country« und zum Land der unbeschränkten Möglichkeiten entwickeln sollte.

In der Tat schienen die Quellen materiellen Reichtums hier fast unerschöpflich zu sprudeln. Das Land war unendlich weit und groß; wer immer wollte, brauchte sich nur ein Stück dieser Weite abzustecken und zu bestellen; und wem das nicht genügte, der zog immer weiter hinein in die unberührte Wildnis und siedelte dort, wo sie ihm fruchtbar zu sein schien und ihm zusagte. Daneben barg das Land noch alle denkbaren Bodenschätze, und die neu entdeckte Kraft der Maschinen fand hier ein weites und kaum ausmeßbares Wirkungsfeld. Eisenbahnen durchmaßen bald die ungeheuren Prärien; riesige Dampfschiffe befuhren die Ströme, und besonders in den Neuengland-Staaten entstanden Industrien, die sehr bald kräftig expandierten und einen ersten Wohlstand schufen.

Von politischen oder ideologischen Pressionen blieben die Einwohner anscheinend völlig frei – jedenfalls schien es den europäischen Einwanderern so, die nach der Enge und Muffigkeit der politischen Verhältnisse in ihren Heimatländern, nach Reaktion und Biedermeier-Idylle hier die frische, kräftige Luft geistiger Freiheit atmeten und zum erstenmal eine praktisch funktionierende, republikanische Demokratie kennenlernten. Dieses Land, das damals etwa ein halbes Jahrhundert alt wurde, war schließlich aus einem Unabhängigkeitskampf heraus entstanden, den es als ehemalige englische Kolonie gegen das Mutterland geführt hatte. Die Triebfedern dieses Unabhängigkeitsstrebens waren zunächst wirtschaftlicher Art gewesen, und der erste Unmut gegen England hatte sich angesammelt, als sich die Kolonisten ungerecht und auf drückende Weise besteuert fühlten. Aber hinter diesen wirtschaftlichen Strebungen standen gewaltige geistige Kräfte: Die Ideen der Aufklärung nämlich, die in Europa geboren und nach Amerika herübergeweht waren; der anti-absolutistische Glaube an die Gleichheit der Menschen, und schließlich die idealistische Hoffnung auf die Möglichkeit, ein Reich der Vernunft errichten zu können. Bereits die Pilgerväter, die 1620 mit der legendären »Mayflower« in Massachusetts gelandet waren und eine der ersten Ansiedlungen begründet hatten, waren vom Geist der Freiheit getrieben gewesen. Sie hatten in ihrer Heimat keinen Raum für ihre – sektiererischen – religiösen Vorstellungen gefunden und hatten lieber die unsagbaren Strapazen eines unsicheren, gefährdeten Kolonistenlebens auf sich genommen, als sich geistiger und geistlicher Vormundschaft zu beugen. Und vom gleichen Schlag waren fast alle frühen Siedler gewesen. Noch lockten nicht Reichtum und Aufstiegsmöglichkeiten; noch drohten nur Gefahren, Entbehrungen und Strapazen; und der Lohn war nichts als Freiheit – geistige und persönliche Freiheit, die freilich diesen Menschen alle Mühen wert zu sein schien.

Dieser frühe Siedlergeist, diese Mischung aus puritanischer Strenge, fortschrittsgläubigem Idealismus, missionseifrigem, bisweilen sektiererischem, religiösem Humanismus und praktischem Sinn für die Demokratie, dieser nüchterne Geist war es, der sich später zum Yankeetum auswachsen und in den Nordamerikanern den Glauben wecken sollte, daß sie in Gottes eigenem Land lebten.

Freilich, beim genaueren Hinsehen war dieses Land doch kein so ganz makelloses Paradies. So ganz unbeschränkt zeigten sich die Möglichkeiten doch nicht; so ganz ohne Widersprüche und innere Konflikte ging die Entwicklung auch in diesem anscheinend unendlich reichen und unendlich großen Land nicht vor sich. Freiheit nämlich gab es nur für Menschen weißer Hautfarbe, und der Konflikt, der diesen Staat zutiefst erschüttern und dem Lebensgefühl seiner Bewohner den stärksten Stoß versetzen, ja als Trauma bis zum heutigen Tag noch fortwirken sollte, war das Problem der Rassenintegration, daraus erwachsend der Gegensatz zwischen den sog. Nord- und den Südstaaten.

Dieser Gegensatz erwies sich zunächst wieder als von wirtschaftlicher Natur. In den Südstaaten beruhte die Wirtschaft auf der Landwirtschaft; diese aber wurde unter Anwendung des brutalen und archaischen Sklavensystems betrieben. Die fruchtbaren Prärien waren gerodet und zu Baumwoll-, Mais- und Tabakfeldern umgewandelt worden; die schwere Handarbeit aber mußten aus Afrika importierte Sklaven verrichten. Da diese Arbeiter keinen Lohn, sondern nur die notdürftigsten Lebensmittel erhielten, war die Ausbeute dieser Landwirtschaft relativ hoch. Die sehr dünne Schicht der Pflanzer war also sehr wohlhabend und konnte sich den Luxus einer kultivierten Lebensweise wie auch politischen und musischen Interesses leisten. Sie pflegten einen feudalen Lebensstil, der durch seinen Anachronismus freilich schon den Keim des Untergangs in sich trug.

Demgegenüber waren die Neuengland-Staaten im Norden während der ersten Jahrzehnte zunächst ärmer und daher einflußloser geblieben. Es ist bezeichnend, daß zum Beispiel von den ersten elf Präsidenten der Vereinigten Staaten acht aus den Südstaaten stammten. Doch mit dem Beginn des Maschinenzeitalters änderte sich das Verhältnis. Die junge Industrie erstand hauptsächlich im Norden, und durch deren kräftige Expansion gewannen die Nordstaaten sehr rasch sowohl an Wohlstand wie an Einfluß. Die Südstaaten dagegen konnten ihr Landwirtschaftssystem nicht weiter intensivieren. Eine noch stärkere Ausbeutung der Negersklaven war nicht möglich, da sonst deren Arbeitskraft geschwunden wäre. Ein gewisses Wachstum der wirtschaftlichen Kapazität ließ sich noch durch immer neue Landnahme und -erschließung erreichen; doch bald kam der Zeitpunkt, da der Norden den Süden an Einfluß und Wohlstand überflügelte.

In diesem Augenblick erhielt die Frage der Negerbefreiung eine immer explosivere Bedeutung.

Aus dem früher erwähnten Yankeegeist heraus, der sich hier von seiner fortschrittlichsten und humanitärsten Seite zeigte, verlangte die Öffentlichkeit in den Nordstaaten gebieterisch nach Befreiung der Negersklaven im Süden. Da die dortige Pflanzerkultur aber gerade auf dem Sklavensystem beruhte, setzte man hier natürlich all diesen Befreiungstendenzen einen erbitterten Widerstand entgegen, und der Bundesstaat drohte darüber auseinanderzubrechen. Der große Goldrausch, der im Jahr 1848 einsetzte, nachdem in Kalifornien Gold gefunden worden war, und der innerhalb weniger Jahre zur Erschließung und Zivilisierung des restlichen Kontinents führte – dieser »Aufbruch zu neuen Grenzen« schob die Auseinandersetzung noch einmal auf, bis sie dann, im Jahr 1860, unausweichlich war.

Es begann der Sezessionskrieg der Südstaaten gegen die Nordstaaten und damit einer der verlustreichsten Kriege des vorigen Jahrhunderts und der erste moderne Krieg überhaupt.

In diese geistige Landschaft nun war der junge Ambrose Bierce hineingestellt worden. Eine nennenswerte Bildung hatte er nicht erhalten; er stammte, wie einer seiner Biographen schrieb, aus einer Blockhütte, ohne deshalb später Präsident der USA zu werden, obwohl dem Erfolgsmythos entsprechend die Voraussetzungen gegeben gewesen wären. Aus der kleinen Bibliothek seines eigenbrötlerischen Vaters pickte er sich wahllos an geistigen Brosamen, was dort zu finden war, und im übrigen blieb seine Erziehung und Ausbildung ihm selbst überlassen. Freudlos und bitter muß seine Jugend gewesen sein, denn wann immer später die Rede auf seinen Vater kam, äußerte sich Bierce immer nur voller Haß und Verachtung. Ein halbes Jahr auf einer Militäranstalt erschien dem jungen Bierce bereits als glückliche Zeit, und als die Anstalt abbrannte, empfand er dies als schweren Schlag. So stand er, achtzehnjährig, an der Schwelle eines ungewissen Lebensweges, als der Krieg ausbrach und zu seinem Lehrmeister werden sollte.

Da die Seele dieses jungen Mannes anscheinend schon von Bitterkeit vergiftet war, brachte er keine besondere Sympathie für die gleich ihm Verbitterten und Entrechteten auf. Er meldete sich freiwillig zur Armee der Südstaaten und rückte als Trommler ins Feld. Trotzdem ist anzunehmen, daß er von den geistigen oder, besser gesagt, von den ideologischen Strömungen, die zu diesem Krieg geführt hatten, weitgehend unberührt blieb. Seine Erzählungen jedenfalls, die sich mit dem Krieg befassen, zeugen von einer sachlichen, fast kühlen Nüchternheit und Objektivität, mit der er die Pervertierung der Menschlichkeit in diesem unfaßbaren Geschehen durchschaut und beschreibt – und gerade durch diese nüchterne Objektivität erreichen sie ihre starke Eindringlichkeit.

Jedenfalls begegnete Bierce im Kriege seinem großen und letztlich auch seinem einzigen Thema, das ihn zeit seines Lebens nicht mehr losließ: dem Tod.

Freilich sollte es noch eine Zeit dauern, ehe Bierce die ihn zutiefst erschütternden Erfahrungen dichterisch auszudrücken vermochte. Zunächst hatte er erst noch fünf Jahre eines mörderischen Krieges zu überleben. Dies gelang ihm offenbar ohne Verlust an Menschlichkeit oder persönlicher Würde; er scheint einige Male bemerkenswerten Mut bewiesen zu haben, und als der Krieg vorüber ist, wird Bierce als Leutnant mit Majorspatent verabschiedet.

Sein Zivilleben beginnt er in San Franzisko, und zwar zunächst mit dem nicht gerade hoffnungsfroh stimmenden Posten eines Nachtwächters. Dann versucht er sich als Karikaturist und findet schließlich zum Journalismus, in dem er seinen Lebensberuf findet. Er wird sehr bald Mitarbeiter bekannter Magazine, und im Jahr 1871 erscheint seine erste Kurzgeschichte.

Im gleichen Jahr heiratet er die Tochter eines Minenbesitzers und übersiedelt mit ihr für einige Jahre nach London. Jetzt erscheinen in rascher Folge mehrere Bände mit Erzählungen von ihm, und als er 1876 nach San Franzisko zurückkehrt, ist sein Ruf bereits fest begründet. Diese Stadt soll von nun an der Angelpunkt seines Lebens werden. Er macht hier die Bekanntschaft von Schriftstellern wie Bret Harte oder Mark Twain, von denen er starke Eindrücke empfängt, die er aber auch seinerseits anregt, und bald erwirbt er sich an der ganzen Westküste einen so weiten literarischen Einfluß, daß er allgemein als Schiedsrichter und fast als eine Art Literaturpapst anerkannt wird. Freilich gründet sich dieser Einfluß – sehr zu Bierce' Verbitterung – mehr auf seine kritischen und tagespolitischen, jedenfalls journalistischen Arbeiten und weit weniger auf seine Erzählungen. Vielmehr finden diese beim breiten Publikum kaum Beachtung und werden bald vergessen. Selbst ein Band mit Erzählungen aus dem Bürgerkrieg, der 1891 erscheint und zum erstenmal in der Literatur eine Abkehr von der Heroisierung des Krieges und statt dessen eine ungeschminkte Darstellung seiner Greuel bedeutet, findet keinen Widerhall. Die Wohlstandsgesellschaft jener prosperierenden Gründerjahre wollte weder von Leiden und Tod noch von schwarzem Pessimismus etwas wissen. Ihr Lebensgefühl war rosarot getönt; die Grenzen des Menschseins hatte sie sich selbst mit wohltätigen Nebelwolken verhüllt.

Und nicht nur als Dichter blieb ihm die Anerkennung versagt; auch das Privatleben hielt für diesen Ambrose Bierce nur Enttäuschungen und bittere Erfahrung bereit. Sein ältester Sohn wird 1889 Opfer eines sinnlosen und dummen Eifersuchtsdramas; zwei Jahre später trennt sich seine Frau von ihm. Seinen Brotberuf, den Journalismus, lernt er mit der Zeit hassen und verabscheuen; ein Ausbruch aus dessen Fesseln aber ist aus finanziellen Gründen nicht möglich. Schließlich stirbt auch noch sein zweiter Sohn, und zwar an Alkoholismus. Am Anfang des neuen Jahrhunderts ist Bierce zu einem verbitterten, einsamen und fast vergessenen alten Mann geworden. In den Jahren 1909 bis 1912 versucht er mit der Herausgabe seiner Gesammelten Werke noch einmal die öffentliche Anerkennung zu erzwingen, doch erreicht er damit nur den Bankrott seines Verlegers.

Da bricht im Jahr 1913 dieser einundsiebzigjährige, asthmatische und ausgebrannte Mann auf und wendet der Zivilisation sowie seinem ganzen bisherigen Leben endgültig den Rücken, um in den Wirren des gerade ausgebrochenen mexikanischen Bürgerkrieges unterzutauchen. Einige wenige spärliche Nachrichten treffen noch von ihm ein, die letzte stammt aus dem Jahr 1914. Und dann hört man nie wieder etwas von diesem Ambrose Bierce. Er bleibt für immer und ohne Spur verschollen, und es ist anzunehmen, daß er nun in Mexiko auf das Thema seines Lebens, den Tod, die endgültige Antwort erfuhr. »Leben Sie wohl«, schrieb er noch vor seinem Untertauchen an einen Freund, »und wenn Sie erfahren, daß man mich an eine mexikanische Mauer gestellt und zu Fetzen geschossen hat, dann sollen Sie wissen, daß ich dies für eine gute Art halte, aus dem Leben zu gehen. Man kommt damit dem Alter, den Krankheiten oder einem Sturz von der Kellertreppe zuvor. Als Gringo in Mexiko – ah, das wäre ein Gnadentod!«

Worin besteht nun die literarische Bedeutung von Ambrose Bierce? Sein Werk paßt in keine der gängigen Schubladen und unter kein Etikett der Literatur-Katalogisierung. Er gehört nicht zur amerikanischen Spielart der Romantik, aber auch nicht zum literarischen Realismus; er schrieb neben anderem Erzählungen, die im Milieu des »Westens« und der Goldgräbercamps spielen, ohne sich deshalb aber in die amerikanische Tradition der »Western Tales« einzuordnen, wie sie etwa seine Vorgänger Cooper und Bret Harte pflegten. Sein Humor war nicht goldig und nicht optimistisch, sondern bitter und tiefschwarz; sein Bild vom Menschen und dessen moralischen und geistigen Kräften widersprach so grundsätzlich dem naiven Optimismus seiner Zeitgenossen, daß er zeitlebens unverstanden blieb und für lange Zeit nach seinem Verschwinden fast vergessen war. Er blieb immer ein Unzeitgemäßer, dieser Ambrose Bierce; denn er konnte weder an das Gute im Menschen noch an die Kraft der Vernunft glauben. Er hatte sich, wie alle Sarkastiker, ursprünglich wohl ein zu hohes und zu reines Bild vom Menschen gemacht; und dann blieb die Wirklichkeit so unendlich weit hinter diesem Ideal zurück. Seine Zeit hatte für diesen Skeptizismus keinen Sinn; erst nach 1945 wurde er neu entdeckt; erst die Welt nach Auschwitz und Hiroshima hatte wieder Ohren für dieses Höllengelächter, hatte wieder Augen, diese Düsternis zu durchdringen. Jetzt, da die Auflösung aller Zivilisation in Sichtweite war, erhielt auch sein Zentralthema, nämlich Tod und Sterben, neues Interesse. Man konnte nachempfinden, wie er diese eine große Unbegreiflichkeit des Lebens immer wieder einzukreisen und in ihren tausend schillernden Erscheinungsformen darzustellen suchte; man begriff, daß man der menschlichen Vernunft mißtrauen und den menschlichen Verstand gering einschätzen mußte vor all dem Unerfaßbaren, an dessen Grenzen er täglich stieß. Und hierin nun ist die Bedeutung Ambrose Bierce zu sehen: Daß er seiner Zeit voraus war; daß er sich vom Gründertaumel nicht einlullen ließ; daß er durch den Nebel optimistischer Schönrednerei hindurchdrang bis zum Höllentor; daß er die entsetzlichen Möglichkeiten, die im Menschen schlummern, erkannte, und daß ihm trotz aller Triumphe und Scheinsiege der Wissenschaften klar blieb, daß wir nichts wissen und nie viel wissen werden.

Seine ihm gemäße Form waren die Kurzgeschichte und der scharf geschliffene, pointierte Aphorismus. An größeren Formen, an Roman oder Schauspiel, hat er sich nie versucht. Die im vorliegenden Band enthaltene Erzählung »Der Mönch und die Henkerstochter«, die man als Kurzroman auffassen könnte, ist die Adaption und Umformung einer bedeutungslosen deutschen Erzählung. Seine wirkliche Meisterschaft aber erreichte Bierce in der Kurzgeschichte. Diese spezifisch amerikanische Literaturgattung war aus dem Bedürfnis der Magazine und Zeitschriften – die der verbreitetste Lesestoff für die junge Nation waren – entstanden, ihren Lesern eine abgeschlossene, dramatische und pointierte Erzählung bieten zu können. Der Autor war daher gezwungen, auf alle zu breiten Schilderungen zu verzichten, was Bierce sehr entgegenkam. Meister wie Hawthorne, Poe und James O'Brien hatten diese Form ausgebaut und entwickelt; aber keiner von ihnen, selbst nicht Mark Twain, erreichte diese geschliffene Brillanz, diese trockene, ätzende Ironie oder diese Pointierung in der überraschenden und oft schockierenden Schlußwendung, die dem Erzählten plötzlich einen ganz anderen Aspekt abgewinnt und den Leser verblüfft und in eine Verwirrung der Gefühle stürzt. Eine Erzählung etwa wie die ›Begebenheit an der Owl-Creek-Brücke‹ wird zweifellos immer zu den Meisterstücken der amerikanischen Literatur gehören und nie vergessen werden.

Die in diesem Band enthaltenen Erzählungen entstammen zum größten Teil den Sammelbänden ›Can Such Things Be?‹ und ›In The Midst Of Life‹. Sie geben keinen vollständigen Eindruck vom Schaffen Bierce', denn manche sehr interessanten Aspekte, wie etwa die Aphorismen, die satirischen Fabeln oder die in ätzendster Ironie funkelnden Erzählungen aus dem Band ›Parenticide Club‹, also dem ›Elternmörder-Club‹, mußten wegen des hier selbstgewählten Mottos, nämlich Horror-Erzählungen zu bringen, unberücksichtigt bleiben.

Trotzdem wird der Leser den Atem dieses großen Skeptikers verspüren; er wird sich von ihm an die Grenzen der menschlichen Existenz führen lassen und wird in einem heilsamen Schauder erkennen, wie nah diese liegen – sowohl in moralischer Hinsicht wie in den Fragen unserer Erkenntnis. Lassen wir uns immer wieder einmal von einem Dichter sagen, daß der Firnis der Zivilisation nur ein Hauch ist, unter dem schaudervolle Abgründe gähnen; lassen wir uns von ihm erinnern, daß am Ende jeder Existenz ein noch immer ungelöstes und ewig unlösbares Rätsel wartet, und lassen wir uns mahnen, daß das Bild vom Menschen als eines vernunftbegabten und brüderlich seinen Mitmenschen liebenden Wesens noch häßliche und so entsetzlich entstellende Züge trägt ...! Der Misanthrop ist nichts als ein enttäuschter Menschenfreund; er leidet unter der Einsicht, daß der Mensch so selbstmörderisch unvollkommen ist. Sehen wir hierin die letzte Botschaft dieses Mannes, der vor mehr als fünfzig Jahren im mexikanischen Bürgerkrieg verscholl; vernehmen wir hier seine letzte Mahnung. Die heutige Welt bedarf dringend solcher Mahner, die ihr ins Ohr schreien.

K. B. Leder